KB265450

마룡의 후예

송진용 新무협 판타지 소설

FANTASTIC ORIENTAL HEROES

마룡의 후예 5

송진용 新무협 판타지 소설

초판 1쇄 찍은 날 § 2010년 5월 26일
초판 1쇄 펴낸 날 § 2010년 5월 31일

지은이 § 송진용
펴낸이 § 서경석

편집장 § 문혜영
편집 § 주소영 · 이수민

펴낸곳 § 도서출판 청어람
등록번호 § 제1081-1-89호
등록일자 § 1999. 5. 31
어람번호 § 제2-1933호

주소 § 경기도 부천시 원미구 심곡2동 163-2 서경B/D 3F (우) 420-822
전화 § 032-656-4452 팩스 § 032-656-4453
http://www.chungeoram.com
E-mail § chungeoram@chungeoram.com

ⓒ 송진용, 2010

ISBN 978-89-251-2189-5 04810
ISBN 978-89-251-2086-7 (세트)

魔龍

마룡의 후예 後裔

송지용 新무협 판타지 소설

5

구룡신공
(九龍神功)

도서출판 청람

第一章
구룡신공(九龍神功)

마룡의
후예

마룡의
후예

봄이 왔다.

계절은 누가 재촉하지 않아도 때를 잊지 않고 스스로 찾아
온다.

누가 떠밀지 않아도 때가 되면 자리를 내주고 스스로 물러
간다.

그게 자연이고 순리라는 것이다.

궁촌(窮村)의 사람들은 그런 자연의 이치에 가장 잘 순응하
며 사는 사람들이었다.

그들은 부족한 소출이지만 그것을 준 산과 땅에게 감사할
줄 알았다.

하루 세 끼 먹는 일이 힘들어도 아직 먹을 게 있다는 걸 감

사했다.

그들의 그런 감사는 믿음에서 나오는 것이었다.

산을 믿고 흙을 믿고 햇빛과 바람과 비를 믿는 것이다.

그게 그들의 신앙이었다.

십여 호(戶).

고작 사십여 명 남짓한 마을 사람들은 가난하지만 그래서 가난을 몰랐다.

욕심이 없기 때문이다.

하긴, 소출이 적기 때문에 더욱 열심히 일을 해야 하니 욕심을 낼 마음의 여유도, 시간도 없을 것이다.

가진 게 풍족해야 몸이 한가해지고, 그래서 마음이 느슨해지게 마련 아니던가. 그러면 온갖 잡념들이 생겨나며, 그것이 쓸데없는 욕심을 불러온다.

그게 저 산 너머, 저자에 사는 사람들의 모습이고 부유한 자들의 모습이었다.

그에 비해 이 궁촌의 촌민들에게 있는 것은 오직 한 알의 곡식이라도 더 열려주기를 바라는 간절한 소망뿐이었다.

그 소망 때문에 그들은 노동을 했다. 그리고 힘든 노동이 그들을 겸허하게 해주고, 후덕하게 해주었다. 잡생각이 끼어들 틈을 주지 않았기 때문이다.

운도는 그런 궁촌의 삶이 마음에 들었다.

종일 그들과 함께 밭일을 하느라 몸이 편할 새가 없었지만 마음은 그 어느 때보다 평화로웠다.

"자네가 이곳에 온 지도 벌써 삼 년이 다 되어가는군."

촌장의 말에 운도가 고개를 숙여 감사를 표했다.

"지난 삼 년 동안이 제 삶에 있어서 가장 평화롭고 따뜻한 시간이었습니다."

"허허, 젊은 사람이 벌써 그런 말을 할 줄 알다니. 어느덧 자네도 우리 궁촌 사람이 다 되었군그래. 그래서 말인데……."

촌장이 무엇을 알아내려는 듯 운도의 눈치를 살폈다.

"이제는 이곳에 정착할 마음이 생길 만도 하지 않은가?"

"그건……."

운도가 살짝 눈살을 찌푸렸다.

스무 살.

지난 삼 년 동안 그는 이제 완연한 한 사람의 청년으로 변해 있었다.

햇볕에 그을린 검은 피부와 더부룩한 머리, 그리고 구레나룻 때문에 그는 원래 나이보다 훨씬 더 어른스럽게 보였다.

누가 보든 그가 바로 사 년 전, 풍사곡에 있을 때의 곱상하고 귀품있던 소년 단운도라고는 생각하지 않을 것이다.

지옥곡에서의 일 년이 그를 다른 사람으로 만들어주었고, 이 궁촌에서의 삼 년이 그를 다시 한 번 다른 사람으로 만들어 주었던 것이다.

그래서 운도는 강하고 독한 심성을 안으로 감추고 투박하고 순수한 또 하나의 얼굴을 갖게 되었다.

촌장이 말했다.

"나는 자네가 어떤 사연을 갖고 있는 사람인지 모르네. 알고 싶은 마음도 없네. 다만 지난 삼 년 동안 자네를 지켜보면서 한 가지 확실히 안 것은 있지."

"그게 무엇입니까?"

"자네는 그 누구보다 이 궁촌에 어울리는 사람이라는 것일세."

촌장의 말은 여러 가지 의미를 함축하고 있는 것이었다.

운도가 가만히 그 말속에 들어 있는 의미를 생각하고 있는데 잠시 침묵하던 촌장이 다시 말했다.

"우리는 모두 자네를 받아들이기로 결정했네. 자네가 원한다면 이곳에 새 집을 지어주겠네. 그리고 가정을 이루어도 좋네."

"예?"

운도가 어리둥절한 얼굴을 했다.

그런 운도를 흐뭇하게 바라보던 촌장이 은근한 음성으로 말했다.

"저 아래 서 가를 알지?"

운도가 고개를 끄덕였다.

그는 마을 아래쪽에 살고 있었는데, 마당에 커다란 복숭아나무 두 그루가 있어서 쉽게 기억한다.

봄이면 만발하는 복사꽃으로 인해 손바닥만 한 마당이 온통 맑고 투명한 꽃 그림자로 뒤덮이는 집을 가지고 있는 사람이었던 것이다.

서후곤(徐厚坤).

사십 줄에 접어든 사내였다. 사냥과 약초 채집을 업으로 삼고 살아가던 무뚝뚝한 사람이다. 몇 년 전에 산양을 좇다가 벼랑에서 굴러 떨어져 허리를 크게 다친 이후로 지금은 아무것도 하지 못했다.

"그 서 가에게 과년한 딸년이 하나 있는 것도 알지?"

서채운(徐綵雲)이라고 하는 아가씨였다. 피부가 가무잡잡하며 부끄러움이 많고 얼굴과 몸태가 고운 아가씨. 그녀는 거동이 불편한 아버지를 지성으로 섬기며 묵묵히 살아가고 있었다.

억척스럽게 밭일을 하고, 때로는 아버지의 활을 들고 산에 들어가 꿩이며 토끼를 잡아오기도 했는데, 그때의 서채운은 늠름한 여장부 같았다.

누구나 그런 그녀를 얘기할 때면 이런 산골에서 썩기에는 아까운 아가씨라고 혀를 찼다.

촌장의 말을 들으며 운도는 서채운의 수줍게 웃는 얼굴을 떠올리고 있었다.

"서 가가 얼마 전에 나에게 이야기하더군. 자네만 좋다면 데릴사위로 들이고 싶다고 말이야. 그래서 슬쩍 채운이의 마음을 떠보았다네. 그것이 뭐라고 했는지 아나?"

"……."

"자네라면 기꺼이 낭군으로 받아들이겠다고 하지 뭔가. 허허허, 알고 보니 당돌한 계집애였어. 그런 말도 할 줄 알다니 말이야. 허허허―”

촌장의 웃음에 운도의 얼굴이 붉게 달아올랐다.

“어떤가? 그만한 아이는 저자에 나가도 찾아보기 힘들 것일 세. 여기서 가정을 이루고 평화롭게 살아가는 것도 좋지 않겠 는가?”

“말씀은 고맙습니다만 저로서는 감당하기 힘든 일입니다.”

“어째서?”

“언제든 이곳을 떠나야 하니까요.”

촌장이 실망하여 고개를 끄덕였다.

“하긴, 처음 자네를 보았을 때 이런 곳에서 오래 있을 사람 은 아니라고 생각했었지.”

“왜 그런 생각을 하셨는지요?”

“자네의 눈을 보았기 때문이지. 불쾌하게 생각하지 말게. 그때 자네의 눈은 상처 입은 짐승의 그것과 같았다네. 잠시 몸 을 피할 곳이 필요했던 거지. 자네에게서 그런 느낌을 받았 어.”

과연 그랬을 것이다. 운도는 묵묵히 촌장의 말을 듣기만 했 다. 그때의 제 모습을 다시 기억하기도, 다시 떠올리고 싶지도 않았다.

“하지만 지난 삼 년 동안 자네를 보니 그렇지 않은 것도 같 더군. 많이 유순해졌네. 이곳의 삶에 빠르게 적응했지. 그래서 나는 자네가 이곳을 마음에 들어 하는 모양이라고 생각했네.

오래 살 사람이라고 믿게 되었어. 그랬는데 역시 아니었던 모양이군."

"이곳이 마음에 드는 건 사실입니다. 제가 아는 어떤 곳보다도 평화로운 곳이니까요."

"그렇겠지. 가난한 대신 정이 많은 곳이니까. 세상 어느 곳보다 말일세."

촌장이 의미심장한 얼굴로 운도를 한동안 바라보았다.

운도는 그런 촌장의 눈길이 거북했다.

배운 것 없이 타고난 농투성이로 평생을 살아온 노인이었다.

그러나 그런 노인의 말속에는 지혜가 깃들어 있었다.

운도는 그것이 세월의 힘일 것이라고 생각했다.

한참 운도를 바라보던 촌장이 다시 말했다.

"혹시 내가 한 말 때문에 부담스러워졌다면 없던 일로 하세."

"그렇지 않습니다. 다만 서 아저씨와 채운에게 미안할 뿐이지요."

"자네가 이곳을 떠나려는 이유를 물어도 되겠나?"

"제가 꼭 해야 할 일이 있기 때문입니다."

촌장이 가볍게 한숨을 쉬었다.

"그게 무엇인지는 모르지만 자네의 일이라는 게 우리가 생각할 수 없는 그런 것이리라고 짐작은 하네."

"……"

"아무튼 몇 년 이곳에 더 있는 게 좋을 것 같네. 그러면 상처에서 완전히 회복될 수 있을 테니까. 그런 다음에 자네가 하려는 일을 시작하는 게 좋을 게야."

촌장이 말하는 건 마음의 상처였다.

그건 운도가 지옥곡에서 지냈던 일 년 동안 얻은 상처이고 아직 그것의 후유증에서 완전히 벗어나지 못했다.

촌장은 운도의 사정에 대해서 조금도 알지 못했으나 그의 상태에 대해서는 정확하게 알고 있었다.

역시 세월이 가져다준 지혜일 것이다.

잠시 생각하던 운도가 고개를 숙였다.

"감사합니다. 말씀에 따르지요."

"잘 생각했네. 서 가에게는 내가 잘 말해놓을 테니 그 일로 부담 가질 필요는 없네."

"죄송합니다."

"허허, 그럴 것까지야……."

촌장의 방에서 나온 운도는 마당 한가운데 서서 하늘을 보았다.

늦은 가을의 쌀쌀한 바람이 불어왔고, 가까운 산이 붉게 물들어가고 있었다.

청명한 하늘과 맑은 바람. 그리고 깊은 적막.

나뭇잎 말라가는 냄새.

새소리.

묵묵히 서서 그런 것들을 제 숨 속에 받아들이고 있던 운도가 중얼거렸다.

"그래, 몇 년 더 웅크리고 있다고 해서 세상이 달라질 일은 없겠지."

자신에게 아직 많은 시간이 필요하다는 걸 운도는 잘 알고 있었다.

세상으로 돌아가기 위해서.

그리고 싸우기 위해서.

'누구와?'

싸워야 한다고 생각하자 문득 그런 의문이 들었다.

싸움이란 적이 있어야 하는 것 아니던가.

지옥곡에서는 사방이 온통 적이었다. 그래서 이것저것 생각하고 고민할 새도 없이, 정신없이 싸웠다.

하지만 그곳의 적들은 이제 모두 사라졌다.

그렇다면 누구와 싸워야 한단 말인가, 누가 내 적이란 말인가.

가슴이 답답해져 왔다.

아무것도 드러난 게 없고, 지난 삼 년 동안 은혜와 원수의 구분마저 지을 수 없이 모호해졌다. 그게 지금의 제 모습이라는 걸 깨닫지 않을 수 없었다.

'내 자신과 싸우는 것이다.'

망부석처럼 우뚝 서서 오래 자신의 생각에 잠겼던 운도는 그렇게 결론을 내렸다.

자신의 신세 내력을 밝히기 위해 노력하고 고심해야 한다는 것부터가 자기 자신과의 싸움이라고 생각했다.

그 과정에서 적이라고 할 자들이 등장할지도 몰랐다. 그게 누가 될지는 모른다.

어쩌면 사라져 버린 사부, 등 선생일지도 모른다고 생각하자 가슴이 더욱 답답해졌다.

아버지 같았던 분 아니던가. 이 넓은 세상에서 오직 믿고 의지하며 살아온 단 한 사람이었다. 그러나 이제는 믿을 수 없다. 의심하고 있다.

그런 제 자신이 밉고 싫었지만 그렇다고 외면할 수도 없었다.

마교의 무리들과 싸워야 할지도 모른다고 생각했다.

역시 가슴이 답답해졌다.

쾌도왕 갈포참과 과연 싸울 수 있을까? 상왕 황준보와 과연 싸울 수 있을까? 하는 회의가 들었기 때문이다.

그것 역시 자기 자신과의 싸움이나 마찬가지였다.

풍사곡주 위진평과 싸우게 될 수도 있다.

그건 곧 십천의 모두와 적이 될 수도 있다는 것이다.

'내가 그렇게 할 수 있을까?

운도의 얼굴이 어두워졌다.

싸우면 이겨야 한다.

패배는 곧 죽음이다.

죽는다면 내가 원하는 그 어떤 것도 얻을 수 없지 않은가.

그러므로 싸우면 반드시 이겨야 하는 것이다. 이기고 살아

남아야 한다.

그게 지옥곡에서 배운 교훈이었고, 운도의 가치관이 된 승리에 대한 집념이기도 했다.

하지만 십천의 막강한 무공을 과연 당해낼 수 있을 것인가, 생각하자 두려워지지 않을 수 없었다.

한시도 잊어본 적이 없는 그리운 얼굴, 위서향을 생각하면 더욱 그랬다.

만약 풍사곡주와 적이 되어 싸우게 된다면 위서향을 어찌할 것인가.

"휴— 어렵구나, 어려워."

운도가 길게 탄식하고 어깨를 늘어뜨린 채 자신의 숙소인 헛간으로 돌아갔다.

이것이냐, 저것이냐를 결정하는 일은 언제나 어려웠다. 그 결과에 대한 모든 책임이 자신에게 돌아오기 때문이다.

믿고 의지할 사람이 있을 때는 좋았다. 그와 책임을 나누어 가질 수 있었기 때문이다. 사부 등 선생이 그랬고, 쾌도왕이 그랬으며, 상왕 황준보가 그랬다.

그러나 운도는 지금 혼자였다. 이 세상에서 아무도 믿고 의지할 사람이 없다.

아니, 있다고 해도 이제는 더 이상 그렇게 할 수가 없다. 제 스스로 제 일을 헤쳐 나아가야 하는 사람이 된 것이다.

더 이상 세상물정 모르는 소년이 아니지 않은가.

'닥치는 대로 헤쳐나간다.'

그렇게 마음먹지 않을 수 없었다.

그것이 지금 제가 할 수 있는 최선인 것이다.

감자를 캐는 일과 같다고 생각했다. 줄기 하나를 잡고 따라가면 줄줄이 큼직한 녀석들이 매달려 나오지 않던가. 그 재미 때문에 종일 뙤약볕이 뜨거운 줄도 모르고 비탈진 밭에 매달려 있기도 했다.

서둘러서는 안 된다. 줄기가 끊어져 버릴 테니까.

이제는 제법 아늑하게 변한 헛간에 들어온 운도는 지그시 눈을 감고 마음과 정신과 뜻을 모아 천마심공의 운기에 들어갔다.

그가 폐혈을 뚫고 운기조식을 다시 할 수 있게 된 지가 벌써 삼 년이 되었다.

천마심공의 운기도해 편에서 방법을 찾아내 원양지기를 불러일으켜 폐혈을 뚫는 데에 성공한 이후 운도는 운기조식을 하루도 거르지 않았다.

그전에 쌓아왔던 내력은 모조리 사라지고 없었다.

사부 등 선생의 운기심법을 따라 십여 년 동안 쌓아온 내공이고, 그 후로 천마심공의 수련으로 일 년 남짓 축적해 온 내공을 모조리 잃어버렸다는 건 속상한 일이었다.

그러나 운도는 그것에 연연해하지 않았다.

새롭게 시작할 수 있다는 게 오히려 고마운 일 아닌가.

그런 마음으로 시간이 날 때마다 용맹정진했는데, 그 결과 삼 년이 지난 지금 운도의 몸 안에서는 순수한 천마심공의 내력이 나날이 불어가고 있는 중이었다. 그건 전화위복이라고 해야 할 만큼 오히려 잘된 일이었다.

기혈이 텅텅 비어버린 상태에서 천마심공 속에서 제가 깨달은 운기의 비결에 따라 운기조식하자 마른땅이 비를 흡수하듯 했던 것이다.

그 증진과 성과는 운도 자신이 깜짝 놀랄 정도였다.

천마심공의 묘용이 이렇게 무서울 만큼 신통하단 사실에 제 자신이 두려움을 느낄 지경이었던 것이다.

그리하여 삼 년이 지난 지금 운도는 오히려 내공을 잃어버리기 전보다 더 크고 높은 성취를 보이고 있었다.

운도는 천마심공에서 자신만의 깨달음으로 얻게 된 그것을 구룡신공(九龍神功)이라고 이름 지었다.

구룡산의 깊은 골짜기에 숨어 있는 이 궁촌에서 깨달았고 수련했으며, 그 성취를 이루어가고 있는 신공이기 때문이다.

장차 그것이 강호에서 과연 얼마나 막강한 신공절학으로 인정받고 위력을 발휘하게 될지는 운도 자신도 알지 못했다.

그러나 앞으로 이 년만 더 이렇게 빠른 성취를 보인다면 그때는 세상에 나가 부딪쳐 볼 만하다는 충만한 자신감이 생겨나고 있었다.

지금 운도에게 가장 중요한 건 바로 그것이었다.

*　　　*　　　*

가을과 겨울이 그렇게 지나가고 다시 봄이 되었을 때 궁촌
에 작은 변화가 생기기 시작했다. 어떻게 알았는지, 산 아래에
살던 사람들이 하나둘 궁촌으로 찾아와 둥지를 틀고 새 살림
을 시작했던 것이다.

그들은 행색이 하나같이 남루하고 얼굴에는 피곤이 가득했
다.

운도는 그렇게 소문에 소문을 듣고 찾아오는 사람들을 보면
서 산 아래의 삶이 더욱 힘들어졌다는 걸 느낄 수 있었다.

제 삶의 터전을 버리고 떠난다는 게 어디 쉬운 일인가.

부대끼다 못해 기어이 견디지 못하고 떠나온 사람들이 하나
둘 늘어날수록 궁촌은 바쁘고 시끌시끌해졌다.

운도가 이곳에 찾아 들어온 지 그새 사 년이 지났다.

운도는 이제 떠나야 할 때가 되었다고 생각했지만 좀체 그
렇게 하지 못하고 있었다. 어느덧 신공이 날로 무섭게 증진되
어 가는 단계에 이르러 있었기 때문이다.

지금 이 시간이 자신에게 얼마나 소중한 것인가, 하고 생각
하면 그걸 포기하고 떠날 수가 없었다. 지금 안정을 가지고 열
심히 수련하지 않으면 다시 이런 기회를 찾기가 어려울 것이
다.

외부와 철저히 차단된 궁촌의 평화로운 생활은 숨어서 수련
하기에 더없이 좋은 곳이었다.

그 속에서 운도는 모든 걸 잊고 오직 자신의 신공을 끌어올

리는 데에만 몰두할 수 있었다.

폐관수련이라는 걸 따로 할 필요가 없었던 것이다.

그래서 그는 어느덧 사 년하고도 반년이 훌쩍 넘어가도록 아직 궁촌에 더 붙어 있는 중이었다.

어느덧 궁촌에서 맞는 다섯 번째의 봄이 찾아왔다.

운도는 이제 스물두 살의 늠름한 청년이 되어 있었다.

그의 눈빛은 사슴의 그것처럼 부드럽고 따뜻했으며 팔다리의 기운은 곰이나 호랑이의 그것처럼 억세어졌다.

가슴속에는 강철 같은 의지와 투지가 더욱 크고 높아져서 산악이라도 가를 것 같아졌다.

그러나 그것이 조금도 겉으로 드러나지 않았으니 그만큼 수양이 깊어진 것이다.

겉으로 볼 때의 그는 서른 살을 넘긴 장정 같았다.

햇볕에 그을린 검은 피부와 단단한 골격과 무성하게 자라난 수염. 그리고 훌쩍 큰 키가 여느 장정들을 내려다볼 만하게 되었던 것이다.

거칠게 썩둑썩둑 잘라낸 더부룩한 머리카락에 낡고 허름한 옷차림만으로 보면 운도는 우악스럽고 호쾌한 악당 같아 보였다.

그러나 그의 맑고 온유한 눈빛을 본 사람들은 금방 운도의 정체를 알아챘다. 겉모습과 달리 부드럽고 순박한 청년이라는 것을.

운도는 넘쳐 나는 힘과 용맹과 적의를 제 안에 감추고 있는 숯불이었다. 재에 파묻혀 조용하게 이글거리고 있지만 그 안에는 온 세상을 태울 수 있는 불덩어리가 숨 쉬고 있는 것이다.

궁촌에 그렇게 변한 운도가 있다는 것을 세상은 조금도 알지 못했고, 함께 살고 있는 마을 사람들도 전혀 눈치채지 못했다.

궁촌은 이제 사십여 호 일백 명이 넘는 사람들이 모여 사는 제법 큰 마을이 되었다.

다들 열심히 일했으므로 소출이 해마다 넘쳐 났다.

봄이 지나 여름으로 접어들 무렵이었다.

비탈진 밭에 심어놓은 옥수수들이 제법 웃자라 어른 키를 넘보게 되었고, 밭두렁의 콩들도 파란 잎이 익어가고 있었다. 보리를 수확한 지는 오래전이다.

예년에 없던 풍작을 맞이한 봄이었고, 그보다 더한 가을의 풍작을 기대하게 하는 오월이었던 것이다.

그러자 찾아온 자들이 있었다.

반갑지 않은 자들이다.

산왕(山王)이라고 불리는 자들.

다섯 개의 봉우리를 넘어 서쪽 귀모봉(龜貌峰)에 산채를 틀고 있다는 귀모채의 산적들이었다.

그들이 궁촌에 얼씬도 하지 않았던 건 그곳이 자신들의 활동 영역에서 멀리 떨어져 있을 뿐 아니라, 워낙 궁벽한 곳이라 찾아올 가치도 없었기 때문이었다.

그러나 지금은 그렇지 않았다.

그동안 궁촌의 사람들은 남은 곡물들을 가지고 몇 개의 산과 골짜기를 건너 저자에 내려가 팔곤 했었다. 그 돈으로 처자식의 옷과 노리개를 사오곤 했는데, 그 소문이 귀모채의 산적들 귀에 들어갔던 것이다.

무더위가 천천히 찾아와 머물기 시작한 오월 어느 날, 복사꽃이며 배꽃도 다 지고 파란 알갱이로 고개 내민 과실들이 무럭무럭 자라고 있는 그 오후에 그들이 왔다.

험상궂게 생긴 다섯 놈이었다.

큼직한 칼을 차고 활을 지녔으며, 짐승 가죽으로 옷을 삼은 놈들.

궁촌의 촌민들은 생전 처음 보는 그들에게 압도되어 기가 죽지 않을 수 없었다.

그날 운도는 그 귀모채의 산적들이 한자리에 모아놓은 촌민들 속에 섞여 있었다.

우두커니 서서 그들의 일장 연설을 들었고, 위협하는 눈길을 받아냈다.

"우리는 무작정 약탈이나 일삼는 그런 조무래기 산적들이 아니다. 그야말로 산왕인 것이다. 그러니 너희를 해치지 않을까 염려하지 말라. 해치는 대신 이제부터 우리가 너희를 외부의 적들로부터 보호해 주겠다. 그러니 보호세를 바쳐야 한다. 일 년에 두 번 바쳐야 하는데, 각 호마다 소출의 절반이다. 그 이상도 안 받고 그 이하는 더욱 안 받는다. 만약 소출을 바치지 않으면 그에 상응하는 대가를 치러야 할 것이다. 그게 질서이고 규칙이라는 거니까."

쥐새끼처럼 반짝이는 눈을 가진 호리호리한 놈이 거기서 잠깐 말을 멈추고 촌민들을 휘둘러보았다.

그가 핑계 삼은 외부의 적이란 있지도 않다. 그러나 촌민들은 겁에 질려 떨고 있을 뿐 한마디도 항변하지 못했다. 다들 그와 눈을 마주치지 않으려고 고개를 숙인다.

운도는 슬그머니 시선을 돌려 먼 산을 바라보았다.

잠시 그런 운도의 얼굴에 머물렀던 눈길을 거둔 놈이 히죽 웃고 다시 일장 연설을 이어갔다.

"우리는 폭력을 좋아하지 않는다. 하지만 그렇다고 너그럽지도 않다. 우리 말을 따르면 여전히 평화롭게 살 수 있겠지만 그렇지 않으면……."

거기서 다시 말을 멈춘 놈이 운도를 지그시 바라보았다. 무언가 못마땅했던 건지도 모른다.

운도는 아무런 내색도 하지 않았다. 움직이지도 않았다. 반항하지 않겠다는 뜻을 보이는 것이다. 하지만 다른 촌민들처럼 겁에 질려 떨지 않았다. 그저 우두커니 서 있을 뿐이었다.

어떻게 보면 바보처럼 보이기도 했다. 그래서 쥐눈의 얄미운 놈은 잠시 혼란스러웠으리라. 그리고 결론은 저에게 유리한 쪽으로 내렸다.

'멍청한 놈이었군. 이 빌어먹을 촌것들이 다 그렇지 뭐.'

히죽 웃고 난 그가 헛기침을 하고 다시 말했다.

"열흘 뒤에 사람을 보낼 것이다. 그때까지 잘 준비해 놓도록."

그들이 올 때와 같이 으스대며 떠나갔고, 마을은 그 즉시 깊은 슬픔과 절망에 빠졌다.

원래부터 있던 사람들은 타지에서 흘러들어 온 사람들을 비난했다. 그들이 오고 나서 산적들이 찾아왔으니 그렇다.

타지에서 온 자들은 그런 토박이들을 비난했다. 그게 어떻게 우리 탓이냐는 그들의 항변도 정당한 것이었다.

한 번 그렇게 생긴 분란은 쉽게 가라앉지 않았다. 그러자 며칠 못 가서 마을이 두 쪽으로 갈라질 지경이 되었다.

궁촌이 생긴 이래 최대의 위기를 맞은 셈이다.

그리고 열흘 뒤에 산채에서 다시 쥐눈과 함께 몇 명의 험상궂은 자들이 찾아왔다.

그들은 집집마다 샅샅이 수색해서 저장하고 있는 곡물들을 죄다 파악했다. 그리고 정확히 그것들의 절반을 자신들의 몫으로 챙겼다.

칼을 휘두르지 않았을 뿐이지 약탈이나 다름없는 짓이었지만 누구도 감히 반항하지 못했다. 아직 가을 추수 때까지 충분히 먹을 곡식들이 남겨졌으니 그렇다. 지난 봄의 소출이 얼마나 풍년이었던지를 알 수 있는 일이었다.

산적들은 마을의 남자들 중 열 명을 뽑아서 곡물 짐을 지게 했다. 그 속에 운도도 끼었다.

운도는 묵묵히 그들이 시키는 대로 무거운 곡물 짐을 지고 다섯 개의 산봉우리를 넘어 서쪽 귀모채까지 갔다.

벼랑 위에 지어진 큰 규모의 산채였다.

그곳에 백여 명의 산적들이 상주하고 있었는데, 그만한 규모라면 관병들도 우습게 여길 만하기에 충분했다.

오갈 데 없는 자들이 모여들었고, 심성 고약한 자들이 무리를 이루었다고는 하나 오합지졸들은 아니었다. 산채의 분위기에서 운도는 금방 그것을 눈치챌 수 있었다.

대두령이라는 자의 영도력이 뛰어났던 것이다.

대두령은 귀모왕(龜貌王)이라고 불리는 자였다. 이름은 모른다.

운도 등 궁촌에서 짐꾼으로 따라온 자들은 감히 귀모왕의 얼굴조차 볼 수가 없었다. 그 밑의 소두령이라는 자가 나와서 으스대며 제 종들처럼 이래라저래라 하고 명령했던 것이다.

산채의 곳간에 곡물을 부리는 동안 운도는 귀모채의 면면을 세심하게 살펴보았다.

거들먹거리며 돌아다니는 자들 중에서 강호의 고수라고 여겨지는 자들도 더러 볼 수 있었다.

번쩍이는 눈빛과 범상치 않은 기도를 지닌 자들이었다. 그리고 하나같이 악착같으며 음흉하게 생긴 자들이었다.

강호에서 처신하는 일이 어렵고 궁색해지자 귀모채에 들어와 몸을 의탁하고 있는 자들일 것이다.

운도는 대두령이 그런 자들마저 거두고 부릴 수 있을 만큼

통이 큰 자일 것이라고 짐작했다. 솜씨 또한 제법 무서울 것이다. 그렇지 않고서야 강호의 망나니 같은 자들을 어찌 부릴 수 있을 것인가.

운도는 이런저런 정황으로 미루어보았을 때 이 귀모채라는 곳이 호랑이 굴이나 다름없는 곳이라는 걸 짐작했다.

조금 더 지나면 산적이라는 껍질을 벗어버리고 흑도의 한 방회로 탈바꿈하게 될지도 모른다. 어쩌면 대두령이라는 자는 그걸 꿈꾸고 있는 효웅일 수도 있다는 생각이 들지 않을 수 없었다.

운도를 비롯한 마을 사람들이 다시 궁촌으로 돌아온 것은 떠났던 날로부터 사흘째 날이 저물어가고 있을 무렵이다.

칙칙한 어둠이 온 골짜기를 뒤덮어가고 있었다.

궁촌의 분위기는 운도 일행이 귀모채까지 갔다 온 지난 사흘 동안 완전히 바뀌어 바로 그 골짜기처럼 암울하게 가라앉아 있었다.

"이제 이곳도 떠나야 할 때가 된 모양이야."

촌장의 한숨 섞인 말에 늦은 저녁을 먹던 운도가 젓가락을 멈추었다.

"저 아래 세상에서 살 때는 지주의 횡포가 무섭고 싫어서 모든 걸 다 버리고 이곳으로 도망쳐 왔지. 그런데 이제는 또 그 지주가 생겼으니……."

산적들을 말하는 것이다.

"이래서 세상에 우리 같은 무지렁이들이 마음 편하게 살 곳은 없다고 하는 건가 보네."

말끝에 땅이 꺼지도록 한숨을 쉬는 촌장의 얼굴이 십 년은 더 늙어 보였다.

"싸워보시렵니까?"

불쑥 내뱉은 운도의 말에 촌장이 화들짝 놀랐다.

"싸우다니? 누가 누구와? 설마 우리더러 귀모채의 산적들과 싸우라는 건 아니겠지?"

"아닙니다. 제가 그만 실언을 하고 말았군요."

운도가 피식 웃고 다시 젓가락질을 했다.

저도 모르게 그 말이 불쑥 나온 건 안타까움 때문이었다. 하지만 그 말을 해놓고 스스로도 후회했다.

늙었거나 젊었거나 상관없이 이 궁촌의 사람들은 싸움이라는 걸 아예 모르는 사람들이었다.

밟으면 밟히고 차면 차이며 사는 데에 이골이 난 사람들인 것이다.

또 싸우겠다고 한들 몇 명의 청년들만으로 어떻게 귀모채의 산적들을 상대할 수 있을 것인가.

묵묵히 허기진 배를 채우고 있는 운도를 바라보던 촌장이 타이르듯 말했다.

"싸우는 것만이 능사가 아닐세. 싸움은 이기든 지든 다치게 마련이고, 아까운 생령들을 죽이기도 하게 되지. 그건 차마 못할 짓이라네."

“어르신의 말씀이 옳습니다.”

“당부하거니와 자네도 젊은 혈기를 믿고 괜히 나섰다가 후회하는 일이 없기를 바라네.”

“그러지요.”

“그저 지면서 사는 게 이기는 길인 게야. 더 열심히 농사를 지어서 우리보다 불쌍한 자들과 나누어 먹는다고 생각하고 말 일이라네.”

말끝에 다시 한숨을 쉬는 건 촌장도 자신들의 그런 처지가 억울해서일 것이다.

그러나 대항할 힘도 의지도 없는 처지에는 억지로라도 그렇게 생각하는 것이 위로가 되리라.

저녁 식사를 마친 운도는 다시 자신의 거처로 돌아와 운기삼매에 빠져들어 갔다.

그 어느 때보다 구룡신공의 기운이 맹렬하게 일어 기경팔맥을 터뜨릴 듯이 치달렸다.

비좁은 헛간 가득 우우웅, 하는 기파의 진동음이 들어찼다.

운도는 이제 조금만 더 연공한다면 구룡신공이 팔성의 단계에 이를 것임을 짐작했다.

이곳에서 평화롭게 보낸 오 년의 세월이 가져다준 크나큰 선물이리라.

第二章
야차(夜叉)의 부활

마룡의
후예

마룡의
후예

그렇게 가을의 추수기가 왔고, 다들 수확에 매달려 정신없이 하루를 보냈다.

어느덧 운도는 궁촌의 삶에 완전히 동화되어 있었다. 이제는 모두 그가 오 년 전 불쑥 나타난 자였다는 것마저 다 잊었다.

운도에게도 궁촌이 원래 자기가 나고 자란 곳처럼 여겨졌다. 고향이라고 해도 어색하지 않을 만한 곳이 된 것이다.

봄에 이미 예상했던 것처럼 가을의 수확은 대풍이었다. 나무마다 과실이 가지가 꺾일 만큼 매달렸고, 밭에 심은 곡식은 곳간이 부족할 지경으로 넘쳐 났다.

수확을 하고 나자 사람들은 누가 가르쳐 주지도 않았건만

서로서로 눈치를 보아가면서 자신의 소산 중 일부를 감추기에
바빴다.

그들이 오겠다고 한 날이 며칠 뒤다. 운도는 촌장 집의 추수
가 끝나기 무섭게 활과 화살을 챙겨 들고 산으로 올라갔다.

사냥을 핑계 삼아 며칠 분의 식량을 등에 지고 나선 건 귀모
채의 산적들과 부딪치고 싶지 않아서였다.

그가 마을을 나서려는데 뒤에서 복숭아나무집 서채운이 마
구 달려왔다.

"기다려, 나도 같이 갈 거야!"

손에 활을 들고 등에 전통을 멨지만 급하게 챙긴 어색한 티
가 나는 것이어서 운도가 피식 웃었다.

"어딜 같이 가겠단 말이냐?"

"오빠 따라서 사냥 가겠다는 거지 뭐."

채운이 눈을 흘겼다.

까무잡잡한 피부가 건강해 보인다. 활짝 피어난 열아홉 살
의 야생화같이 싱싱한 아가씨인 것이다.

누가 보든 탐을 낼 만했다.

이런 궁촌에서 병든 아버지를 수발하며 나이 들어가기에는
아까운 처녀가 아닐 수 없다.

운도가 혀를 찼다.

"과년한 아가씨가 외간 남자를 따라서 며칠씩 산에 들어가
있겠다고?"

"뭐 어때? 운도 오빠인데."

"나는 남자로 보이지 않는다는 말이냐?"

"헤헤―"

채운이 그 말에도 낯을 붉히지 않고 밝게 웃었다.

"안 돼."

운도가 단호하게 말했다.

"왜? 왜 안 되는데?"

"나는 이번에 사나흘쯤 있다 내려올 거다. 네가 나를 따라가면 그동안 누가 네 아버지의 병수발을 들지?"

"그건……."

채운이 금방 울상이 되었다.

생계를 그녀가 책임지고 있은 지 벌써 오래되었다.

"돌아가. 아직 추수할 게 남아 있는 집들의 일이라도 도와라."

운도의 말이 야속하지만 그게 현실적이라는 걸 채운도 잘 알았다. 추수를 도와주고 두어 말의 곡식이라도 얻어야 하는 것이다.

채운은 그 나이의 여느 아가씨들답지 않게 현실적이었다. 제 처지가 그렇게 만들어준 것이다. 그래서 운도를 따라가고 싶은 마음이 굴뚝같지만 참을 줄도 안다. 그 나이에 내 욕심보다 아버지를 먼저 생각하는 게 어디 쉬운 일이던가.

운도가 그녀의 어깨를 토닥거려 주었다.

"이번에는 곰이나 사슴을 잡을 생각이다. 내려오면 고기와 가죽을 너에게도 나누어 줄게."

"정말이지?"

채운의 얼굴이 금방 밝아졌다.

"사슴 가죽을 줘. 꼭이야?"

그걸 저자에 내다 팔면 꽤 많은 돈을 받을 수 있다는 생각에 채운이 활짝 웃었다.

"그래, 약속하지."

채운이 와락 달려들어 운도의 허리를 꼭 안았다.

"이러지 마. 사람들이 보면 어쩌려고."

운도가 혀를 차며 떼어놓자 그녀가 야속한 듯 흘겨보고는 홱, 돌아서서 마을로 달려 내려갔다.

날렵한 암사슴처럼 뛰어가는 그녀의 뒷모습을 바라보던 운도가 피식 웃고 나서 하늘을 보았다. 맑고 청명했다.

"사흘이면 충분하겠지."

그 안에 산적들이 다녀갈 것이다. 비록 곡물은 빼앗아가겠지만 자신들이 한 약속대로 사람은 해치지 않을 테니 그러면 된다고 생각했다.

＊　　＊　　＊

사냥은 핑계에 지나지 않았다. 운도가 구룡산으로 올라간 건 바로 자신의 성취에 대해 스스로 검증해 보고 싶어서였다.

이번이 처음이 아니었다.

삼 년 전부터 그는 두어 달에 한 번씩은 이렇게 사냥을 핑계 삼아 홀로 인적없는 구룡산 깊은 곳에 들어갔고, 그곳에서 마음껏 자신의 신공에 대한 성취도를 시험해 보았던 것이다.

그리고 장왕 진사곤의 장법과 쾌도왕의 도법은 물론 풍사곡에서 배웠던 하가의 창법 몇 가지와 아미파의 장법, 점창파의 검법 몇 가지를 연구했다.

십천 중 네 곳의 절기를 배웠다고 하지만 그게 그들, 풍사곡과 하가보, 아미, 점창파의 최고 절기들은 아니었다.

그러나 운도가 그것들을 통해서 사천이 지니고 있는 무공의 특성과 장점을 파악하기에는 충분했다.

운도는 지난 삼 년 동안 남모르게 그것들을 조합해 자신만의 전혀 새로운 절기를 만들어냈고, 그것을 구룡신공과 결합하면서 구룡백타(九龍百打)라고 이름 지었다.

서로 다른 성향을 가지고 있는 몇 개의 절기를 취합하고 그 속에서 자신만의 새로운 투로를 만들어내는 데에는 사부 등 선생에게서 배웠던 풍운검법이 크게 도움이 되었다.

아무리 어렵고 까다로운 초식의 변화에 맞닥뜨려도 풍운검법의 묘용은 그것에 대한 해결법을 찾을 수 있게 해주었다.

원래 풍운검법이 모든 무공에 대한 이해와 습득을 쉽게 해주기 위해 창안된 것 아니었던가.

그렇게 몰래 자신의 절기들을 만들어가는 동안 운도는 스스로도 깜짝 놀랄 만큼 커다란 진전을 이루고 있었다.

지금도 그는 전력을 다해 자신이 무형신보라고 이름 지은 장왕 진사곤의 경공신법을 시험해 보고 있었다.

그의 전신 혈맥에는 구룡신공으로 연단하고 축적해 온 진기가 충만해져 있었다. 운기할 때마다 그것이 맹렬한 기세로 임독 양맥을 두루 관통해 치달린다.

구룡신공의 장점 중 하나가 바로 그것이었다.

호흡처럼 자신의 기운을 마음대로 이끌어내고 거둘 수 있다는 것이다.

운기와 함께 신공은 불길처럼 맹렬하게 치솟아올랐다. 그리고 내 의지에 따라 움직이고 꺼지는 게 자유로웠다.

휘파람을 한 번 불어서 한껏 호연지기를 불러일으킨 운도가 발끝으로 땅을 찍었다. 그 순간 그는 쏘아진 살처럼 그대로 숲을 뚫고 날아갔다.

아무도 모르게 벌써 몇 번 시험해 보았지만 그때마다 그 맹렬하고 경쾌함에 놀라는 운도였다.

하루가 다르게 신공의 기운이 거대해지고, 그에 따라 무형신보의 위력이 증진된다는 걸 느낄 수 있었는데, 그 속도가 스스로도 믿기 어려울 지경이었다.

지금 운도는 넘치는 제 힘을 주체하지 못할 지경이었다.

그래서 아무도 없는 산속을 바람보다 빠르게 달려갔다.

깊은 골짜기를 한숨에 건넜고, 높은 산봉우리로 뛰어오르는 게 놀란 노루 같았다.

그렇게 구룡산 남쪽 적운봉 꼭대기에 오르는 데 반 시진밖에 걸리지 않았으니 나는 새라고 해도 그보다 빠를 수는 없었을 것이다.

운도는 일백여 리에 가까운 산속을 한나절 만에 주파했다. 노루와 사슴이라고 해도 따르지 못했을 만큼 놀라운 운신이었다. 그러나 그의 숨은 여전히 고요했고, 전신에 넘쳐흐르는 힘은 더욱 왕성해졌다.

구룡신공을 쌓은 이래 이처럼 온 힘을 다해 그것을 뽑아 써 본 적이 없는 운도로서는 그 까닭을 알 수 없어 어리둥절해질 만했다.

천마심공에서 그가 찾아낸 운기의 비결은 여타의 신공과 달리 샘솟듯 하는 것이었다. 공력을 많이 쓰면 쓸수록 그것을 채우기 위한 운기가 저절로 이루어졌던 것이다.

아무리 절정의 신공을 지닌 고수라고 해도 사흘 낮밤을 싸우고 나면 내력이 고갈되어 헐떡이게 마련이었다.

그러나 운도에게는 장차 그런 일이 없을 것이다.

숨을 쉬듯이 저절로 운기가 되고 있으니 그렇다.

몸 안에 끊임없이 산소가 보충되는 것처럼 끊임없이 사라진 공력이 보충되고 있었다.

사흘 동안 운도는 텅 비어버린 것 같은 구룡산을 제 놀이터처럼 돌아다니며 한 마리의 흑곰과 세 마리의 사슴을 잡았다.

그것들의 가죽을 벗겨 등에 지자 묵직했다. 채운에게 줄 작정이었다. 그녀가 기뻐할 것을 생각하면 마음이 흐뭇했다.

날이 저물기 전에 궁촌으로 돌아가야 한다는 생각으로 운도는 쉬지도 않고 달렸다.

그의 경공신법은 사흘 전보다 또 한 단계 높아져 있었다.

미친 듯이 뛰어다녔던 지난 사흘 동안 신법의 운용에 더욱 익숙해졌던 것이다. 무형신보의 운기심법에 대한 깨달음 또한 더욱 깊어졌다.

이제는 장왕 진사곤이 살아 돌아왔다고 해도 지금의 운도보다 능숙하게 그것을 펼쳐 보일 수 있을 것 같지 않았다.

그렇게 다시 몇 개의 깊은 골짜기를 뛰어넘고 높은 바위 봉우리와 거친 능선을 타 넘는 동안 어느덧 황혼이 깃들기 시작했다.

그리고 운도는 저 아래 궁촌이 보이는 비탈 위에 이를 수 있었다.

먼 곳에서 내려다보는 것이지만 궁촌의 모습이 그가 떠나기 전과 사뭇 달라졌다는 걸 알 수 있었다.

사람들이 횃불을 밝혀 든 채 여기저기 흩어져 있었고, 무너지거나 불에 탄 집들도 보였다.

무언가 좋지 않은 일이 있었다고 짐작한 운도가 즉시 몸을 날렸다.

숲에서 허겁지겁 달려나온 그가 제일 먼저 마주친 사람을 붙잡고 물었다.

"대체 무슨 일입니까? 마을이 왜 이렇게 되었지요?"

장엄두라고 하는 그 사람은 궁촌에 새로 유입되어 온 사람들 중 한 명이었다.

한눈에 고생하며 살아온 티가 역력한 오십대의 사내다.

운도를 멍하니 바라보던 장엄두가 부르르 몸을 떨고 나서 잔뜩 겁먹은 얼굴로 떠듬떠듬 말했다.

“그, 그들이… 왔었다. 화가 나서…… 사람들을 죽이고, 집을 헐고…… 약탈해…… 갔어.”

“그들이라니요?”

“귀모채.”

“아!”

기어이 본색을 드러낸 것이다.

운도가 장엄두를 밀치고 촌장의 집으로 달려갔다.

그곳도 반쯤 허물어져 엉망이 되어 있었다.

마을에 성한 집이 몇 채 되지 않는다.

집기며 곡물들이 마구 흩어져 난장판이 되어 있는 마당 복판에 촌장이 넋이 나간 사람처럼 서 있었다.

쪼그리고 앉아 흩어진 곡물의 낱알들을 주우며 훌쩍거리고 있는 노부인의 모습이 운도의 가슴에 뜨거운 불을 질렀다.

“어떻게 된 일입니까?”

촌장이 땅이 꺼질 듯이 한숨부터 쉬었다.

“이틀 전에 그들이 왔었네.”

“제가 마을을 떠난 다음날이었군요?”

“그래. 자네가 사냥을 나간 다음날 일찍 그들이 들이닥쳤던 게야.”

“가져가기로 한 곡물을 가져가면 그만이지 왜 이런 짓을 한 겁니까?”

"우리가 곡물을 숨긴 걸 알아챘지 뭔가. 온통 뒤져서 기어이 죄다 찾아냈지. 그리고 화가 나서 길길이 날뛰며 이 짓을 했다 네. 그 와중에 본보기라며 집을 허물더니 모두가 보는 앞에서 몇 사람을 죽이고 갔어."

순간, 운도의 눈에서 흉광이 번갯불이 번쩍이듯 솟구쳤으나 이내 사라졌다.

"그자들이 서 가의 딸을 잡아갔네."

"뭐라고요? 채운이를 잡아갔단 말입니까? 왜?"

"대두령에게 바치겠다더군."

"이런!"

운도가 발을 굴렀다.

즉시 서 가의 집으로 달려가 보니 역시 촌장의 말대로 채운이 보이지 않았다. 운신이 불편한 그녀의 아버지가 마당에 퍼질러 앉아 넋을 잃은 얼굴로 끅끅 울어대고 있을 뿐이다.

더 물어보고 말고 할 것도 없었다.

빠드득—

운도가 이를 갈았다.

다시 촌장의 집으로 달려온 그의 눈빛이 살벌해졌다.

처음 그들이 말했던 것처럼 곡물을 가져가는 대신 마을을 온전히 보존해 준다면 눈감아줄 생각이었다. 산적들이라는 게 그런 일로 생계를 유지해 가는 자들 아니던가.

운도가 과하다 싶은 한계를 넘지 않는 한 그들의 존재를 인정해 주려고 했었던 것은 저를 드러내고 싶지 않았기 때문이다.

그러나 이제는 아니다.

이건 명백히 허용할 수 있는 한계를 넘어선 야비한 짓이고 잔인한 짓이 아닌가.

촌장과 노부인이 그런 운도의 달라진 모습에 놀라 두려워하며 바라보았다.

두리번거리던 운도가 무너진 헛간에서 커다란 작두를 찾아냈다.

소죽을 쑤기 위해 곡식단을 자를 때 쓰던 것인데, 키우던 소가 병들어 죽어버린 후부터 버려져 이제는 녹이 벌겋게 슬어 있는 쓸모없는 물건이었다.

틀에서 작두를 떼어낸 운도가 숫돌을 찾아내어 썩썩 문질러 갈기 시작했다.

한동안 작두의 날을 갈아대는 소리만 들려올 뿐 괴괴한 적막이 흘렀다.

촌장이 두려운 얼굴로 그런 운도를 바라보다가 겨우 물었다.

"자네…… 그걸로 뭘 어떻게 하겠다는 건가?"

전혀 다른 사람인 것처럼 돌변해 있는 운도를 여전히 두려워하며 바라보았다.

운도는 대꾸하지 않았다. 가끔씩 날을 확인하며 숫돌에 문질러 가는 일에만 전념하고 있었다.

촌장이 고집쟁이 어린 아들을 달래듯이 말했다.

"설마 그들과 싸우려는 건 아니겠지? 혈기 때문에 아까운 목숨을 버리지 말게. 채운이와 서 가가 불쌍하게 되었지만 우리가 뭘 할 수 있겠는가? 살아 있어야 다시 농사를 짓고, 내년의 소출을 기대할 수 있지 않겠나?"

운도는 듣고 있지 않았다.

작두를 들고 일어선 그가 날을 살펴보더니 그것을 거꾸로 쥐고 촌장에게 포권했다.

강호인들의 인사를 하는 것이다.

촌장이 더욱 어리둥절해져서 운도를 멍하니 바라보기만 했다.

"그놈들이 빼앗아간 곡물을 찾아오고 채운이 또한 다시 돌아오게 하겠습니다."

"자네…… 정말 그들과 싸울 생각이군?"

촌장이 혀를 내둘렀다. 그의 눈에는 운도가 분기 때문에 이성을 잃은 것으로밖에는 보이지 않았다.

"한 가지만 약속해 주십시오."

"……."

"앞으로 누가 찾아와서 묻든 저에 대한 이야기는 해주지 않았으면 좋겠습니다. 정 해야 할 수밖에 없는 형편이라면 제 이름 대신 아무거나 다른 이름을 말해주십시오. 마을 사람들 모두에게도 단단히 일러두어야 합니다. 그렇게 하겠다고 약속하시겠습니까?"

"누가 자네를 찾아온단 말인가?"

"그게 누가 될지는 알 수 없지만 언젠가는 그런 날이 올지도 모릅니다. 그때를 위해 미리 말씀드리는 거지요."

"역시 자네는 우리와 다른 사람이었군. 사연이 있었던 게야."

"약속해 주시겠습니까?"

운도를 빤히 바라보던 촌장이 천천히 고개를 끄덕였다.

"하늘이 두 쪽이 나는 한이 있어도 반드시 그렇게 하겠노라고 약속함세."

"됐습니다. 저도 떠나기 전에 한 가지 약속을 드리지요."

"……"

"오늘 이후로 귀모채의 산적들이 다시 찾아와 괴롭히는 일이 절대로 없게 하겠습니다."

촌장이 다시 크게 고개를 끄덕였다.

운도의 손을 꼭 붙잡는다.

"자네를 믿겠네."

그는 운도가 어떤 사람인지 모르지만 그가 하려는 일이 무엇인지는 짐작했다.

과연 운도가 혼자서 그 일을 해낼 수 있을 것인지 확신할 수 없기도 하다.

그러나 지금 이 순간만큼은 운도를 하늘처럼 믿을 수밖에 없었다.

'어쩌면……'

촌장은 운도가 자신들을 보호해 주기 위해 하늘이 내려보낸 신장일지도 모른다고 생각했다.

정말 그렇다면 지난 오 년 동안 그를 제집에 머물도록 한 게 죽는 날까지 자랑이 될 것이다.

*   *   *

이틀 전 저물녘에 마을의 남자들 열 명에게 곡식 짐을 지워 떠났다니 아직 귀모봉의 산채에 도착하지 못했을 것이다.

서둘러 쫓아가면 잡을 수 있다.

그런 생각으로 운도는 미친 듯이 어두워진 구룡산 자락을 타고 달려갔다. 그리고 그의 생각이 옳았다는 게 증명되었다.

조각달이 서쪽 먼 하늘로 기울었고, 샛별이 더 밝게 빛나는 무렵에 드디어 그들을 발견한 것이다.

운도는 개울가에 군데군데 피어 있는 모닥불을 노려보며 엎드려 있었다. 거기 모두 일곱 놈의 산적이 모닥불 가에 쓰러져 코를 골고 있었다.

두 놈이 불침번인 듯 좌우로 나뉘어 왔다 갔다 하고 있었고 한쪽에 웅크려 잠을 자고 있는 열 명의 마을 사람들.

운도가 그들을 벌써 몇 번씩이나 찬찬히 살펴보는 건 그들 속에 있어야 할 채운이 보이지 않았기 때문이다.

채운은 한발 앞서 산채로 끌려간 건지도 모른다. 그렇다면 서둘러야 한다.

운도가 엎드려 있던 숲에서 벌떡 몸을 일으켰다.

어슴푸레한 새벽빛 속으로 뚜벅뚜벅 걸어나간다.

와삭거리며 함부로 풀잎을 밟고 다가오는 소리에 불침번을 서던 두 놈이 돌아보고 버럭 소리쳤다.

"웬 놈이냐!"

대답 대신 손에 쥐고 있는 작두의 잘 갈린 날이 쨍, 하고 달빛을 튕겨냈다.

어둠 속에서 먹이를 노리는 야수의 그것처럼 번쩍이는 눈빛이 곧장 한 놈의 미간에 처박혔다.

휙―

그리고 가볍게 바람을 가르는 소리.

쾅!

나무둥치에 도끼 박히는 것 같은 소리가 그 속에서 터져 나왔다.

"흐앗!"

참혹한 비명성이 새벽하늘을 갈가리 찢었다.

또 한 놈이 눈부신 듯 온통 미간을 찌푸렸다.

제 목으로 파고드는 흰 빛이 무엇인지 알 수 없지만 눈이 부셨던 것이다.

이미 한 놈의 머리통을 두 쪽으로 쪼갠 작두가 다음 놈의 목을 노리고 있었는데, 허공에 그저 흰 빛 한줄기가 번쩍인 것처럼 보일 뿐이었다.

그보다 빠른 건 세상에 없을 것 같았다.

퍽!

영문을 알기도 전에 놈의 목이 캄캄한 하늘을 바라보며 둥실 떠올랐다.

뒤늦게 솟구치는 선혈.

비릿한 피 냄새.

그것이 억눌려 있던 운도의 흉성을 폭발시켰다.

지옥곡에서의 살벌하고 끔찍했으며 잔혹 무정했던 야차 하나가 되살아난 것이다.

그것을 억눌러 둔 시간은 무려 오 년이었지만 되살아나는 데에는 눈을 다섯 번 깜빡거릴 만큼도 필요치 않았다.

비명 소리에 잠을 깬 너머지 다섯 놈이 어리둥절해하더니 운도를 보았다.

"누구냐!"

"저놈!"

그중 눈 밝은 한 놈이 흐린 새벽빛 속에서도 운도를 알아보았다. 처음 궁촌에 와 운도에게 곡물 짐을 지게 했던 놈들 중 한 놈이었던 것이다.

운도가 성큼성큼 그들에게로 다가갔다. 저쪽에서 잠을 자고 있던 궁촌의 촌민들도 모두 깨어나 그것을 보았다.

핏물이 뚝뚝 떨어지고 있는 작두를 쥐고 있는 운도의 모습이 저희들이 익히 알고 있던 그 운도의 모습과 너무 다른지라 숨을 삼키게 된다.

"죽여!"

우두머리로 보이는 자가 칼을 뽑아 들고 나서며 소리쳤다.

정신을 차린 나머지 네 놈도 칼과 쇠도리깨들을 집어들고 운도를 에워쌌다.

"버러지만도 못한 놈들."

낮게 웅얼거리는 운도의 음성이 싸늘했다.

번들거리는 그의 눈길을 받은 놈들이 섬뜩한 기운에 오금이 저려오는지 주춤거린다.

성정이 흉악한 산적들이지만 지옥 속에서 일 년 동안 버티고 살아 나온 운도의 흉성과는 비교할 수 없었다.

운도의 기백과 담대함은 쾌도왕 갈포참을 그대로 옮겨다 놓은 것 같았다.

그가 선뜻 작두를 집어든 것도 실은 머릿속에 강렬한 인상으로 박혀 있던 쾌도왕의 영향이었다.

그날, 풍사곡의 고수들에게 에워싸였던 황피령(黃陂嶺) 아래의 벌판에서 칼 대신 작두를 쥔 쾌도왕은 얼마나 무서웠던가.

그때 보았던 그 야성적이며 무정하고 무시무시하던 기세가 운도의 무의식 속에 커다랗게 자리 잡고 있었던 것이다.

그런 기세 그대로 두려움없이 다가가고 부딪친다.

그의 작두가 새벽빛에 번뜩이는 싸늘한 궤적을 그리며 떨어지고 휘둘러 찍을 때마다 피와 함께 참담한 비명이 터져 나왔다.

허공에 뿌려지는 핏줄기가 채 땅에 떨어지기 전에 새로운 핏줄기가 뿌려진다.

신선하고 청명해야 할 새벽하늘은 그렇게 해서 선연한 핏빛
으로 물들고 말았다.

"끄으—"

마지막 놈이 어깨에서 가슴까지 사선으로 쪼개져 비틀거리
며 목에 잠긴 신음을 흘렸다.

쿵쿵거리고 서너 걸음 밀려나더니 왈칵 피를 뿜어내며 쓰러
져 잠잠해진다.

운도가 피와 새벽빛에 젖어 번들거리는 작두를 그놈의 옷자
락에 문질러 닦았다.

궁촌의 사내들은 넋이 빠졌다.

눈앞에 있는 자가 운도가 아니라 지난밤의 기운이 만들어낸
악령인 것만 같았다. 제 눈으로 본 일이 믿어지지 않는다.

그래서 그들은 여기저기 죽어 널브러져 있는 귀모채의 산적
들과 그 자리에 우뚝 서 있는 운도를 번갈아 바라보기만 할 뿐
입이 얼어붙어 아무 말도 할 수가 없었다.

운도가 천천히 그들에게로 다가왔다.

"돌아가시오."

말투마저도 평소 그들이 알고 있던 운도의 것이 아니었다.

"지고 온 곡물 짐을 다시 가지고 가 그것을 빼앗겼던 사람들
에게 돌려주시오."

"자, 자네는? 함께 가지 않는 건가?"

그중 대범한 자가 겨우 용기를 내어 물었다.

운도가 고개를 가로저었다.

“나는 이제 더 이상 궁촌에서 살 수 없소.”

“그럼 어디로 가려는가?”

대답 대신 흰 이를 드러내고 히죽 웃는 그의 모습이 야차 같아 보여서 사람들이 모두 “아!” 하고 놀라며 주춤주춤 물러섰다.

운도가 작두를 들어 서쪽을 가리켰다.

“귀모채. 그리고 세상으로 나가오.”

*   *   *

지그시 귀모채를 노려보고 서 있는 운도는 마치 똬리 틀고 있는 커다란 산봉우리를 상대하려는 사람 같았다.

지금 그는 다시 추적자가 되어 있었다.

약탈자이면서 암살자이기도 하다.

지옥곡의 단운도로 되돌아가 있었던 것이다.

그가 숲에서 나와 산봉우리로 향하는 외길 위에 섰다.

귀모채로 올라갈 수 있는 유일한 길이다.

산채의 입구라고 할 수 있는 그곳에 두 놈이 주저앉아 꾸벅꾸벅 졸고 있다가 발소리에 고개를 들고 다가오는 운도를 물끄러미 바라보았다.

아직 졸음이 가시지 않은 멍한 눈에 운도가 산채의 식구 중 하나로 보인 건지도 모른다. 지금 운도가 하고 있는 거친 생김새로 본다면 누구나 그렇게 여길 만했다.

운도가 그들 앞에 서자 그제야 두 놈이 어슬렁거리고 일어났다. 고개를 갸웃거린다.

"누구냐? 처음 보는 얼굴인데?"

퍽!

대답은 작두가 번쩍이는 흰 빛으로 대신했다.

두 놈은 어찌 된 영문인지도 모르는 채, 비명을 지를 새도 없이 제 머리통을 잃어버렸다.

그것이 툭, 하고 발아래 떨어져 데굴데굴 뒹굴어갈 때에야 몸을 비틀거리더니 털썩 쓰러져 버둥거렸다.

이내 잠잠해진다.

운도는 거침없이 벼랑의 외길을 저벅저벅 걸어 올라갔다.

귀모봉의 정상에 있는 귀모채에 오르는 동안 세 개의 동혈 앞을 지나갔고, 그 안에서 번을 서고 있는 몇 놈을 보았다.

그러나 누구도 운도를 의심하지 않았다. 멀뚱히 바라보기만 했던 것이다.

천험의 지형을 믿고 있어서일까, 경계가 사뭇 허술하기 짝이 없는 놈들이었다.

운도의 행색이 거칠고 남루한데다가, 제집에 들어가듯 태연자약했으므로 더욱 의심하지 않았을 것이다.

귀모봉 정상은 밖에서 보는 것보다 훨씬 넓었다.

벼랑을 빙 둘러 목책을 난간처럼 세웠고, 그 안에 연무장을 겸하여 쓰는 넓은 마당이 있었으며, 숙소와 망루, 창고로 보이는 건축물들이 좌우로 즐비하게 늘어서 있었다.

여느 보(堡)나 장원을 옮겨다 놓은 것 같다.

담이 필요없는 곳이나 대문만은 그럴듯하게 세워놓았는데, 돌을 깎고 그 위에 지붕을 얹어서 웅장하고 아름다웠다.

궁촌의 짐꾼으로서 처음 이곳에 왔던 날 운도는 그것을 보고 대두령 귀모왕이라는 자가 산적답지 않게 제법 멋을 부릴 줄도 아는 모양이라고 생각했었다.

"흥."

지금은 절로 코웃음이 나온다.

쾅!

그가 닫혀 있는 문을 걷어차자 단단한 빗장이 부러지며 문이 부서질 듯이 활짝 열렸다.

"웬 놈이냐!"

수문위사 노릇을 하고 있던 두 놈이 깜짝 놀라 소리치며 달려나왔다. 그리고 운도가 성큼 그들에게로 다가섰다.

씨잉, 하고 바람을 끊는 소리가 허공에 울렸다.

"끄아악!"

이른 새벽의 적막에 싸여 있던 산채에 처절한 비명 소리가 울려 퍼졌다.

그것이 새벽을 깨우는 징소리가 되었다.

"무슨 일이야?"

"뭐냐?"

"누가 새벽부터 발광을 떨어대고 지랄이야?"

사방에서 산적들이 옷도 제대로 꿰어 입지 못한 채 쏟아져 나왔다.

　게으른 놈은 겨우 창문으로 고개만 내밀고 아직 잠이 덜 깬 눈을 끔벅이며 바라본다.

　넓은 마당 한복판에 운도가 핏물이 뚝뚝 떨어지는 작두를 들고 우뚝 서 있었다.

第三章
귀모왕(龜貌王)의 정체

마룡의
후예

“죽일 놈!”

“여기가 어디인 줄 알고!”

“궁촌의 그 젊은 놈 아니냐?”

“죽여 버려! 그리고 궁촌으로 쳐들어간다!”

“그 촌것들마저 죄다 죽여 버리자! 복수다!”

사람보다 먼저 아우성이 쏟아져 나왔다.

밀물이 갯벌을 덮어오듯 밀려오는 그들을 바라보는 운도의 얼굴에는 표정이 없었다.

살기로 핏발 선 눈을 번쩍이며 바라볼 뿐이다.

성큼 몇 걸음 마주 나아가자 곧장 그들과 부딪쳤다.

씨잉—

무지막지한 도검이 사방에서 쏟아져 들어오건만 운도의 얼굴에는 여전히 표정이 없었다.

그가 기합성도 없이 좌우로 재빠르게 움직였다. 산적들의 번쩍이는 도검을 쪼개 나가는 거무튀튀한 작두의 그림자가 먹구름처럼 머리 위를 뒤덮었다.

따다다당—

소나기처럼 쨍강거리는 쇳소리가 요란하게 쏟아졌다.

그 뒤를 따르는 비명 소리가 쉬지 않고 터져 나올 때 운도는 수십 명의 산적들 한복판에 서 있었다.

부르르 떠는 공기의 진동이 태풍처럼 사방으로 밀려나가는 복판에 피를 흠뻑 뒤집어쓴 채 우뚝 서 있었던 것이다.

후두두둑—

그의 주위로 허공을 메웠던 피와 육편들이 우박처럼 쏟아져 떨어졌다.

그저 갑자기 불어닥친 회오리바람처럼 그가 제자리에서 한 바퀴 맴돈 것처럼 보였을 뿐인데 그 결과는 모두를 참혹하리만큼 놀라게 만들었다.

무엇이 어떻게 된 상황인 건지 파악할 수 없는 혼란스러움이 남은 자들을 멍하게 했다.

단 한 번의 격돌로 대여섯 명의 산적이 어느 게 누구의 팔다리이고, 목이고, 몸뚱이인지 알아볼 수 없을 만큼 처참한 주검이 되었던 것이다.

"이게 뭐야?"

한 놈이 어이없다는 듯, 잠꼬대를 하듯 중얼거렸다.

그 소리가 살아 있는 모두에게 천둥소리처럼 들렸다.

"으아악!"

누군가의 비명 소리가 그제야 하늘 높이 솟구쳤다.

죽은 자는 말이 없는데, 산 자가 제풀에 놀라 소리치며 주저 앉았던 것이다.

운도에게는 그들을 살려둘 마음이 조금도 없었다. 자비심이 라는 건 사라진 지 오래전이고, 동정이나 연민의 마음도 돌처 럼 차갑게 굳어버렸다.

그가 아무런 말도 하지 않는다는 게 산적들을 더욱 당황하 고 두렵게 했다.

휙―

발끝으로 가볍게 땅을 밀어낸 운도가 남은 자들에게로 유령 처럼 미끄러져 나갔다.

허공에 위잉, 하는 날카로운 바람 소리가 걸리고, 작두가 떨 어졌다. 종횡으로 공간을 가른다.

그건 마치 유성이 떨어지는 것 같았고, 악마의 창이 꽂히는 것 같았으며, 천계의 불화살이 쏟아지는 것 같았다.

그 쾌속함과 맹렬한 기세와 굳센 힘을 막을 수 있는 건 세상 에 없을 것이다.

"크아악!"

"끄악!"

쨍강거리며 도검 부러지는 소리와 함께 몇 마디의 참혹한 비명성이 다시 허공을 날았다.

번쩍이는 도검의 파편들이 비산할 때 그것을 뒤쫓듯 비명과 함께 피가 솟구치고, 절단된 신체의 조각들이 어지럽게 흩어졌다.

스무 명이나 되던 자들이 두 번의 부딪침에서 반으로 줄어버렸다.

그렇게 하고도 운도의 살기는 식을 줄을 몰랐다. 그가 다시 작두를 번쩍, 들어 올렸을 때였다.

"멈춰!"

바깥의 소란과 다급한 상황을 보고 몇 놈이 허겁지겁 옷을 꿰며 뛰어나오며 소리쳤다.

"지독한 놈이구나!"

수염을 곤두세우며 노하여 외치는 자는 강호의 고수가 분명해 보였다.

앞서 달려나왔던 산적 나부랭이들과는 기세와 풍기는 느낌에서부터 다르다. 그렇다면 산채 내에서도 제법 높은 자리에 있는 자일 것이다.

그자가 손을 들어 운도를 가리키며 다시 소리쳤다.

"너는 웬 놈이기에 이와 같이 잔인무도한 짓을 저지른단 말이냐!"

"흥!"

잔인무도한 짓이라는 말에 운도가 코웃음을 쳤다.

대꾸는 하지 않는다. 가슴속에 살심을 더욱 크게 일으켰을 뿐이다.

작두를 털어 핏물을 뿌리고 난 운도가 그자를 향해 성큼 다가섰다.

"이놈!"

심상치 않은 압박감을 느낀 자가 버럭 외치며 선제공격을 해왔다.

일 장을 뿌리자 위잉, 하는 웅장한 파공성과 함께 거센 장력이 곧장 운도의 가슴을 노리고 파고들었다.

쇠뇌처럼 쏘아져 오는 경력이지만 운도는 그것을 무시했다. 자신의 천마심공의 성취도를 시험해 보려는 의도였다.

운도가 왼손을 불쑥 내밀어 마주 장력을 쳐냈다.

쾅!

그 순간 엄청난 경력의 폭발음이 터져 나왔고, 장년의 사내는 비명조차 지르지 못한 채 피화살을 뿜어내며 뒤로 훌훌 날려갔다.

털썩, 하고 마른땅에 처박히더니 칠공에서 뭉클뭉클 피를 흘려댔다. 즉사였다.

운도는 구룡백타 중 풍소암운(風掃暗雲)이라고 이름 붙인 장력의 위력을 처음 시험해 본 것이었다.

그 일 초의 장력에 한줄기 바람이 어두운 구름을 쓸어버린다는 뜻의 풍소암운이라는 이름을 붙인 건 그와 같이 자신의 암울한 운명을 쓸어버리겠다는 의지의 표현이었다.

처음 시험해 본 그것의 위력에 누구보다 운도 자신이 깜짝 놀랐다. 그다음에는 자신의 신공과 장력의 위력을 확인하고 부쩍 자신감을 얻었다.

운도가 작두를 움켜쥐고 성큼 다가서자 몰려왔던 강호의 고수 몇 놈이 주춤거리며 물러섰다.

그들의 눈에 두려움이 떠올랐지만 운도의 마음에 연민은 깃들지 않았다.

살기를 크게 일으킨 그는 용서를 모르는 냉혹한 무정귀였다.

피잉—

왈칵 몸을 던지면서 휘두른 작두가 허공을 끊었다.

"크악!"

검을 휘둘러 대항하던 자가 외마디 비명을 터뜨렸다.

쩍 벌어진 목을 건들거리며 비틀거리다가 풀썩 쓰러진다. 그것을 시작으로 운도의 야차 같은 도살이 시작되었다.

그의 작두가 번쩍이며 찍고 후려치는 곳마다 비명과 선혈이 솟구쳐 올랐다.

아무도 그를 가로막을 자가 없었다.

운도가 닥치는 대로 쳐 넘기고 쪼개며 좌충우돌하는 것이 성난 호랑이가 염소떼 속에 뛰어든 것 같았다.

그가 쳐들어가는 곳의 산적 무리가 비명을 지르며 흩어지지만 운도의 무형신보에서 벗어날 수 있는 자는 없었다.

불과 한 식경도 채 되지 않는 사이에 산채의 넓은 마당에 핏물이 흥건하게 고였고, 여기저기 널브러진 참혹한 주검들로

발 디딜 틈이 없을 지경이 되었다.

"그만둬!"

우렁찬 외침과 함께 숙사 뒤편의 전각에서 검은 그림자 하나가 쏜살같이 날아왔다.

쾅!

아직 사오 장 밖에 있는데 그가 쳐낸 장력이 엄청난 위력으로 주변의 공기를 후끈 달구며 쇄도해 왔다.

워낙 창졸간의 일이라 누구인지 알아볼 새도 없었다.

위기를 느끼고 불끈 내력을 끌어올린 운도가 다시 한 번 풍소암운 일 장을 쳐냈다.

쫘르릉—

두 사람의 장력이 허공을 격하고 충돌하자 폭음과 함께 산이 무너지는 것 같은 충격파가 사방으로 터져 나갔다.

태풍처럼 휩쓸어가는 그것의 여력을 견디지 못하고 주위에 있던 자들이 날려가거나 쓰러져 뒹굴었다.

한 번의 격돌로 사방이 온통 아수라장이 될 만큼 두 사람의 장력은 그 위력이 무시무시했다.

"이놈!"

충격을 받고 움찔거렸던 괴한이 노성을 터뜨리며 검을 뽑아 힘껏 후려쳐 왔다.

그 신속함과 맹렬함을 본 운도의 가슴속에 호승심이 크게 일었다.

그가 한 소리 귀를 먹먹하게 하는 기합성을 터뜨리며 작두를 번쩍 들어 후려쳤다.

단번에 귀모봉을 두 쪽으로 내버릴 듯이 무시무시한 기세이고 힘이었다.

쾅!

검과 작두가 서로의 단단함을 시험하려는 듯 부딪쳤다.

뇌성벽력 같은 소리와 함께 우웅— 하는 충격의 음파가 무겁게 깔리며 사방을 다시 한 번 휩쓸었다.

두 사람의 위용은 어디에서도 볼 수 없는 것이었다.

마계의 흉악한 악신들이 지저에서 튀어 올라와 다투는 것 같다.

그 두 번의 격돌에 운도는 물론 그를 친 괴한도 전력을 다했다.

엇갈린 작두와 검을 가운데 두고 있는 힘껏 밀어붙이며 노려보는 눈엔 핏발이 섰고, 목이며 이마에는 힘줄이 불거져 꿈틀거렸다.

산발한 머리카락이 얼굴을 뒤덮고 출렁거린다.

이를 악물고 서로를 잡아먹을 듯 노려보기만 할 뿐 두 사람은 아무 말도 하지 않았다. 거친 숨소리와 부드득, 하고 이 가는 소리만 끔찍하게 들려올 뿐이다.

그러던 어느 순간, 두 사람의 달라붙어 버릴 듯하던 눈이 심하게 흔들렸다.

"너!"

그리고 동시에 그들의 입에서 알 수 없는 외마디 비명 같은 소리가 터져 나왔다.

＊　　　＊　　　＊

어두운 정청 안에 마주앉아 있는 두 사람은 말이 없었다. 숨조차 쉬지 않고 있는 것 같다.

그렇게 서로를 노려보기를 얼마쯤. 운도가 차가운 어투로 말했다.

"네가 왜 이런 곳에서 두령 노릇을 하고 있는 거지?"

괴한이 흰 이를 드러내고 히죽 웃었다.

"그것보다 먼저 해야 할 말이 있을 텐데?"

운도의 얼굴에 서린 살기는 아직 다 지워지지 않았다.

하지만 자신을 보고 웃어주는 자, 표사군 앞에서 삐죽이 마주 웃지 않을 수 없었다.

운도가 비로소 긴장을 가라앉히고 손을 뻗었다.

"역시 살아 있었구나. 그럴 것이라고 믿었지."

표사군이 그 손을 마주 잡았다.

"너는 전혀 다른 사람이 되었다. 그때의 단운도가 아니야."

용모뿐만 아니라 그 무공의 엄청난 위력까지 아울러 말하는 것이다.

"너 역시. 그때의 표사군이 아니다."

"대체 무슨 일이 있었던 거냐? 왜 내 산채에 쳐들어와서 그토록 무지막지한 살육을 벌인 거지? 아까운 수하들이 열 명 넘게 죽었다. 설마 이곳이 지옥곡이라고 착각한 건 아니겠지?"

표사군의 미간에 은은히 살기가 감돌았다.

그를 마주보는 운도의 낯빛도 다시 싸늘해진다.

"나는 귀모채를 아예 없애 버리려고 작정하고 왔다. 이곳에 살아 있는 건 벌레 한 마리도 남겨두지 않을 각오였지."

"어째서?"

표사군이 뚫어지도록 바라본다.

"궁촌의 양민을 죽이고 약탈해 간 것에 대한 복수다."

"궁촌?"

표사군이 낯을 찌푸리고 고개를 갸웃거렸다.

"네가 그곳과 무슨 상관이란 말이냐?"

"내 고향 같은 곳이니까. 구룡산을 벗어난 뒤부터 내내 그곳에서 머물고 있었다."

"그랬군. 지척에 두고서도 모르고 있었구나."

표사군이 한숨을 쉬었다.

"네가 그곳에 숨어 있다는 걸 알았다면 수하들이 근처에 얼씬거리지도 못하게 단속했을 것이다. 네가 어떤 놈인지 나만큼 잘 아는 사람이 없을 테니까."

그를 지그시 바라보던 운도가 침착함을 되찾은 얼굴로 말했다.

"이곳의 일을 끝내고 소림사로 너를 찾아갈 생각이었다."

"소림사?"

"헤어지기 전 네가 그랬지. 살아남게 되면, 그리고 네 생각이 난다면 소림사로 찾아오라고."

"기억한다."

표사군의 안색이 어두워졌다.

"거기 있어야 할 네가 어째서 이곳에 와 산채의 대두령 노릇을 하고 있는 건지 궁금하군. 내가 아는 표사군이라는 자는 고작 산적질이나 하며 살 그런 자가 아니었다. 내가 잘못 보았던 거냐?"

"그럴 만한 사정이 있다."

"그게 뭐지? 내가 납득할 수 있는 사정이기를 바란다."

표사군이 가볍게 탄식하고 말했다.

"사부님이 돌아가셨다. 살해당하신 거라고 해야 정확하겠지."

"뭐라고?"

운도가 크게 놀라 입을 딱 벌렸다.

그는 표사군의 사부가 흑풍객이라는 걸 알고 있는 유일한 사람이었다.

그 흑풍객이 살해당했다는 말에 놀라고 어리둥절해지는 건 믿을 수 없어서였다.

누가 십천의 한 사람을 죽일 수 있단 말인가.

"대체 어찌 된 일이냐?"

"이 년 전이다. 소림사로 찾아오셔서 닷새 동안 머물고 떠나신 후, 숭산 남쪽 점두령 기슭에서 주검으로 발견되셨지."

"아!"

"소식을 듣고 달려가 보았을 때는 소림사의 화상들이 이미 시신을 수습했더군. 몰래 숨어들어 가서 보았다. 주검은 심하게 불에 타 형체를 알아볼 수 없는 숯덩이로 화했지만 나는 그게 사부님의 시신이라는 걸 당장 알 수 있었다."

"어떻게?"

"사부님만이 지니고 계셨던 몇 가지 유품을 보았기 때문이지. 그중에는 사부님의 독특한 병장기인 절혼은삭(絶魂銀索)이 포함되어 있었다. 이무기의 힘줄은 다 타버렸지만 그것과 섞여 있던 백화철은 불에 타지 않았어."

흑풍객의 독문병장기가 함께 발견되었다면 의심의 여지가 없다.

운도가 심각한 얼굴로 다시 물었다.

"나는 흑풍객을 잘 알지. 그와 며칠 동안 동행한 적도 있었다."

"무엇이? 네가 사부님을 알고 있었다고?"

"그렇다."

"그 얘기를 왜 하지 않았던 거냐?"

"중요한 게 아니었으니까."

"끄응—"

"그분의 위용이 어떤지도 보아서 잘 알고 있다. 대체 현재의 무림에서 십천의 천주 중 한 분인 그를 살해할 자가 누구란 말이냐? 너는 짐작하고 있는 거냐?"

"심증만 있을 뿐이다."

"십천이로군?"

운도의 입에서 즉각적으로 튀어나온 말에 표사군이 흠칫했다. 빤히 운도를 바라보더니 천천히 고개를 끄덕인다.

"그럴 것이라고 생각한다. 그렇지 않고서야 사부님을 그렇게 처참히 살해할 수 있는 자가 이 무림에 존재하지 않을 테니까."

"대체 그동안 무슨 일들이 있었던 건지 다 말해주면 좋겠다."

"너는 정말 아무 소식도 듣지 못하고 살았단 말이냐?"

"말했잖아, 지난 오 년 동안 오직 궁촌에서만 머물러 있었다고. 세상으로 한 발짝도 나간 적이 없다."

"대체 그곳에서 네 자신을 감추고 무얼 하고 있었던 거냐?"

"지옥곡에 들어갈 때에 당했던 폐혈을 풀었지. 그리고 신공을 수련했다."

"그랬군."

표사군이 머리를 끄덕였다.

"나는 소림사로 찾아오신 사부님이 해혈을 해주셨다. 그리고 대환단 한 알을 얻어다 먹이셨지. 그 덕분에 폐혈되었을 때보다 훨씬 높은 내공을 지닐 수 있게 되었다. 그런데 너는 혼자서 지금과 같은 경지에 이르렀다니 믿을 수 없는 일이다."

"그때가 언제였지?"

"우리가 지옥곡에서 벗어났던 그해 겨울이었다. 나는 무사히 소림사로 돌아가 있었지. 그 뒤로 사부님은 돌아가시기 전까지 매년 두 차례씩 찾아오셨다."

"너는 대체 그곳에서 무얼 하고 있었던 거냐? 설마 화상은
아니겠지?"

운도의 말에 표사군이 흐흐, 하고 웃었다.

"내가 화상처럼 보이느냐?"

"전혀."

"나는 그곳의 불목하니였다. 대대로 이어져 내려온 우리 집
안의 가업이기도 했지."

표사군은 자신의 증조부 때부터 소림사에 출입하며 궂은일
들을 해주었다고 했다.

처음에는 신실한 신앙심에서 그렇게 했지만 아버지 대에 이
르러서는 그게 생업이 되었다. 소림사의 신도이자 하인처럼
되었던 것이다. 그 보답으로 소림사에서는 생계를 책임져 주
었다.

표사군은 어렸을 때부터 아버지를 따라 소림사에 출입하며
일을 거들었다. 그러던 중 그곳에 가끔 찾아와 며칠씩 머물다
가곤 하던 흑풍객의 눈에 띄었던 것이다.

흑풍객은 표사군의 자질을 일찍 알아보고 그를 제자로 삼았
는데, 아무도 그런 일을 눈치채지 못했다. 세상을 감쪽같이 속
이고 은밀하게 제자를 거둔 것이다.

그 뒤부터 흑풍객은 일 년에 두 차례씩 소림사로 찾아오거
나, 아니면 밖에서 세상의 이목을 피해 표사군을 만났고, 그때
마다 자신의 절기를 전수했다.

표사군의 자질이 워낙 뛰어났던 터라 그는 육 개월 동안 흑풍객의 절기를 남김없이 소화해 내곤 했다.

그런 세월을 십여 년 가까이 보내고 나자 표사군은 세상에 드러나지 않은 절정고수의 반열에 올라 있었다.

그러나 극히 조심하여 조금도 자신의 무공을 드러내지 않았던지라 소림사의 화상들도 감쪽같이 속을 수밖에 없었다.

흑풍객은 그런 그에게 처음으로 임무를 맡겼다. 그의 신분을 위장해 주고 지옥곡으로 들어가도록 했던 것이다.

그 후 표사군이 다시 소림사로 돌아왔을 때 흑풍객이 찾아왔고, 몇 년 뒤에 변을 당한 것이었다.

하지만 그런 사실을 아는 사람은 극히 적었다. 흑풍객의 죽음이 철저하게 비밀에 부쳐지고 있었기 때문이다. 그러나 십천의 짓일 거라는 심증마저 통제할 수는 없었다.

"그래서 나는 십천을 피해 이곳으로 찾아온 것이다. 마침 훌륭한 산채가 하나 있기에 탈취해서 두령 노릇을 하며 숨어 있었지."

"복수할 셈이군?"

"확증을 갖게 된다면 반드시 그렇게 할 것이다."

표사군이 뿌드득, 이를 갈았다.

운도는 흑풍객의 죽음에는 어떤 커다란 음모와 비밀이 감추어져 있을 거라고 생각했다. 십천이 정말 그렇게 했다면 예사롭게 볼 일이 아니다.

묵묵히 생각하던 운도가 불쑥 물었다.

“네 사부님이 소림사에 찾아오셨을 때 위서향이라고 하는
한 아가씨를 데리고 있지 않았느냐?”

그녀가 흑풍객과 함께 있지 않았던가.

혹시 그녀의 소식을 들을 수 있을까 기대했지만 표사군은
머리를 가로저었다.

“사부님 혼자 오셨다. 그런데 위서향이라면? 풍사곡주 위진
평의 딸을 말하는 거냐?”

“그래.”

“그녀가 사부님과 동행하고 있다는 걸 강호의 풍문으로 들
은 적이 있지. 하지만 사부님이 돌아가신 후 그녀는 풍진걸개
와 함께 있다고 하더군.”

운도는 어째서 그녀가 흑풍객의 죽음 뒤에도 풍사곡으로 돌
아가지 않고 풍진걸개를 따라다니는 건지 의아했다.

하지만 이어지는 표사군의 말이 그런 의구심을 풀어주었다.

“아버지가 실종되었으니 그녀는 나처럼 십천을 의심하고
증거를 찾으려고 하는 건지도 모르겠다. 그렇기에 아직도 풍
사곡으로 돌아가지 않고 있는 것이겠지. 그리고 사부님과 풍
진걸개가 그녀를 도와주고 있었던 것일지도 모른다.”

“뭐라고?”

운도는 제 귀를 의심했다. 멍하니 표사군을 바라본다.

표사군이 잔뜩 낯을 찌푸리고 말했다.

“그렇다면 사부님이 살해당하신 것도 어쩌면 그 일과 관계
가 있을지도 몰라. 나는 그렇게 생각하고 있다.”

정신을 차린 운도가 버럭 소리쳤다.

"풍사곡주가 해를 당했다고? 어떻게 그럴 수가 있단 말이냐?"

표사군이 혀를 찼다.

"쯧쯧, 정말 너는 세상일에 대해서는 깜깜하구나."

위진평의 실종 사건으로 강호가 떠들썩했고, 아직까지도 그가 발견되지 않았으므로 이미 죽었다고 여긴다는 것과 위서향 대신 대제자 이귀율이 풍사곡을 대표해서 십천지주의 후보가 되었다는 말을 듣는 동안 운도의 낯빛이 여러 차례 변했다.

그리고 그가 다른 후보들을 누르고 기어이 십천지주로 선출되었다는 말을 들었을 때는 싸늘하게 굳은 얼굴로 코웃음을 쳤다.

"흥, 그가 십천지주로 결정되었단 말이지?"

이귀율을 떠올리는 눈빛이 흉흉해진다.

표사군이 고개를 끄덕였다.

"대단한 자가 틀림없어. 지금쯤은 십천의 무예를 모두 배우고 천하제일의 고수로 변신해 있을 것이다. 아직 십천지주로 공식 발표된 건 아니지만 그거야 요식행위일 뿐, 실질적으로 그는 폐관수련을 마치고 나오는 즉시 십천지주로서 강호에 군림할 것이다. 내년에 그렇게 될 거라더군. 십천이 십 년을 계획했는데 그는 육 년 만에 모든 관문을 통과했으니 실로 대단한 자라 아니 할 수 없지."

"이귀율이란 말이지? 이귀율이라……."

운도는 마음이 착잡해졌다.

그의 야비함과 감추어진 잔혹한 심성을 잘 아는 운도로서는 그런 자가 십천지주가 되어 강호의 백문백파(百門百派) 위에 군림하게 된다는 걸 받아들일 수 없었다.

'백도는 물론 십천의 천주들이 모두 미쳤단 말인가? 아니면 그 음흉한 자에게 모두 감쪽같이 속고 있는 것인가?'

그런 비웃음과 의문을 떨쳐 버릴 수 없다.

그가 육 년 만에 십천의 무예를 모두 익혀 대성했다는 건 확실히 대단하다고 인정해 줄 만한 일이었다. 하지만 운도는 이 귀율을 십천지주로 인정할 수는 없었다.

'그는 절대 그럴 만한 그릇이 되지 못한다.'

그게 운도의 확고한 생각이었다.

자질은 다른 누구보다 뛰어날지 몰라도 그릇이 아니라면 절대로 십천지주가 되어서는 안 된다는 게 운도의 생각이고 신념이었다.

"우리는 다시 한 번 힘을 합칠 수 있다."

표사군이 덥석 운도의 손을 잡고 그렇게 말했다.

"힘을 합친다고?"

"그렇다. 너와 내가 힘을 합쳐서 기어이 지옥곡을 깨고 탈출하는 데에 성공했듯이 이번에도 그렇게 할 수 있을 것이다."

"뭘 어떻게 하자는 거냐?"

"십천의 음모를 깨부수는 거지. 나는 사부님의 원수를 갚고 너는 네 신세에 대한 비밀을 밝혀내는 일이 된다. 우리 손으로 십천의 천주라는 자들을 하나씩 깨뜨려 간다면 그 아니 통쾌할 것이냐?"

"너는 네 사부의 죽음이 십천의 소행이라고 확신하는 모양이군?"

"흥, 그것뿐이겠어? 이제는 풍사곡주 위진평의 일도 그들의 소행이 아닌지 의심한다."

"어째서 그렇게 생각하게 되었는지 이유가 있겠지?"

"육 년 전 내가 무사히 소림사로 돌아갔고, 그해 겨울에 사부님이 찾아오셨다고 말했었지?"

"그렇다."

"사부님은 그동안 당신이 겪으셨던 일들을 말해주셨다. 그때는 그저 호기심으로 들었을 뿐인데 그 후에 다시 생각해 보니 거기에 단서가 있지 않았나 싶다."

"그게 뭐냐?"

"풍진걸개를 만났고, 그로부터 한 가지 부탁을 받았다고 하시더군. 마교의 보물 하나를 훔쳐 오는 것이었다고 한다. 그리고 그걸 풍진걸개에게 주었는데, 풍진걸개가 왜 그 보물을 탐냈는지 짐작하겠느냐?"

운도가 고개를 가로저었다.

"그는 한 사람으로부터 부탁을 받았다고 하더군. 제가 하기 곤란하니까 사부님에게 또 부탁했던 것이다."

"그게 누구냐?"

"너도 들어보았을걸? 십천의 천주 중 한 사람이면서 오래전에 모습을 감추었던 사람이다."

"……?"

"화산파의 무량자 이릉운이라고 하셨다."

"무엇이? 무량자 이릉운이라고?"

운도가 또 한 번 크게 놀라 눈을 부릅떴다.

"그렇다면 풍진걸개가 그 이릉운이라는 사람을 만났다는 거냐? 언제? 어디에서?"

"그거야 알 수 없지."

운도의 가슴이 쿵쾅거리며 무섭게 뛰었다.

화산의 무량자 이릉운.

그가 과연 자신이 알고 있는 사부 등 선생인지 아닌지는 모른다. 하지만 다른 사람들은 모두 등 선생이 바로 이릉운이라고 하지 않았던가.

운도는 그것을 확인하는 게 제 신세를 밝히는 결정적인 일이 될 것이라고 생각하고 있었다.

그러나 그의 종적을 찾을 수 없어 난감하기만 했는데 풍진걸개가 이릉운을 만났고 그의 부탁을 받았다니 이제 희미하나마 한 가닥 길이 보이는 것 같았다.

'그렇다면 풍진걸개는 이릉운이 어디에 있는지 알 것 아닌가. 그를 만나보아야 하겠구나.'

운도는 귀모채를 없애고 난 뒤에는 표사군을 만나기 위해 소림사로 갈 작정이었는데 이제 그럴 필요가 없어졌으니 제일 먼저 풍진걸개를 찾아보아야겠다는 생각이 들었다.

잠시 침묵하면서 머릿속으로 실타래처럼 얽힌 복잡한 생각을 정리한 운도가 물었다.

"무엇을 어떻게 협력하자는 거냐?"

"언젠가는 서로 도움이 필요할 때가 있겠지. 십천이라는 공통의 목표가 있다면 그렇게 되지 않을까? 그때 힘을 보태주자는 거다. 그때를 위해서 나는 이곳을 세력의 기반으로 다져놓고 있겠다."

"고작 산적들을 데리고 기반을 닦는다고?"

"천만에. 그들은 원래 이곳의 주인이었으니 수하로 부릴 뿐이다. 나는 강호의 고수들을 은밀하게 불러 모을 거야."

"그들이 과연 네 말을 들을까?"

"강호에는 무림맹과 십천에 대해 불만을 갖고 불복하는 자들이 적지 않다. 힘이 없어서 숨을 죽이고 있을 뿐이지. 당장 네가 그렇고 풍사곡의 위서향이라는 아가씨가 그렇지 않으냐? 그들을 설득하여 동참시킨다면 이 귀모채는 머지않아 구파일방 못지않은 힘을 갖게 될 수 있을 것이다."

운도는 표사군이 흉중에 이미 원대한 계획을 세워두고 있다는 걸 알았다. 그가 귀모채를 장악한 건 그 계획의 일환이었을 것이다.

감탄했다는 뜻으로 고개를 끄덕인 운도가 심각하게 말했다.

"조건이 있다."

"조건?"

"궁촌을 넘보지 마라."

“그곳으로는 얼씬도 하지 못하게 수하들을 단속하지. 아니, 일손이 필요할 때가 되면 오히려 사람을 보내 그들을 도와주겠다.”

“채운이도 돌려보내.”

“하하, 그 아가씨 말이로군. 걱정 마라. 털끝 하나 다치지 않은 상태로 돌려보낼 테니까. 이제 된 거냐?”

표사군이 손을 내밀었다. 운도가 그 손을 굳게 잡음으로써 두 사람 사이의 맹약은 성립되었다.

다음날, 표사군이 호송해 줄 사람을 딸려서 채운을 궁촌으로 돌려보내는 걸 보고 운도는 돌아섰다.

표사군이 멀리까지 따라나와 배웅해 주었다.

第四章
곤륜산(崑崙山)에 지는 별

　강호에서 일어나는 온갖 소식들도 이곳에서는 잠잠하기만 하다.

　계절은 풍사곡에서와 마찬가지로 때가 되면 찾아오고 물러가지만 중원의 무성한 여름과 풍요한 가을은 어디에도 없었다.

　신강(新疆).

　황량한 사막과 만년설을 이고 있는 높은 산맥과 푸른 하늘이 있는 곳.

　초원마저 끊기고 누런 모래와 자갈 사막이 세상을 온통 뒤덮어 생기가 끊어진 그 거친 곳에 그들은 와 있었다.

　풍사곡주 위진평을 찾아 온 천하를 헤매고 다닌 지 어느덧 여섯 해.

풍사곡의 이인자였던 참마혈도(斬魔血刀) 엄문탁(嚴門卓).

곡주의 호위대이자 풍사곡의 최정예인 일백 명의 무사들을 거느리고 천하를 떠돌던 지난 육 년 동안 그는 물론 호위대 모두가 초췌하게 변해 있었다.

그러나 눈빛은 더욱 날카로워졌고, 기상이 날선 칼처럼 더욱 예리해졌다.

그들은 중원을 가로질러 대막과 초원을 두루 거치고 이곳, 세상의 끝이라고 해도 좋을 곤륜산 기슭에 와 있었다.

저물어가는 석양빛을 받아 저 멀리 이글거리는 산봉우리가 보였다.

그건 마치 불이 붙은 것처럼 붉게 번쩍이고 있었다. 만년설을 이고 있는 일백팔 개의 봉우리들 중 하나인데, 석양 무렵에 유독 붉게 이글거렸으므로 화염산(火焰山) 또는 화염봉(火焰峰)이라고도 불리는 거대한 암봉이었다.

그것이 크고 작은 뭇 산들의 능선 너머로 아스라이 보이는 곳.

차가운 바위와 어석거리는 모래 위에 그들, 일백 명의 무사들이 야영을 하고 있었다.

바람과 이슬을 가려줄 천막 따위는 없다. 군데군데 모닥불을 피워놓고 삼삼오오 둘러앉아 눕거나 제 무릎에 얼굴을 기대고 날이 밝기를 기다릴 뿐이다.

지난 육 년 동안의 삶이 그와 같았다. 단 하루도 두 발을 뻗고 편히 자본 적이 없었던 것이다.

이제는 강호의 무사라기보다 거칠고 삭막한 야생의 늑대 무리처럼 변해 버린 자들.

주군인 위진평을 찾기 전에는 집으로 돌아가지 않겠다고 맹세한 열혈의 사내들이지만 지난 육 년 동안 계속되어 온 고단한 삶은 그들을 조금씩 지치게 하고 있었다.

어둠으로 물들어가고 있는 하늘을 가르며 유성 하나가 빠르게 지나갔다.

모닥불을 쬐던 대한이 문득 고개를 들었다가 그것을 보고 눈살을 찌푸렸다.

거칠게 자란 수염이 온통 얼굴을 뒤덮었고, 헝클어진 머리를 붉은 비단 띠로 동였으며, 낡은 갑주 위에 깃이 너덜너덜해진 피풍을 걸치고 있는 장년의 사내였다.

참마혈도 엄문탁이다.

그의 웅장한 풍모를 자랑하던 모습은 간데없고, 피곤하고 남루한 모습만 남아 있었다.

그는 불길한 느낌에 시달리고 있는 중이었다.

그가 그런 느낌을 받은 건 바로 이곳, 곤륜산 남쪽 천랑곡(天狼谷)이라고 불리는 곳에 이르렀을 때부터였다.

‘대체 무엇 때문에?’

불길한 느낌의 원인이 어디에 있는 건지 알 수 없어서 답답하다.

“중걸!”

그가 소리쳐 부르자 저쪽에 웅크리고 앉아 졸던 사내가 벌떡 몸을 일으켜 다가왔다.

"한 바퀴 돌고 와라."

"존명!"

중걸이라는 사내가 즉시 갑주 소리를 쩔렁이며 어둠 속으로 달려갔다.

사방에 번을 세워두었는데 감시선에 이상이 없는지 확인하려는 것이다.

잠시 후에 돌아온 중걸의 안색이 심상치 않았다.

"동쪽에서 수상한 움직임이 있습니다."

"수상하다고?"

침울해 있던 엄문탁의 눈이 무섭게 번쩍였다.

"어둠 속이라 사람인지 짐승인지 확실치는 않으나 다가오는 무엇이 있습니다. 동쪽의 번초가 예의 주시하고 있는 중입지요."

"가보자."

엄문탁이 벌떡 몸을 일으켰다.

사방에 흩어져 자고 있던 무사들 중 몇 명이 깨어나 바라보았으나 움직이지는 않았다.

가파른 바위 벼랑을 재빠르게 타고 올라간 엄문탁의 눈에 절벽 끝에 납작 엎드려 있는 두 명의 번초가 보였다.

몸을 굽히고 다가간 엄문탁에게 말없이 한곳을 가리킨다.

엄문탁은 번초가 가리키는 곳을 뚫어지게 바라보았다.

더욱 짙어진 어둠 속이라 그의 안력으로도 일백여 장 밖에 웅크리고 있는 검은 물체들이 무엇인지 알아볼 수 없었다.

하지만 짐승은 아니었다.

"하륜족인가?"

그들이 천랑곡 부근에 이르렀던 지난 닷새 동안 끈질기게 뒤따라오던 자들이 있었다.

곤륜산 일대에 넓게 퍼져 있는 신강의 부족들 중 하나인 하륜족 사내들이었다.

멀리서 말을 타고 감시하듯 뒤따르던 자들이 고작 네 명에 지나지 않았으므로 무시하고 있었는데, 지금 어둠 속에 웅크리고 있는 자들은 적게 잡아도 삼십여 명은 되는 것 같았다.

"벌써 한 시진째 저기에서 꼼짝하지 않고 있습니다."

번초 중 한 명이 낮고 빠른 음성으로 보고했다.

"내버려 둬."

엄문탁이 신경질적으로 말했다.

신강의 부족들이 거칠고 용맹하기로 소문났지만 저 정도의 숫자라면 문제 될 게 없다.

"내일 날이 밝으면 몇 명 보내서 쫓아버려야겠다."

번초의 어깨를 두드려 주고 돌아서지만 엄문탁의 가슴속에는 여전히 꺼림칙한 느낌이 남아 있었다. 아니, 더 크고 짙어졌다.

'마교의 근원이 이 근처에 있다.'

그렇게 생각하자 머릿속이 환해졌다. 제 불안의 이유를 찾은 것 같아서였다.

마교의 근거지는 청해의 오지에 있다고 전해져 오고 있었다. 그러나 엄문탁은 청해를 지나오면서 그에 대한 아무런 단서도 찾지 못했다.

그러던 것이 이곳, 곤륜산 남쪽에 이르면서 불안한 느낌과 함께 여태까지 없었던 수상한 동향을 목도했다.

엄문탁은 이곳이 마교의 영역이라는 걸 점점 더 확신하게 되었다. 자신들이 의식하지 못한 사이에 마교의 영역으로 들어온 것이다. 그렇다면 곡주가 잡혀 있는 곳에 가까워졌으리라.

그는 마교의 힘 외에는 풍사곡주 위진평을 해칠 자나 세력이 있을 수 없다고 굳게 믿고 있었다.

그 증거를 찾기 위해 지난 육 년 동안 천하를 헤매고 다녔으니 지독한 집념이면서 충심이기도 했다.

그러나 언제나 등잔 밑이 어두운 법이라는 걸 그는 까맣게 잊고 있었다.

다음날 아침 일찍 엄문탁은 수하들을 호령하여 대오를 이루고 급하게 말을 몰아 야숙했던 천랑곡을 빠져나갔다.

좁고 긴 협곡을 나오자 탁 트인 광야가 바다처럼 펼쳐졌다. 나무 한 그루 찾아보기 힘든 모래와 자갈의 사막 입구인 것이다.

드문드문 땅에 박아놓은 것처럼 솟아 있는 바위 봉우리들이

기이한 풍경을 연출하고 있는 낯선 곳.

그곳에서 엄문탁은 전진을 멈추어야 했다.

천랑곡 어귀에서 뒤쫓아오고 있는 자들을 기다리는 것이다.

그리고 그들이 모습을 드러냈을 때 엄문탁은 예사롭지 않은 일이라는 느낌을 받았다. 다시 가슴이 두근거리고 불길한 생각에 머릿속이 멍해졌다.

어젯밤에 관찰했을 때만 해도 삼십여 명에 지나지 않았던 자들인데 지금 말을 달려 천랑곡을 빠져나오고 있는 자들은 육칠십 명은 족히 되어 보였다.

하나같이 병장기를 지녔고, 거친 행색에 낙타 가죽을 피풍 대신 두르고 있는 야만스런 자들이었다.

이곳의 부족 중 한 곳인 하륜족의 용사들이 틀림없다.

"군주! 저기!"

선두에서 고함 소리가 들려왔다. 얼른 바라보니 저 앞쪽, 사막의 구릉 너머에서 말발굽 소리가 들려오고 뿌연 먼지가 구름처럼 피어오르고 있었다.

급히 말을 달려 선두로 나간 엄문탁이 "으음—" 하고 무거운 신음성을 흘렸다.

모래구릉 너머로 달려 올라오고 있는 오십여 명의 기마 무리를 본 것이다.

그것만이 아니었다.

좌우에서도 각기 오륙십 명은 되어 보이는 기마 전사들이 밀려들고 있었다.

자신들을 뒤따르던 하륜족과는 다른 깃발을 들었다. 또 하나의 부족이 등장한 것이다.

그들에 의해 엄문탁의 무리는 천랑곡을 뒤에 두고 사면에서 둘러싸인 꼴이 되었다.

"설진(設陣)!"

마상에서 엄문탁이 큰 소리로 군령을 내렸다. 그 즉시 일백 명의 무사단이 말을 몰아 좌우로 어지럽게 달렸고, 차 한 잔 마실 만한 시간이 채 되지 못해서 커다란 원진이 펼쳐졌다.

오 리쯤 거리를 두고 엄문탁과 호위대를 포위하고 있는 자들은 더 이상 움직이지 않았다. 그들이 들고 있는 알록달록한 깃발이 펄럭이고, 창검이 아침 햇빛을 튕겨내며 붉은빛으로 번쩍이고 있었다.

"저기 누가 옵니다!"

이조의 조장인 낙수검 당모한의 외침에 엄문탁이 얼른 말머리를 돌려 그곳으로 향하게 했다.

세 명이 느릿느릿 말을 몰아 다가오고 있었다.

중앙에 있는 늙은이가 우두머리이고, 그 좌우의 젊은 자들은 호위일 것이다.

그들이 이십여 장 밖에 왔을 때 엄문탁 역시 두 명의 호위를 대동하고 말을 몰아 진 밖으로 나가 마주 섰다.

"나는 야로호족의 족장 살마랍이오."

늙은이가 먼저 제 소개를 했다.

거북이 등처럼 쩍쩍 갈라진 주름진 얼굴이며 피부가 거친 것이 광야의 생활에 평생 시달리며 살아온 노인이라는 걸 웅변해 준다.

　잠시 엄문탁을 살펴본 야로호족의 족장 살마랍이 능숙한 한어로 다시 말했다.

　"당신들은 중원의 무사들이지? 무슨 이유로 이곳까지 왔는지 모르나 여기는 당신들이 있을 곳이 아니오. 지금 당장 돌아가시오. 그러면 아무 일도 없을 것이려니와, 만약 계속 이곳을 돌아다닌다면 큰 화를 면치 못할 것이오."

　엄문탁이 피식 웃는 걸로 대답을 대신했다.

　살마랍의 표정이 딱딱해졌다.

　"늙은이의 호의를 무시하지 마시오. 당신들이 비록 고수일지라도 이 황량한 산악과 사막에서는 어린아이와 다름없소. 우리 용사들은 늑대들이지. 그들의 눈에는 당신들이 길 잃고 방황하는 산양쯤으로 보인다오. 사실 그렇기도 하고."

　"한 가지만 묻자."

　엄문탁이 근엄하게 말했다. 살마랍이 고개를 끄덕인다.

　"여기가 마교의 근거지냐? 그들은 어디에 있지?"

　"으음—"

　엄문탁의 단도직입적인 말에 살마랍이 깊게 눈살을 찌푸렸다. 엄문탁은 개의치 않았다. 제 할 말을 한다.

　"나를 그리로 안내한다면 너희 야로호족과 하륜족은 평온한 삶을 계속 살 수 있을 것이다."

　살마랍이 음침한 웃음을 흘렸다. 비웃음이기도 하다.

"흐흐, 저승사자에 앞서 찾아와 살길을 가르쳐 주었건만 알아듣지 못하는군. 오만과 무지가 있을 뿐, 들을 귀가 없으니 백 번의 호의도 다 필요없지."

그가 미련없이 말 머리를 돌리자 호위해 왔던 청년 중 한 명이 붉은 천이 매달린 깃발을 던져 엄문탁의 발아래 꽂아놓고 뒤따랐다.

올 때와는 달리 전속력으로 말을 몰아 멀어져 가는 그들을 물끄러미 바라보던 엄문탁이 차가운 미소를 흘렸다.

오전 내내 움직임이 없던 자들이 한낮이 되자 비로소 술렁거리기 시작했다.

엎드려 있던 말들을 일으켜 세우고 일제히 올라탔는데, 말들의 울음소리와 병장기 쩔그렁거리는 소리가 뜨거운 열사의 바람을 타고 엄문탁의 진영에까지 들려왔다.

"준비!"

엄문탁이 벌떡 몸을 일으키며 소리쳤다.

그와 그의 수하들은 오전 내내 아무것도 먹지 못한 채 잔뜩 긴장하고 있었다.

언제 저 토착 부족의 사내들이 쳐들어올지 알 수 없었으므로 한시도 방심할 수 없었던 것이다. 그런데 오후가 되도록 아무 일도 없자 다들 늘어지고 지쳐가던 중이었다. 배가 고프기도 했다.

그런 와중에 떨어진 엄문탁의 호통 소리는 해이해졌던 그들의 정신을 바짝 긴장시켰다.

무료하고, 기다리느라고 지쳐가던 중이라 반갑기도 했다.

"온다!"

삼십여 장 앞쪽에 나가 있던 일조 중 다섯 명의 초병이 소리쳤다.

우두두두—

갑자기 먼 하늘에서 벽력성이 들려오는 것처럼 말발굽 소리가 천지에 가득해졌다.

먼지구름을 피워 올리며 사면에서 쇄도해 들고 있는 기마장한들은 이백여 명 가까이 되어 보였다.

그들의 기세가 광야를 압도하고도 남을 만큼 드세다.

요란한 함성을 터뜨리며 허공에 도검과 도끼, 창과 낭아봉을 휘둘렀다. 그대로 엄문탁의 진을 깔아뭉개 버리려는 듯이 달려온다.

마치 검은 구름이 빠르게 밀려오는 것 같았고, 사막의 모래 구릉이 무너져 쏟아지는 것 같기도 했다.

"대단하군."

엄문탁이 고개를 끄덕였다. 거친 곳에서 거칠게 자라 거친 싸움으로 단련되어 온 자들답다는 생각을 하지 않을 수 없었던 것이다.

무질서해 보이지만 넘치는 기백과 용맹이 있었다. 한 명 한 명이 이와 같은 싸움에 익숙하고, 죽음을 두려워하지 않는 전사들이라는 걸 한눈에 알아볼 수 있다.

"이건 어쩌면 어려운 싸움이 될지도 모르겠군."

엄문탁이 자신도 모르게 그렇게 중얼거렸다.

이곳의 지형과 삶에 익숙해져 있는 자들 아닌가. 이와 같이 황량한 곳에서의 싸움에 그만큼 능숙할 것이다. 그러나 자신과 수하들은 그렇지 못하다.

개개인이 아무리 일류고수들이라고 해도 이처럼 생소한 곳에서 야수 같은 자들을 상대하여 집단전을 펼치게 된다면 제 힘과 능력을 십분 발휘하지 못하게 될지도 모른다.

"하지만!"

엄문탁이 입술을 악물었다.

"풍사곡의 힘을 저들에게 보여주자! 십천의 한 곳이 아닌가! 그곳에서 나온 정예가 어떤 건지 신강의 하늘에 똑똑히 알려주자! 이 한 번의 싸움으로 저들은 다시는 우리를 얕보지 못하게 될 것이다!"

"와아!"

그의 격려에 일백 호위 무사들이 함성으로 화답했다. 기력이 충만하게 실린 그 함성에 광막한 벌판이 흔들릴 지경이었다.

놀란 말들이 울부짖고, 대지가 은은히 진동한다.

먼지구름과 함께 구르듯 벌판을 달려온 신강의 용사들이 사면에서 엄문탁의 진에 충돌했다.

쾅!

비탈에서 굴러 내린 거대한 바위가 성벽을 때리듯이 커다란 충격이 엄문탁의 진영 전체로 퍼져 나갔다.

  그리고 곧 한차례의 사납고 거친 전투가 벌어졌다. 함성과 비명 소리, 병장기 부딪는 소리들이 하늘을 뒤덮고, 말들의 울부짖음과 선혈이 땅 위에 뿌려지기 시작했다.

  엄문탁이 거느리고 있는 풍사곡의 호위대는 용맹했다. 모두가 일류고수로 불리기에 아깝지 않은 무예를 갖춘데다가, 명예를 위하여 싸우니 죽는 걸 두려워하지 않았다.

  그러나 이와 같은 난전 속에서 야로호족과 하륜족의 전사들은 그들보다 뛰어났다. 개개인의 용맹이 오히려 호위대를 능가했던 것이다.

  비록 한 사람 한 사람의 무공 수준은 떨어질지라도 그들의 용맹과 집단전에 대한 풍부한 경험, 그리고 사기는 그 머릿수와 함께 풍사곡의 호위대를 압도하기에 충분했다.

  그들이 한바탕 태풍이 휩쓸고 가는 것처럼 거침없이 뛰어들어 좌충우돌하고 썰물처럼 빠져나갔을 때 그 자리에 남은 건 처참한 전장의 흔적뿐이었다.

  사람과 말들의 시체가 벌판을 뒤덮었고, 애절한 신음 소리가 그 위를 흘러갔다.

  엄문탁이 진열을 정비하고 점호를 했을 때 호위대는 십여 명의 사상자를 내고 있었다. 진 안에 죽어 있는 야로호족과 하륜족의 전사들은 무려 서른 명 가까이나 되었지만 아직도 그들의 수가 우세했고, 사기 또한 감해지지 않았다.

  그건 일백여 장 밖으로 물러나 진용을 정비하고 있는 그들의 움직임에서 잘 나타났다.

처음보다 더 큰 전의와 적의를 불태우며 두 번째의 공격을
준비하고 있는 그들을 바라보는 엄문탁의 얼굴이 어두워졌다.
"와아—"
갑자기 야로호족들 속에서 함성이 하늘 높이 솟구쳤다.
엄문탁이 급히 고개를 들어 바라보았다.
"빌어먹을!"
땅을 구르며 분통을 터뜨린다.
저 멀리, 모래구릉 위에 무수히 많은 기병들이 속속 나타나
고 있었던 것이다.
들고 있는 깃발과 복장으로 보아 또 다른 신강의 부족들이
틀림없었다.
펄럭이고 있는 깃발이 서로 다르고 복장이 다른 것이, 세 개
의 부족이 연합한 연합군이다.
엄문탁이 탄식했다.
"오늘 우리는 이 곤륜산 자락에서 모두 뼈를 묻어야 하는 모
양이다."
분하고 원통했다.
지난 육 년 동안 하루도 편히 쉬지 못한 채 천하를 떠돌아
이 먼 곳까지 왔다.
이곳에서 겨우 마교의 흔적을 찾을 수 있게 되었는데 목적
을 이루지도 못하고 전멸한다면 그 원통함을 누구에게 하소연
한단 말인가.
뒤늦게 도착한 무리는 삼백여 명은 족히 되어 보였다. 모두

가 기병들이다.

그들이 앞서 와 있던 두 부족의 전사들과 합류하자 함성 소리가 천지에 진동했다.

엄문탁은 '툭 터진 저 광야로 달려나갈 수 있다면', 하고 생각했다.

그렇게 한다면 어떻게든 추적을 뿌리치고 달아날 수 있을 것이다. 그러나 저들을 뚫기 위해서는 막대한 희생을 감수해야 하리라.

천랑곡 안으로 들어간다면 방어하기가 한결 수월할 테지만, 저들이 곡의 앞뒤를 가로막아 버린다면 독 안에 든 쥐 신세가 되고 만다. 며칠 버티지 못할 것이다.

게다가 곡 위에서 바윗덩이라도 굴려대는 날이면 그곳이 그대로 무덤이 되어버리고 말 것 아닌가.

'천랑곡 안으로 다시 들어갈 수는 없다.'

엄문탁은 죽든 살든 여기, 이 자리에서 결판을 낼 수밖에 없다고 생각했다.

그는 절정고수의 반열에 든 자이고, 무용이 무림에서도 손꼽힐 만큼 대단한 고수였다. 그러나 전술과 전략이 더 중요한 집단전에 대해서는 무지한 것과 다름없었다.

엄문탁이 부드득, 이를 갈았다.

어느덧 오백여 명으로 불어난 신강의 용사들이 전열의 정비를 마치고 다시 쳐들어오기 시작했던 것이다.

그들은 이백여 명의 선봉을 내보냈는데, 그들이 사면에서 악을 쓰듯 고함을 지르며 말을 달려 쇄도해 들고 있었다.

굶주린 늑대 떼에게 둘러싸인 들소 한 마리.

그게 지금 엄문탁과 호위대 무사들이 처해 있는 신세였다.

게다가 이쪽은 도검이 주된 병장기인 데 비해 저들은 창과 도끼, 낭아곤, 철추 같은 중장병(重長兵)으로 무장하고 있었다.

그것을 휘두르며 용맹하게 쳐들어오고 있는 모습에서 먼저 기세가 꺾이고 만다.

쾅!

다시 한 번 그들이 호위대의 진에 부딪쳤다. 단 한 번의 격돌로 정면의 진이 무너져 버리는 걸 보면서 엄문탁이 벼락같은 호통을 터뜨렸다.

"흩어지지 마라! 우리가 언제 죽기를 두려워했더냐! 죽어서 풍사곡의 명예를 지킬 수 있다면 죽어라!"

그가 대도를 뽑아 들고 몸을 날렸다. 정면에서 유성추를 휘두르며 달려들고 있는 놈의 목을 한 칼에 쳐버린다.

엄문탁의 위용은 가히 명불허전이었다.

좌장으로 위맹한 장력을 쳐내며 오른손의 칼로는 말이든 사람이든 가리지 않고 닥치는 대로 쳐 넘기는 모습이 천계의 신장이 강림한 것 같았다.

엄문탁은 자신에게로 달려드는 자들을 십여 명이나 쳐 죽였지만 별 소용이 없었다. 적들이 파도처럼 쉬지 않고 부딪쳐 왔던 것이다.

그의 수하들은 모두 엄문탁 못지않은 용맹과 기백으로 싸웠

다. 그들의 악쓰는 소리와 비명 소리, 말들의 울부짖는 소리가
한데 어우러져 아비규환의 지옥도를 연출했다.

질풍처럼 쳐들어왔던 자들이 무수한 주검을 남기고 빠져나
갔다. 처음의 공세 때보다 배는 더 지독한 참상이 그 자리에
남겨졌다.

중과부적이라는 말이 어울릴 두 번의 싸움에서 엄문탁은 삼
십여 명의 수하를 잃었다. 그들이 죽인 자들의 수가 그보다 훨
씬 많았지만 지금같이 압도적인 수의 적에게 포위된 상황에서
는 별 의미가 없었다.

엄문탁은 처참한 전장을 돌아보면서 이건 마치 물에 쓸려가
는 모래와 같다고 생각했다.

이렇게 조금씩 조금씩 수가 줄어들다가는 결국 한 명도 살
아남지 못하게 될 것이다.

삼차의 공격에는 더 많은 수가 줄어들 것이라고 짐작했다.
머릿수가 줄어들수록 대항하는 힘도 약해질 수밖에 없다.

'그렇게 되기 전에 끝내야 한다.'

엄문탁은 결단을 해야 할 때라고 판단했다. 세 번째의 공격
을 기다리고 있다가는 영영 기회가 오지 않을 것이다.

"모두 말에 올라라! 한 덩어리로 뭉친다!"

엄문탁이 전장을 배회하는 말 한 마리를 잡아 훌쩍 올라탔
다.

처음 그들이 타고 왔던 말들과 죽은 적이 남겨둔 말들이 서
로 뒤섞여 있었다.

산 자들은 죽은 자는 물론, 부상을 입어 신음하는 동료들까지 버려둔 채 닥치는 대로 말을 잡아 올라탔다.

지금은 싸울 수 있는 자만이 살 가치가 있다. 그렇지 못한 자는 남은 자들에게 짐이 될 뿐이다.

그것을 잘 알기에 운신할 수 없는 부상을 입은 자들은 이를 악물고 고통을 참으며 동료들의 시선을 외면했다. 서로 눈이 마주치면 그들의 마음이 약해질 것을 염려한 것이다.

"붙잡혀 치욕을 당하지 말고 자결해라."

엄문탁이 부상자들에게 냉엄하게 말했다.

제 피붙이처럼 아끼던 수하들이고, 이곳까지 고락을 함께해 온 동료들이지만 그들에 대한 연민보다 지금은 한 명이라도 살려서 이곳을 빠져나가게 하는 게 더 중요했던 것이다.

모두가 그것을 알기에 피눈물을 안으로만 삼키고 침묵했다.

"이번에는 우리가 저들에게 용맹이 무엇인지 보여줄 차례다!"

엄문탁이 마상에서 대도를 들어 앞을 가리키며 목청껏 소리 쳤다.

"한 덩어리가 되어 저들의 포위를 뚫고 나간다! 한 명이라도 살아남거든 뒤도 돌아보지 말고 달려 이곳을 빠져나가라! 중 원에 이곳에서의 일들을 전해야 한다! 마교의 근거지가 바로 이곳에 있다는 걸 반드시 세상에 알려야 한다!"

"와아!"

그들이 고함을 질러 한껏 기세를 올렸다.

두고 가는 동료들을 생각하면 걷잡을 수 없는 분노가 치솟았다. 때문에 적에 대한 악과 증오와 살기가 남았을 뿐 살고 죽는 것에 대한 생각 따위는 깃들 여지도 없었다.

"나를 따르라! 흩어지지 마라!"

엄문탁이 힘껏 말 배를 박찼다. 놀란 말이 우렁찬 울음과 함께 미친 듯이 질주해 갔고, 그 뒤를 이제 칠십여 명으로 줄어든 용사들이 목청껏 악을 써대며 따랐다.

그들이 한 덩어리가 되어 질주해 오건만 모래 능선 위에 포진하고 있는 자들은 마주쳐 나올 생각이 없는 것 같았다.

"저놈들은 겁을 먹었다! 우리의 무서움을 보여줄 때는 바로 지금이다!"

엄문탁이 소리쳐 사기를 북돋았다.

그는 적들이 두 번째의 공격에서 커다란 타격을 입고 주춤거린다고 생각했다. 이쪽의 전력이 예상보다 대단한 것에 놀란 것이라고 믿었다. 그렇지 않다면 마주쳐 나오지 않고 저렇게 우왕좌왕하고 있을 리가 없다.

그러나 그건 엄문탁의 착각이었다. 판단에 돌이킬 수 없는 치명적인 실수를 한 것이다.

그들이 삼백 보 앞까지 무섭게 질주해 갔을 때였다.

우왕좌왕하는 것처럼 보이던 자들이 좌우로 신속하게 갈라지더니 그 뒤에서 백여 명의 궁수들이 앞으로 달려나왔다.

시위에 살을 먹이고 일제히 쏘는 것이 한 몸인 것처럼 신속하고 빨랐다.

엄문탁이 "아!" 하고 놀랐을 때 쏴아― 하는 소리가 허공을 뒤덮고 들려왔다.

수많은 새들이 일제히 날아오르는 것 같은 소리였다. 그리고 이내 화살의 소낙비가 그들의 머리 위로 쏟아지기 시작했다.

엄문탁이 무어라고 아우성을 치며 대도를 휘둘러 몸 주위에 엄밀한 호신막을 쳤다. 다들 병장기를 휘둘러 화살들을 쳐내느라고 한동안 땡강거리는 소리가 귀따갑게 들려왔다.

그리고 그것이 그쳐갈 때쯤 숨 돌릴 새도 없이 두 번째 화살의 소낙비가 퍼부어졌다.

"으악!"

"아악!"

말들의 울음소리에 섞여 단말마의 비명 소리가 쉬지 않고 터져 나왔다.

병장기를 휘둘러 아무리 엄밀한 호신막을 친다고 해도 그 많은 화살들을 모두 쳐낼 수는 없었다.

엄문탁은 말 위에서 굴러 떨어지거나, 말과 함께 고슴도치처럼 변해 쓰러지는 수하들을 바라볼 수밖에 없었다.

또 한 차례의 화살비가 퍼부어졌고, 그렇게 세 차례나 쏟아져 내린 화살들을 뚫고 일백 보 앞까지 달려나갔을 때 엄문탁을 뒤따르는 자들은 오십 명이 채 되지 않았다.

그리고 물러서는 궁수들을 대신하여 이번에는 검은 옷으로 온통 몸을 뒤덮고 얼굴마저 검은 복면을 한 자들이 장창을 뺀 채 말을 달려 모래언덕을 질주해 내려왔다.

모두 백여 명은 되어 보이는 흑무사들이었다. 말까지도 온

통 검은색이라 보는 것만으로도 등줄기가 서늘해지는 두려움
이 생긴다.

엄문탁은 그들이 이 주변에 흩어져 있는 신강 부족들 중의
정예 무사들이라는 걸 짐작했다. 그리고 곧장 자기를 노리고
마주 달려오고 있는 한 놈에게 신경을 집중했다.

두 무리의 기마대가 전력으로 질주하자 일백 보의 거리는
눈 깜짝할 사이에 좁혀졌다.

선두에 섰던 엄문탁과 그를 노리고 곧장 달려온 자가 가장
먼저 충돌했다.

쾅!

그자가 방패를 휘둘러 엄문탁의 대도를 쳐내자 천둥치는 것
같은 소리가 났다.

그걸 신호로 삼은 듯이 두 무리의 기마대가 일제히 충돌했다.

"이야아!"

엄문탁이 괴성을 지르며 대도를 무섭게 휘둘러 쳤지만 마주
한 흑의무사는 조금도 밀리지 않았다.

그자의 병장기는 한 자루의 기형도였다. 등이 반월처럼 굽
고 날이 얇고 예리한 그것을 재빠르게 휘둘렀는데, 엄문탁의
대도가 쓸고 지나간 빈 공간을 결코 놓치는 법이 없었다.

엄문탁과 흑의무사를 태운 말이 한 치의 양보도 없이 서로
맴돌며 으르렁댔고, 그 위에서 두 사람은 춤을 추듯이 격렬하
게 어울렸다.

십여 초를 그렇게 어울리는 동안 엄문탁의 눈이 점점 커지

더니 드디어 찢어질 것처럼 되었다.

지나친 놀람이 말마저 잊게 만들어서 그는 입을 딱 벌린 채 본능적으로 참마룡도를 휘두르고 있었다.

고수였다.

그것도 생전에 또다시 만나볼 수 있을까, 싶을 만큼 대단한 고수였다.

엄문탁은 이런 궁벽한 곳에 이와 같은 고수가 있다는 걸 믿을 수 없었다. 그러자 한 가지 생각이 벼락처럼 머릿속을 스쳐갔다.

'마교!'

그곳의 마인이 아닌 다음에야 몇몇 부족들 속에 이와 같은 고수가 숨어 있을 리가 없을 것이다.

"너는 누구냐!"

엄문탁이 힘껏 칼을 휘둘러 흑의무사를 두어 보쯤 물러나게 하고 목청껏 소리쳤다.

"으흐흐흐—"

돌아온 건 낮고 음침한 웃음소리였다. 그 속에 진기가 충만하게 실려 있고, 기세가 여전히 살아 있는 게 느껴진다. 그래서 엄문탁은 머리카락이 곤두설 만큼 놀랐다.

"정체를 밝혀라!"

그가 다시 대도를 휘둘러 쳐가며 소리치자 그제야 흑의무사가 낮고 음침한 음성으로 대꾸했다.

"곧 죽을 놈이 내 정체는 알아서 무엇 하려고? 하긴, 누구의 손에 죽게 되는지는 알아야 하겠구나.”

몇 마디의 말을 하는 동안에도 초승달처럼 굽은 그의 만도(彎刀)와 엄문탁의 참마룡도가 다섯 번이나 허공을 긋고 엇갈렸다.

엄문탁은 흑의무사의 정교한 칼 솜씨에 혀를 내두르지 않을 수 없었다.

그는 결코 자신의 칼과 참마룡도가 부딪치지 않도록 신경 쓰고 있었다. 부딪친다면 얇은 만도가 견디지 못하고 부러지고 말 것이니 그렇다.

오직 재빠르고 교묘한 솜씨로 엄문탁의 참마룡도를 견제할 뿐 아니라 수시로 빈틈을 노리고 날카롭게 베어왔다. 다급한 상황을 맞으면 왼손에 든 방패로 참마룡도를 막거나 쳐냈다.

그 정교한 초식과 능숙한 솜씨에 엄문탁은 놀라는 한편 진심으로 감탄하지 않을 수 없었다.

쾅!

다시 한 차례 방패를 휘둘러 엄문탁의 칼을 튕겨낸 흑의무사가 흐흐, 하고 낮은 웃음을 흘리고 나서 말했다.

“야율보합이라고 들어보았는지 모르겠구나?”

“무엇이? 야율보합!”

흑의무사의 말에 엄문탁이 대경실색하여 저도 모르게 손을 멈추었다.

흑의무사가 투구와 함께 얼굴을 가리고 있던 두건을 벗어 던졌다.

흰 머리카락이 허공에 확, 퍼지고 주름진 검은 얼굴에 반백의 구레나룻이 무성하게 나 있는 얼굴이 드러났다.

각진 턱과 두드러진 광대뼈, 넓은 이마에 두 눈이 이글거리고 뭉툭한 코 아래의 입술이 두터운 노인이었다.

아니, 노인이라고는 믿을 수 없을 만큼 강렬하고 건장한 기세가 펄펄 살아 있어서 위압감을 느끼게 된다.

"도왕 야율보합!"

엄문탁이 비명 같은 고함을 터뜨렸다.

도왕(刀王) 야율보합(野率保合).

마교의 십대천마 중 쾌도왕과 함께 도왕으로 불린 인물.

만주족 제일의 용사로 군림하다가 마교에 투신하여 도왕으로 추대된 절대고수였다.

지금쯤은 칠십이 넘긴 나이일 텐데 눈앞의 야율보합은 그 체구의 건장함과 기세의 강렬함이 장년의 대한을 능가해 보였다.

그의 얼굴을 확인한 엄문탁의 두 눈에 짙은 절망이 떠올랐다.

'다 틀렸다.'

온몸의 맥이 풀리는 건 도왕 야율보합이 어떤 자인지, 그의 무위가 어떤 것인지 잘 알기 때문이다. 십천의 천주 중 누구와 싸워도 밀리지 않을 마교의 절대고수.

그가 슬그머니 흑의무사들 속에 끼어 있을 줄 어찌 짐작이나 할 수 있었으랴.

'이곳에 마교의 본거지가 있다!'

엄문탁은 이제 그런 확신을 가질 수 있었다. 그러나 그것뿐이다. 누가 그 사실을 중원에 알릴 수 있을 것인가.

재빨리 주위를 둘러본 엄문탁의 얼굴이 참담하게 일그러졌
다.

비명 소리와 아우성 소리, 그리고 병장기 부딪는 날카로운
소리들이 비로소 귀를 찌르고 들려왔다.

'다 죽는다.'

그런 생각이 엄문탁을 더욱 절망하게 했다.

야율보합이 이끌고 온 흑의무사들은 무지막지하다고 해야
할 만큼 강하고 잔인했다.

그들의 공세 앞에서 속수무책으로 죽어나가고 있는 수하들
의 모습이 꿈속인 것처럼 보인다.

"자, 이만하면 실컷 놀았겠지? 이제 끝낼 때가 되지 않았느
냐?"

멍하니 서 있는 엄문탁의 귀에 야율보합의 낮고 음침한 음
성이 들려왔다.

십팔 초. 그와 어울려 십팔 초나 싸웠다는 건 대단한 일이
아닐 수 없지만 엄문탁은 자신의 용맹이 한순간에 사라지는
걸 느꼈다.

그 대신 이제는 오직 한 가지 생각이 그를 떠밀었다.

'여기서 죽을 수는 없다. 반드시 살아서 돌아가야 한다. 무
림에 이 사실을 알려야 한다.'

그런 사명감 때문에 엄문탁은 좌절하고 있을 수 없었다.

"우야압!"

용맹 대신 악과 집념으로 재무장한 엄문탁이 목청껏 고함을

지르며 와락 야율보합에게로 몸을 던졌다.

위잉—

그의 참마룡도가 그 어느 때보다 위맹하고 맹렬한 기세로 허공을 쓸어갔다. 그리고 그 끝에 히죽 웃고 있는 야율보합의 얼굴이 있었다.

쾅!

칼을 쳐내는 방패의 단단함이 지금처럼 원망스러워 본 적이 없었다.

번쩍!

그리고 눈부시게 쏘아져 온 희고 창백한 칼빛.

부드럽게 휘어지는 만도의 차가운 체온이 목으로 파고드는 걸 느끼면서 엄문탁은 눈을 부릅뜨고 야율보합을 노려보았다.

핏—

그런 그의 목이 허공에 둥실 떠올랐다.

놀란 말이 발굽을 높이 들고 구슬프게 울부짖었고, 그 통에 건들거리던 엄문탁의 몸뚱이가 털썩, 땅에 떨어져 먼지를 피워 올렸다.

그리고 그 무렵 마지막까지 남아 저항하던 호위대의 무사 한 명이 가슴 깊이 파고든 창대를 붙잡고 흔들리다가 털썩, 쓰러지고 있었다.

第五章
아이를 때려서 어른을 불러낸다

마룡의 후예

"흘흘, 봐라. 입질이 오지 않았느냐?"

"……."

"이렇게 오래 뜸을 들인 걸 보니 잔챙이는 결코 아닐 것이다. 대어가 틀림없어."

"……."

"먹어라, 다 익었다."

"……."

늙은 거지가 뭐라고 해도 위서향은 묵묵부답이었다.

"에휴, 저 싫으면 할 수 없는 거지. 그냥 굶어 죽어라."

풍진걸개가 모닥불 위의 꿩을 내려 들더니 뜨거운 걸 상관하지 않고 죽죽 찢어 먹기 시작했다.

더 이상 위서향을 돌아보지 않았고, 먹어보라는 말도 하지 않았다.

위서향은 일대 쾌도왕 전풍의 신병인 뇌전도(雷電刀)가 들어 있는 오동나무 함을 품에 꼭 안은 채 고개를 숙이고 멍하니 모닥불만 바라보고 앉아 있었다.

수심이 가득한 얼굴에 불빛이 비쳐 일렁였다.

그 얼굴이 더욱 슬프고 처량해 보여서 귀신도 눈물을 흘릴 지경이건만 풍진걸개는 아귀처럼 꿩고기를 뜯어낼 뿐이었다.

"꺼억—"

한 마리의 꿩을 뼈까지 오도독, 오도독 씹어서 남기지 않고 다 먹어버린 풍진걸개가 그제야 만족하다는 듯 게슴츠레한 눈을 하고 위서향을 돌아보았다.

기름 묻은 손을 옷자락에 썩썩 문질러 닦으며 지나가는 말처럼 중얼거린다.

"그런데 그 고기가 뭐라고 하는 고기인지 아느냐?"

대꾸가 있을 리 없다. 역시 상관하지 않는 늙은 거지였다. 제 말을 중얼거릴 뿐이다.

"들어보았을 게다, 단운도라고. 틀림없어. 대어지. 암, 그렇고말고, 대어인 게야."

그 말에 비로소 위서향이 천천히 고개를 들고 풍진걸개를 바라보았다. 여전히 멍한 눈길이고 수심 가득한 얼굴이었다.

"그놈이 틀림없다니까? 드디어 입질을 했다고."

"지금 누구라고 하셨어요?"

"응? 못 들은 게냐? 벌써 귀가 어두워졌어? 어허, 이거 큰일이군. 단운도 그놈이 귀 어두운 아가씨를 좋아할지 몰라?"

위서향의 눈이 점점 커졌다. 그러더니 비명을 지르듯이 소리쳤다.

"단운도라고 하셨어요? 그가 왔다고요?"

벌떡 일어나는 통에 안고 있던 오동나무 함이 떨어졌지만 그것도 모르는 것 같았다.

갑자기 찾아온 흥분과 기쁨으로 그녀는 어찌할 바를 모르고 발을 동동 굴렸다.

"운도가 왔다고요? 정말이지요? 뭐 하고 있어요? 어서 가야지!"

육 년 만이다, 그의 이름을 들어본 게.

그동안 하루도 생각하지 않은 날이 없었지만 세상에서 그 이름은 씻은 듯 사라지고 없었다.

이제는 아무도 그 이름을 불러주는 사람이 없었던 것이다.

아버지를 잃은 슬픔이 아직도 큰데 흑풍객을 잃었고, 이제는 운도마저 잃었다는 생각에 그녀는 내내 슬퍼했다.

풀이 죽고, 마음속의 의욕마저 사라져 버려서 위태롭기만 한 그녀였던 것이다.

그런 위서향에게 운도가 왔다는 말은 한줄기 생명의 빛을 본 것과 다름없었다.

"이것아, 깜짝 놀랐잖아! 나 아직 귀 안 먹었다."

풍진걸개가 팔딱팔딱 뛰는 위서향을 억지로 붙잡아 주저앉

했다.

오동나무 함을 다시 안겨주며 근엄하게 말한다.

"몇 번이나 말해줘야 알아듣겠어? 너의 임무이자 사는 목적은 바로 이 함을 지키는 것이라고 말이다. 네가 죽어도 이 함은 무사해야 해. 그런데 겨우 그놈 이름 한마디에 함이고 뭐고 다 집어던져 버려? 쯧쯧, 철없는 것 같으니. 이래서 여자들은, 어린 아가씨들은 영 귀찮은 존재라는 거야. 에휴, 내 팔자야."

그가 뭐라고 하든 위서향은 상관하지 않았다.

욕을 했다고 해도 여전히 싱글벙글했을 것이다.

그녀에게 지금 이 순간 가장 가치있는 건 오동나무 함이 아니라 바로 단운도라는 이름뿐이었다.

"그가 어디 있대요? 어떻게 알았어요? 아니, 어떻게 알고 찾아왔대요? 언제 갈 거예요? 아직 거기서 기다리고 있을까요?"

수많은 질문을 순식간에 쏟아내는 그녀의 입을 멍하니 바라보던 풍진걸개가 혀를 내둘렀다.

"그래도 말하는 법을 잊어버리지는 않았구나. 그나마 다행이다."

"어서 말해주지 않을 거예욧!"

그녀가 꼬집기라도 하려는 듯 매섭게 노려보았다. 움찔, 하고 물러앉은 풍진걸개가 한숨과 함께 말했다.

"에휴, 이 정신 나간 것아. 너는 조금 전에 그 쓸모없는 거지 놈이 찾아와 한 말을 대체 듣기나 한 거냐?"

한 시진 전이었다.

개방 사천 분타의 타주인 소소독타(笑笑禿駝) 가양추(可梁推)가 헐레벌떡 뛰어들었던 때가.

풍진걸개는 위서향을 데리고 인적은 물론 짐승의 기척 하나 없이 적막하기만 한 토명산 깊은 골짜기의 동굴을 임시 거처 삼아 지내고 있는 중이었다.

그곳을 아는 자는 세상에서 오직 한 사람, 가양추뿐이었다.

그는 절정고수라고 불리기에 손색이 없는 개방의 중요한 인물이었다.

그런 그가 숨이 턱에 차도록 헐떡거리는 걸로 보아 몇 개의 산과 봉우리를 쉬지도 않고 달려온 게 틀림없었다.

"웬 놈이 사숙조님을 찾아왔습니다."

턱에 치받아 오르는 가쁜 숨을 참으며 내뱉은 첫마디가 그것이었다. 건초를 요 삼아서 늘어지게 낮잠을 자고 있던 풍진걸개가 졸린 눈을 억지로 떴고, 위서향은 한쪽 구석에 앉아 오동나무 함만 쓰다듬고 있을 뿐 돌아보지도 않았다.

"안 나타나시면 사천 분타를 평지로 만들어 버리겠답니다."

"누가?"

"그, 그 거지 같은 놈이지 누구겠습니까?"

"너 말고 거지가 또 있어?"

"사숙조님, 제발 좀 살려주십시오."

소소독타 가양추가 납작 엎드렸다. 어지간히 급하고 심각한 일인 모양이지만 풍진걸개는 저와 상관없는 일이라는 듯 태평

하기만 했다.

"알아서 해."

"사숙조님, 제발……."

"내가 왜 귀찮게 거기까지 가야 하는데?"

"말씀드렸잖습니까. 안 그러시면 사천 분타가 아예 사라져 버릴 지경이라고……."

"몇 놈이나 쳐들어왔기에 그 호들갑이냐?"

"하, 한 놈인뎁쇼?"

"한 놈?"

풍진걸개가 어이없다는 듯 한숨을 팍, 내쉬었다.

"네놈들은 손이 없느냐 발이 없느냐? 언제부터 개방이 그렇게 약한 모습을 보였어? 귀찮으니까 알아서 해라."

풍진걸개가 손을 홰홰 내젓고 돌아눕자 가양추가 땅을 두드리고 대성통곡을 하며 띄엄띄엄 말했다.

"분타야… 다시 세우고…… 세상에 거지는 많으니 죽어버린 제자들 대신 다시 뽑으면 되겠지만…… 개봉의 총단마저 평지가 되어버린다면…… 우리 개방은…… 개방은 영영 이 세상에서 사라져 버릴 텐데……."

"아, 시끄럽네."

풍진걸개가 슬그머니 돌아보았다. 방금 전까지도 졸려서 게슴츠레했던 눈이 호기심으로 반짝였다.

"그놈이 그러더냐? 총단마저 박살 내겠다고? 제가 뭔데? 풍약헌이라도 된다더냐?"

“그럴 리가 있습니까? 하지만 그럴 수도…….”

“뭐시라? 이놈아, 왜 자꾸 얼버무려? 말을 똑바로 하지 못하겠느냐? 그 주둥아리를 쫙, 찢어줄까?”

“제가 왜 허겁지겁 이 먼 곳까지 뒈져라고 달려왔겠습니까? 어지간하면 이런 짓 하지 않습니다. 아랫것들 시키지.”

“그러니까 네 말은 그만큼 상황이 다급하고, 그놈이 그만큼 무섭다는 거냐?”

“제가 일 초도 버티지 못했다고 하면 믿으시겠습니까?”

“뭐시라?”

“내기를 해도 좋습니다. 저는 그놈이 우리 사천 분타는 물론 총단까지도 싹 쓸어버린다는 데에 동냥밥 두 바가지를 걸겠습니다.”

“이, 이런 쳐죽일 거지 놈을 봤나!”

풍진걸개가 기어이 노성을 버럭 질렀다.

“너는 대체 그놈 자랑을 하려고 온 게냐, 살려달라고 온 게냐?”

“그게, 그러니까, 저기…… 그만큼 무서운 놈이라는 말입지요. 악귀도 그런 악귀가 없을 거라니까요? 도대체 인정사정이 없지 뭡니까. 젊은 놈이 그렇게 독한 건 제 평생 또 처음 봅니다. 제기랄.”

“응? 젊은 놈?”

그 말에 풍진걸개가 드디어 일어나 앉았다.

“방금 젊은 놈이라고 했느냐?”

“그렇습니다요.”

“대체 어떤 놈이야? 어디서 뭐 하고 굴러먹던 놈이래?”

“그걸 물어볼 정신이 있었다면 제 손으로 해결했습지요.”

“그러니까 말 붙여볼 새도 없이 도망쳐 왔다는 거지? 이런 겁쟁이 같은 놈. 도대체 너 같은 놈이 어떻게 사천의 분타주가 된 거냐? 뇌물을 처 안겼지?”

“겪어보지 않으면 모르실 겁니다. 사숙조님이 가신다고 해도 아마…….”

곁눈질로 힐끔거리며 말꼬리를 흐리는 것이 충동질을 하는 티가 역력하다. 하지만 풍진걸개는 그런 가양추의 속을 뻔히 알면서도 부아가 치밀지 않을 수 없었다.

“이런 쳐죽일 놈 같으니! 내가 가더라도 먼저 네놈의 골을 뽑아 먹고 나서 가볼 테다!”

“아니, 그러시면 안 되죠. 전해 드릴 말이 아직 남았는뎁쇼?”

“또?”

“그놈이 그러더군요. 신물(身物)의 사연에 대해서 알고 있노라고. 그 말을 전하면 사숙조님께서 굴러서라도 찾아오실 거라고 하던뎁쇼? 그런데 그게 뭡니까?”

“응? 신물이라고?”

풍진걸개가 화들짝 놀라 움찔거렸다.

신물이라면 십천의 천주들과 풍약헌과의 일을 말하는 게 틀림없었던 것이다.

그걸 아는 젊은 놈이라니 의혹이 커진다.

그때의 일을 떠올리던 풍진걸개는 드디어 한 사람을 생각해 낼 수 있었다.

단운도.

이릉운의 제자로서 풍사곡으로 갔고, 마교와 연관되어 추적을 당했으며, 십대천마 중 세 명의 도움을 받아 위진평과 무림맹의 추격을 따돌리고 사라진 놈.

지난 육 년 동안 죽었는지 살았는지 아무도 알지 못했으므로 이제는 서서히 사람들의 기억 속에서 잊혀져 가고 있는 놈.

그놈이 아니고서는 풍약헌과의 사이에 맺었던 신물의 약속을 아는 젊은 놈이 없을 것이라고 생각하자 절로 웃음이 삐죽삐죽 새나왔다.

"어서 가요!"

벌써 목함을 안고 일어서 있던 위서향이 빽, 소리쳤다.

*   *   *

그는 편했다.

비록 냄새가 진동하는 낡아빠진 사당 안에 있었지만 그는 세상에서 가장 편한 사람처럼 보였다.

버려진 관제묘는 세상 어디에나 흔했다.

그러나 사천 성도 북방 삼십여 리쯤 떨어진 란자산 기슭의 관제묘가 버려져 있다는 건 누구나 의아하게 여길 만했다.

그곳은 한 개의 묘전과 세 개의 객사를 갖추었고, 넓은 후원
이 두 개나 있으며 일백 명이 들어설 수 있을 묘 앞의 마당은
검은 돌판이 가지런히 깔려 있었다.

세상 곳곳에 흩어져 있는 관제묘들 중에서도 크고 화려했던
것으로 이름났을 만하다.

그러나 벌써 수십 년째 란자산의 그 관제묘는 버려져 있었다.

그건 개방의 거지들이 소굴로 삼았기 때문이라는 말이 있었
고, 버려졌기 때문에 거지들이 모여들었다고 말하는 자도 있
었다. 어느 게 맞는 말인지는 아무도 모른다.

그곳이 바로 개방의 사천 분타였다.

무림 중에서는 용담호혈로 불리는 곳이기도 하고, 관에서는
거지들이 득시글거리는 소굴이라 골치 아픈 곳이기도 했다.

더벅머리에 거칠고 남루한 행색과 용모를 한 청년, 단운도
가 그곳에 찾아온 건 어제 저물녘이었다.

백여 명의 거지들 속을 유유히 걸어 들어오더니 대뜸 묘전
으로 들어가 관공의 신상이 있는 제단 위에 털썩 주저앉았다.

그 무례하고 거침없는 행동에 거지들이 모두 어리둥절해서
바라보기만 했다.

총단에서 보낸 감찰관인가? 하는 의혹을 품을 만했다.

그렇지 않고서야 누가 감히 개방 사천 분타에 불쑥 찾아와
저처럼 오만방자하게 굴 수 있을 것인가.

운도의 생김새 또한 그런 추측을 하게 할 만했다. 허리에 매
듭만 달지 않았을 뿐이지 영락없는 거지꼴이었던 것이다.

그러나 그가 대뜸 풍진걸개를 데려오라고 소리쳤을 때 거지들은 그게 아니라는 걸 깨닫고 대로하여 아우성을 쳐댔다.

당장 저놈을 끌어내라고, 패대기를 친 다음에 밟아 죽이자고 악을 쓰며 달려들었지만 누구도 운도의 일초 반식을 제대로 감당하는 자가 없었다.

열 명이 묘전 안으로 뛰어들었다가 튕겨져 나오는 게 뛰어들 때보다 더 빨랐다. 스무 명이 쳐들어가도 마찬가지였다.

뒤늦게 분타주인 소소독타 가양추가 미칠 듯이 화가 나서 달려들었지만 이미 익숙해질 대로 익숙해진 운도의 무형장법을 당할 수는 없었다.

다른 거지들과 마찬가지로 그도 한 번 휘두르는 운도의 손아귀에 잡혀 꼼짝하지 못하고 묘전 밖으로 내던져졌다.

그제야 거지들이 모두 놀라 사색이 되었다. 소소독타 가양추의 경악은 도를 넘어설 지경이었다.

저를 이처럼 단 일 초에 제압해서 내던질 수 있는 자가 있다는 걸 믿을 수 없었다.

굳이 그런 사람을 꼽으라면 사숙조이자 십천의 천주 중 한 명인 풍진걸개를 꼽을 뿐이다.

그런 난리를 피우고 나서부터는 누구도 묘전 근처에 얼씬거리지 않았다.

그래서 운도는 지금 넓은 묘전을 독차지하고 제상 위에 벌렁 드러누워 다리를 까닥거리고 있었다.

그는 이 넓은 천하에서 풍진걸개를 찾는다는 게 백사장에 떨어진 바늘 한 개 찾는 것만큼이나 어렵다는 걸 잘 알고 있었다.

풍진걸개가 어디 한 군데 진득하니 정착해 있을 사람이 아니기 때문에 더욱 그렇다. 신룡과도 같아서 좀체 꼬리를 잡을 수가 없는 게 바로 그 아니던가.

혼자서 그런 풍진걸개를 찾아 헤매자면 평생이 걸릴지도 모른다. 그래서 고심 끝에 운도가 택한 방법이 바로 개방 사천 분타를 뒤집어놓는 것이었다.

그들이라면 어떤 방법을 쓰든 풍진걸개와 선이 닿게 해줄 것이라고 믿었다.

사흘 안에 풍진걸개를 만나게 해주지 않는다면 이곳은 물론 개봉의 총타까지 쑥대밭으로 만들어 버리겠노라고 으름장을 놓았고, 거지들은 그걸 사실로 받아들이고 벌벌 떨었다.

운도의 실력도 실력이지만, 말이 통하지 않는 무지막지한 소행을 보고 질린 것이다. 미친놈 같았다.

그리고 미쳐도 저렇게 단단히 미친놈인데다가, 저런 무공을 지닌 고수라면 혼자서도 충분히 개봉 총타를 뒤집어놓을 만하다고 믿었다.

그래서 분타주인 소소독타 가양추가 바람처럼 관제묘를 떠났고, 그걸 지켜본 운도는 이처럼 느긋하게 기다리고 있는 중이었다.

그리고 사흘째가 되었다.

운도가 뜯던 닭다리를 내던졌다. 묘전 앞에서 얼쩡거리던 거지 한 명이 깜짝 놀라 바라본다.

"싱겁다! 간을 좀 더 해와!"

거지가 재빨리 사라졌고, 잠시 후 무럭무럭 김이 나는 닭다리 몇 개를 귀 떨어진 쟁반에 받쳐 들고 조심스럽게 들어왔다.

"풍진걸개는? 안 오는 거냐?"

거지가 난처한 기색으로 우물쭈물했다.

"아직 사흘이 안 지났잖소. 조금만 더 기다려 보시구려."

그들은 모두 운도를 역신(疫神) 대하듯 했다. 그저 비위를 맞추어주는 게 살길이라고 여긴 것이다. 소소독타 가양추가 풍진걸개를 찾아 떠나기 전에 단단히 일러준 탓이다.

그런데 이제 이 밤만 지나가면 사흘째가 된다. 과연 저 미친놈이 발광을 하면 누가 그를 막을 수 있을 것인가 하는 걱정에 분타에 모여든 거지들 모두의 얼굴이 우울해져 있었다.

소식을 듣고 성도의 개방 문도들이 죄다 모여들었으므로 이백여 명이 훨씬 넘는 거지들이 들끓고 있었지만 쥐 죽은 듯 조용하기만 했다.

일제히 들이쳐서 저 미친놈을 때려죽이자는 의논이 없었던 게 아니다.

하지만 그렇게 하기 위해서 감수해야 할 피해를 생각하면 엄두가 나지 않았다. 일 초에 분타주 가양추를 집어던진 놈 아닌가. 누구도 그의 일 초를 견딜 자가 없었다.

그런 자가 살기를 품고 날뛰면 과연 누가 막을 수 있을 것인가. 저놈을 죽이려면 이곳에 모여든 문도들 모두 함께 죽을 각오를 해야 할지도 모른다.

그것을 알기에 가양추가 건드리지 말고 상전 모시듯 하고 있으라는 말을 몇 번씩이나 당부하고 떠난 것 아니겠는가.

거지들은 한숨을 내쉴 수밖에 없었다. 이 밤이 제발 영원히 계속되기를 간절히 바랐다.

날이 밝고, 저 미친놈이 제 말대로 난동을 부리기 시작하면 개방 사천 분타는 이 세상에서 영영 사라져 버릴지도 모르기 때문이다.

운도는 아무 상관이 없다는 듯 제 입맛에 맞게 새로 만들어 온 닭다리를 뜯고 있었다. 하고 있는 짓이며 행색으로 보아서는 거지 중에서도 배짱 두둑한 미친 상거지쯤으로 보인다.

그가 마지막 닭다리를 깨끗이 뜯어먹고 나서 그 뼈를 휙, 던졌다.

쾅!

그것이 묘전의 문설주에 박힌 것과 동시에 요란한 굉음이 터져 나왔고, 묘전 전체가 우르릉거리며 진동을 했다.

닭다리 뼈가 아니라 폭탄 하나를 내던진 것 같았다.

그리고 뿌드득거리는 소리가 거듭 나더니 기어이 문설주가 서너 쪽으로 갈라져 부서져 떨어지고 말았다. 묵은 먼지가 왈칵 쏟아졌다.

운도의 시중을 들던 거지가 크게 놀라 벌벌 떨었고, 박살 난 문설주는 요란한 소리를 내며 계단 아래로 굴러 떨어졌다.

초조하게 마당을 서성이던 거지들이 모두 깜짝 놀랐다. 사색이 되어서 묘전을 바라본다.

닭다리 뼈 하나로 보여준 운도의 신위는 그들을 겁에 질리게 하기에 충분했다. 정말 내일 아침에는 이 묘전이 무너지는 것은 물론 자신들도 모두 죽는 신세가 될지도 모른다는 두려움에 사로잡혀 어찌할 바를 모르고 우왕좌왕했다.

운도는 정말 그렇게 할 작정이었다. 개방과는 아무런 인연도 없으니 거리낄 것도 없다.

평소에는 온화하고 다정다감한 청년이었지만 한 번 독하게 마음을 먹으면 수백, 수천 명을 죽여야 한다고 해도 눈 하나 깜짝하지 않고 그렇게 해버릴 만큼 지독해지는 운도였다.

저의 뜻을 이루기 위해서는 개방의 사천 분타 하나쯤 충분히 짓밟을 수 있다고 생각했다. 그러면 풍진걸개는 더 이상 참지 못하고 반드시 저를 찾아올 것이라고 믿었기 때문이다.

아이를 때려서 어른을 불러내고, 새끼를 울려서 어미가 오게 하는 것이다.

그렇게 찾아온 풍진걸개와 싸워야 할 게 뻔하지만 두렵지는 않았다.

구룡신공과 구룡백타에 대한 자신감이 그 어느 때보다 컸던 것이다. 십천의 천주와 싸워도 제 한 목숨 지킬 수 있다고 굳게 믿었다. 아니, 어쩌면 그들과 대등하게 싸울 수 있을지도 모른다고 생각했다.

그런 생각은 운도를 더욱 과감하고 무례하게 했다. 지나친 자부심은 곧 자만이기도 하지 않던가.

운도가 그렇게 자신감을 갖고 풍진걸개를 찾는 건 또 다른 이유가 있어서이기도 했다.

상황이 위급하면 자신의 정체를 밝히면 된다는 생각이 그것이었다. 그러면 풍진걸개는, 아니, 십천의 천주들은 저를 쉽게 죽이지 못할 것이라고 단단히 믿었다.

제가 무량자 이릉운의 제자로 알려졌으면서, 십천의 천주들과 백도의 무리들이 눈에 불을 켜고 찾는 마교와 밀접한 관계를 맺고 있는 자라고 소문이 나 있지 않던가.

운도는 그것이 자신에게 한없이 불리한 상황이기도 하면서 위급한 때에는 자신의 목숨을 지켜줄 한 번의 기회이기도 하다는 걸 잘 알고 있었다.

그래서 지금 그 한 번의 기회에 저의 모든 걸 걸고 도박을 하고 있는 것이다.

그리고 그날 밤, 삼경 무렵에 드디어 기별이 왔다.

"전갈을 가지고 왔소!"

헐레벌떡 뛰어들어 온 소소독타 가양추의 온몸은 땀으로 흠뻑 젖어 있었다. 고약한 냄새가 진동을 한다.

운도가 제상 위에서 늘쩡거리며 몸을 일으켜 앉았다. 묘전의 문설주가 떨어진 걸 본 가양추는 두려움과 함께 늦지 않았다는 안도감으로 가슴을 쓸어내렸다.

"사숙조께서 이십 리 밖 산신당에 계시오. 당신이 그리로 오기를 기다린다고 하셨소."

"왜 직접 오지 않고?"

"그것까지는 차마 요구할 수가 없었소이다. 하지만 세상일

에 초연한 그분을 기어이 모셔왔으니 그만하면 성의는 다한
것 아니겠소?"

그러니 제발 그만 좀 꺼져달라는 간곡한 부탁이다.

가양추는 평생 누구에게 이처럼 아쉬운 소리를 해본 적이
없는 사람이었다. 한 문파의 장문인 앞이라고 해도 조금도 꿇
리지 않고 고개를 뻣뻣이 했다. 그런데 지금은 운도의 눈치를
보며 식은땀을 흘리고 있었다. 그런 제 처지에 대해서 원망하
는 마음조차 갖지 못한다.

고개를 끄덕여 준 운도가 옷을 털고 성큼 나서자 가양추의
얼굴이 비로소 환하게 밝아졌다.

*   *   *

운도는 가양추가 말해준 산신당까지 바람처럼 치달렸다. 짙
은 어둠도 그에게는 아무런 방해가 되지 못했다.

졸졸거리는 개울물 소리가 조용하게 들려올 뿐 고요하기 짝
이 없는 산속이었다.

운도는 바짝 긴장했다. 이건 개방 사천 분타를 혼자서 찾아
갔을 때와는 상황이 하늘과 땅만큼이나 다르다는 걸 누구보다
잘 아는 탓이다.

풍진걸개는 괴팍한 성정이 흑풍객보다 더하다고 알려진 기인
이었다. 그런 그가 자신을 어떻게 대할지 짐작할 수가 없었다.

운도가 어둠 속에 음침하게 서 있는 산신당을 노려보며 어

금니를 악물었다.

　결코 호락호락하게 보이지 않겠다는 것과 결코 맥없이 당하지 않겠다는 결의를 다지고 성큼성큼 산신당을 향해 걸음을 옮긴다.

　무너진 담을 지나 이끼 가득한 돌계단을 저벅저벅 걸어 올라간 운도가 닫혀 있는 문을 걷어찼다.

　콰당!

　요란한 소리를 내며 그것이 부서질 듯 안으로 활짝 열리고, 그곳에 웅크리고 있는 시커먼 어둠이 낱낱이 드러났다.

　운도가 눈을 부릅떴다. 안력을 돋우자 퀴퀴한 냄새가 떠돌고 있는 칠흑의 어둠 속에 한 사람이 등지고 앉아 있는 게 보였다.

　풍진걸개 양위허다.

　그의 등을 쏘아보던 운도가 성큼 안으로 들어섰다. 발소리를 쿵쿵 울리며 다섯 걸음 앞까지 망설이지 않고 다가갔다.

　등지고 앉아 있는 풍진걸개는 아무런 말이 없었다.

　앉고 선 두 사람 사이에 무거운 침묵이 물 흐르듯이 흘러갔다.

　서로 시합이라도 하듯이 굳게 지키고 있던 그 침묵을 깬 것은 풍진걸개였다.

　"고얀 놈. 감히 개방을 건드렸단 말이지? 감히 내 이름을 들먹였단 말이지?"

　"……"

　"흐흐, 우선 네놈의 그 주둥아리를 찢어놓고 나서 다음 죄를

물을 테다."

"소생은 딱 한 가지만 묻겠습니다. 솔직히 대답해 주시면 무례를 사죄하고 돌아가지요."

"흥."

풍진걸개가 낮게 코웃음을 치고 나서 한층 음침해진 음성으로 말했다.

"고작 무례를 사죄하고 돌아가겠다고? 나는 네놈의 목을 가져도 만족할 수 없느니라."

"노선배와 싸우고 싶은 마음은 없습니다. 그렇다고 굽실거리고 싶지도 않습니다. 제가 원하는 걸 말해주신다면 저는 노선배에게 그만한 보답을 해드리겠습니다."

"무얼 주려느냐?"

"시키시는 일 한 가지를 해드리지요."

"그게 무엇이 되었든 가리지 않고?"

"그렇습니다."

"흘흘, 그건 제법 구미가 당기는 제안이구나. 그런데 나는 너에게 시킬 일이 없으니 어쩌누?"

"노선배님의 사정이 어떻든 저는 반드시 원하는 대답을 듣고야 떠날 것입니다."

강경하고 단호했다.

운도가 뱃심을 든든히 하고 그처럼 교만을 떠는 건 풍진걸개 같은 노기인에게는 애원이나 애걸하는 것보다 당당하고 담대하게 나가는 게 더 효과적이라고 믿어서였다.

풍진걸개가 잠시 침묵하더니 불쑥 물었다.

"너는 지금 나와 몇 걸음이나 떨어져 있느냐?"

"다섯 걸음입니다."

"흐흐흐, 그렇다면 이미 저승의 문턱을 넘어선 것이나 다름없지. 네놈을 죽이면 대답할 필요도 없고, 뭘 시킬 일도 없으니 귀찮지 않게 되겠지. 너는 내 손에서 무사할 수 있을 것 같으냐?"

"길고 짧은 건 대봐야 알 수 있는 일. 저는 죽기 위해서 이곳에 찾아온 게 아닙니다."

"흐흐, 그거야 내가 정할 일이지 네놈이 말할 일이 아니다."

운도가 바짝 긴장하여 풍진걸개의 등을 노려보았다.

말을 들어보니 노걸개가 순순히 저를 대할 것 같지 않았던 것이다.

그럴 것이라고 기대하지도 않았지만 막상 싸워야 할지도 모른다고 생각하자 긴장이 등줄기를 뻣뻣하게 하며 찾아왔다. 두려움이기도 했다.

운도가 이를 악물고 더욱 긴장의 끈을 당긴 것과 풍진걸개가 획, 하고 움직인 게 거의 동시의 일이었다.

눈앞에 희끗한 물체가 어른거린다 싶었는데 어둠을 찢고 앙상한 손 하나가 눈앞에 불쑥 나타났다.

第六章
세상일은 아무도 알 수 없다

마룡의
후예

휙—

가벼운 바람 소리가 들리는가 싶었는데 눈앞에 서늘한 기운
이 왈칵 몰려들었다.

단단히 준비하고 있었지만 운도는 크게 놀라지 않을 수 없
었다.

풍진걸개가 어떻게 움직인 건지, 무슨 수법을 쓴 건지 눈으
로는 확인할 수 없었다.

그 신속함과 날카로운 위력에 대경한 운도가 즉시 몸을 쓰
러뜨리듯이 옆으로 기울이며 무형신보를 펼쳤다.

낡고 음침한 신당 안에 돌개바람이 가득해졌다.

쉬잉, 하는 바람 소리와 함께 풍진걸개의 손이 눈앞을 스치

고 지나갔다. 운도의 온몸에 소름이 돋았다.

중요한 순간이다. 잘못했다가는 무량자 이릉운에 대하여 알아내기는커녕 죽임을 당하고 말 것이다.

찰나의 순간에도 운도의 머릿속에 수많은 생각들이 스쳐 갔다.

운도는 제가 호랑이 굴에 뛰어들었다는 생각을 하지 않을 수 없었다. 이렇게 된 이상 물러날 수도 없다. 정신을 바짝 차리지 않으면 모든 게 허사가 된다.

그런 생각을 하는 순간에도 운도는 무형신보를 전력으로 펼쳐 미친 듯이 어둠 속을 휘돌았고, 풍진걸개의 손이 그때마다 아슬아슬하게 옷깃을 스치고 지나가는 걸 느꼈다.

아무것도 보이지 않는 어둠 속에서 풍진걸개는 귀신이 된 것 같았다. 숨소리조차 들리지 않는데, 그의 장력이 스쳐 가는 공간은 온통 냉랭한 기운으로 뒤덮였다.

풍진걸개가 형체가 없는 허깨비인 것처럼 가볍고 신속하게 운도를 잡아오고 있다면, 운도는 허공에 날리는 작은 목화솜 한 조각 같았다.

이리저리 움직이는 것이 바람에 떠밀리는 것처럼 은밀하면서 교묘해 풍진걸개는 좀처럼 운도를 붙잡지 못하고 있었다.

"흥, 제법이로구나. 구미가 당겨."

휙, 하고 스쳐 가는 바람 속에서 그런 중얼거림이 흘러나왔다.

운도는 아예 눈을 감아버렸다. 이런 어둠 속에서는 시선이 오히려 방해가 되기 때문이다.

그가 좌측에서 밀려오는 느낌을 따라 부드럽게 돌아서며 두 손을 상하로 뻗어 후려치고 밀어냈다. 지극히 정교한 수법이었다. 그것을 따라 후웅, 하는 웅장한 바람 소리가 쏟아져 나온다.

"헛!"

풍진걸개의 놀란 탄성이 언뜻 들려왔다. 그리고 파도처럼 밀려들던 압박감이 씻은 듯 사라져 버렸다. 그 순간 운도가 갈지자로 움직이며 미끄러지듯 세 걸음을 다가갔다.

위잉—

두 손을 흔들어 낚아채고 밀며 붙잡아갈 때마다 신묘한 조화와 기운이 쏟아져 나와 그의 팔이 미치는 사방의 공간을 완벽하게 지배한다.

"이놈!"

어둠 속에서 유령처럼 움직이던 풍진걸개가 버럭 노성을 터뜨렸다.

"네가 어떻게 장왕 진사곤의 장법을 알고 있는 게냐?"

운도는 대꾸하지 않았다. 더욱 힘을 써 매섭게 들이칠 뿐이다. 그러나 여전히 풍진걸개의 옷자락 하나 건드릴 수 없었고, 오히려 노걸개의 분노만 더욱 커지게 했을 뿐이다.

그가 대로하여 다시 소리쳤다.

"어린 녀석이 벌써 장왕의 장법을 이토록 완벽하게 익혔다니 대단하구나. 하지만 그것 때문에라도 나는 너를 죽여서 후환을 제거해야겠다!"

풍진걸개가 노성과 함께 일 장을 쭉 뻗어냈다.

그 즉시 막강한 잠력이 일어 운도의 그물처럼 촘촘하게 덮어오던 장력을 일거에 쓸어버렸다. 그리고 남은 경력이 창처럼 날카롭게 가슴을 찔러온다.

"흠!"

운도가 즉시 구룡신공을 십성 끌어올려 마주 일 장을 후려쳤다.

펑!

두 사람의 장력이 정면으로 격돌하자 무겁고 답답한 폭음과 함께 사나운 기파의 여력이 폭풍이 되어 사방으로 쏟아져 나갔다.

우르릉거리며 신당이 흔들리고, 먼지와 돌 부스러기가 우수수 쏟아져 내린다.

"흥!"

풍진걸개의 코웃음엔 노여움이 실려 있었다.

그는 운도의 무위가 상상 이상으로 높은 걸 알고 놀라는 한편 한순간 살기가 치솟았다.

그것을 느낀 운도가 더욱 긴장하여 움직이고, 무형장법에 한층 공력을 집중하여 상대하면서 말했다.

"소생은 아무것도 바라지 않습니다. 다만 소생이 궁금하게 여기고 있는 한 가지에 대해서만 말해주시기 바랄 뿐입니다."

운도가 전력을 다해 대항하면서도 여전히 말을 할 수 있다는 데에 풍진걸개는 더욱 놀랐다.

'이 어린놈은 정말 알 수 없구나. 어찌 이럴 수가 있단 말인가?'

운도가 장법으로 천하를 놀라게 하고 두렵게 했던 장왕 진사곤의 진전을 십성 이루었다는 걸 확인한 풍진걸개는 묘한 감정이 되었다.

그의 내력 또한 고강해서 자신의 장력을 거뜬히 받아낸다는 게 더욱 경각심을 높여주었다.

운도를 시험해 보겠다는 생각을 버리자 풍진걸개의 공세는 지금까지와는 비교할 수 없이 무시무시해졌다.

"아!"

운도가 놀란 외침을 터뜨리며 전력을 다해 무형신보와 함께 무형장법을 펼쳐 달아나고 뿌리치지만 등골이 저려오는 고통과 함께 밀려드는 두려움을 떨쳐 버릴 순 없었다.

펑!

기어이 다시 한 번 두 사람의 장력이 격돌했고, 운도가 답답한 신음을 흘리며 비틀거렸다. 그 순간 바람처럼 달려든 풍진걸개가 갈퀴 같은 손으로 운도의 어깨를 꽉 움켜잡았다.

"크윽!"

뼛속으로 파고드는 지독한 고통.

그건 마치 불에 달군 부젓가락으로 지져대는 것같이 끔찍한 것이었다.

운도가 온몸을 축 늘어뜨린 채 어금니를 악물었다.

터져 나오려는 비명을 가까스로 눌러 삼키느라 얼굴이 붉어
지고 힘줄이 무섭게 튀어나왔다.

"호호호—"

풍진걸개가 음침한 웃음과 함께 운도의 혈도 몇 군데를 점
하더니 허수아비처럼 축 늘어진 그를 번쩍 들어 올려 어깨에
둘러메고 쏜살같이 밖으로 달려나갔다.

운도는 아뜩하게 꺼져가는 의식 속에서도 분하기 짝이 없었
다. 고작 이십여 초밖에 버티지 못했다는 것에 대한 분노였다.

그러나 십천의 천주 중 한 명을 상대해서 그처럼 버틸 수 있
는 사람이 무림 중에 과연 몇 명이나 될 것인가.

세상이 그런 사실을 알면 경악할 일이지만 운도에게는 분하
고 절망스러울 뿐이었다.

*　　　*　　　*

생살을 가르고 뼈를 잘라내는 것 같은 고통이 온몸을 치달
렸다.

운도의 핏발 선 눈은 금방이라도 튀어나올 것 같았고, 악다
문 입술 사이로 피가 흘러내렸다.

고통을 참느라고 온몸의 근육들이 푸들푸들 경련을 일으켰
다.

마치 산 채로 껍질이 벗겨지고 있는 것 같은 지독한 고통이
점차 뼛속으로 파고들수록 운도의 정신은 더욱 또렷해졌다.

오기가 죽음에 대한 공포와 고통을 밀어내며 치솟아오른다.

한 번 그렇게 감추어두고 있던 독한 심성이 발동하자 운도는 자신의 목숨마저 남의 것 보듯 할 수 있게 되었다.

고통이 더욱 커지고 죽음이 눈앞에 어른거리지만 지독하다고 해야 할 만큼 대단한 인내로 참고 견뎠다.

분근착골의 고문 수법 앞에서 그처럼 참아내는 자를 처음 보는지라 풍진걸개의 눈이 오히려 휘둥그레졌다.

이를 악문 채 신음마저 참고 삼키는 운도를 희귀한 동물 바라보듯이 멍하니 바라본다.

"이놈아, 한마디만 하면 그 고통에서 벗어날 수 있을 텐데 그렇게 미련을 떠느냐?"

"나를 죽이시오. 그렇지 않으면 내가 반드시 늙은 거지 당신을 죽여 껍질을 벗기고 말겠소."

운도가 이를 박박 갈며 말했다.

풍진걸개는 기가 막힐 수밖에 없었다. 저 지경이 되어서도 아직 멀쩡한 정신을 가지고 있다는 것도 그런데, 오히려 협박까지 해대는 놈이 있다는 걸 세상이 어찌 믿을 것인가.

풍진걸개가 혈도를 풀어주자 그 즉시 고통이 사라지는 것이어서 운도가 길게 숨을 내쉬었다.

온몸이 땀으로 흠뻑 젖은 채 헐떡이는 모습이 보기에 안쓰럽다.

잠시 바라보던 풍진걸개가 달래듯이 물었다.

"그냥 한마디만 해라. 홍안적성이 어디에 있는자, 네가 강호에 다시 나온 진짜 이유가 뭔지 말이다. 그러면 곱게 살려 보내마.”

“이미 말했소. 무량자 이릉운이라는 분을 찾으러 왔다고.”

“흥, 네가 마교와 깊은 관련이 있는 놈이라는 걸 세상이 다 안다. 그렇지 않다면 쾌도왕과 상왕이 어찌 너를 구하기 위해 목숨을 걸었을 것이며, 장왕 진사곤이 어찌 자신의 절기를 너에게 전수했겠느냐? 왜 풍사곡에서 달아났지? 위진평이 무엇 때문에 너를 잡기 위해 그처럼 날뛰었겠느냐? 그게 다 네가 마교와 관계된 놈이라는 걸 증명해 주는 일인데도 잡아뗄 작정이냐?”

운도는 그 말을 부정할 수 없었다.

그런 운도를 노려보던 풍진걸개가 그것 보라는 듯 비웃음을 흘리며 다시 말했다.

“네가 그동안 세상에서 사라졌던 건 그들을 따라 마교의 총단인 홍안적성에 들어갔기 때문이겠지. 그러니 당연히 그곳이 어디에 있는지 알지 않겠느냐? 그곳에서 마교의 무예를 연성하고 다시 강호에 나온 건 또한 그만큼 중요한 임무를 부여받았기 때문 아니겠느냐?”

“터무니없는 소리요.”

운도는 차마 제가 지옥곡에 있었다는 걸 말할 수 없었다. 그곳에서의 일들을 다시 떠올리기도 싫거니와 그 얘기를 하는 것도 싫은 것이다.

풍진걸개가 코웃음을 쳤다.

"흥, 절대 터무니없는 소리가 아니지. 내가 알아맞혀 볼까?"

"쓸데없는 소리 길게 하지 말고 그냥 나를 죽이는 게 편할 거요."

"너는 마교의 삼보를 찾으러 나온 것이다. 그렇지?"

"마교의 삼보라고?"

운도로서는 금시초문이었다. 어리둥절해하는 그를 뚫어지게 바라보던 풍진걸개가 껄껄 웃었다.

"이놈 봐라? 고집만 지독한 줄 알았더니 연기도 아주 그럴 듯하게 하는구나. 설마 모른다는 말을 하려는 건 아니겠지? 나를 속일 생각 마라."

"삼보가 무엇인지 나는 들어본 적도 없소."

"흐흐, 그렇게 나올 줄 알았느니라."

풍진걸개가 눈을 가늘게 뜨고 노려보았다. 운도의 마음속까지 꿰뚫어보려는 것 같다.

"믿지 않아도 할 수 없소. 내가 왜 이런 처지가 되었는지 나도 모르는 일이고, 그 이유를 알고 싶어서 이렇게 당신을 찾아온 거요."

운도의 고집이 대단하다는 걸 안 풍진걸개가 그를 달래려는 듯 사근사근하게 말했다.

"좋다, 네 처지가 불쌍하다는 걸 인정하지. 그건 그렇고, 이렇게 하자. 서로 정보를 교환하는 거야. 원하는 걸 주고받으니 공평한 일이지. 물론 비밀은 죽을 때까지 지켜주겠다. 아무도 네가 발설했다는 걸 모를 거야. 어때, 구미가 당기지?"

운도는 대꾸하지 않았다. 심신이 지칠 대로 지쳐서 모든 게 귀찮을 뿐이다.

그의 마음이 흔들렸다고 여긴 풍진걸개가 회심의 미소를 지었다.

"자, 이제 마교의 삼보가 있는 곳을 말해봐라. 그러면 나도 네가 원하는 걸 말해주겠다. 아니, 이룽운이 있는 곳으로 데려가 주지. 어떠냐? 그만하면 충분히 거래할 가치가 있을 텐데?"

운도가 길게 탄식했다.

"휴, 소용없소. 내가 알지 못하는 걸 묻고 있으니 어찌 가르쳐 줄 수 있겠소? 그리고 이제는 안다고 해도 절대로 말해주지 않겠소."

귀를 기울이고 있던 풍진걸개가 잔뜩 화가 나서 소리쳤다.

"정말 미련한 놈이구나. 좋다, 그렇다면 어디 이것도 견딜 수 있는지 한번 시험해 보자!"

와락 달려들더니 즉시 운도의 몇 군데 요혈을 찍는다.

"끄으―"

그 즉시 운도가 몸을 비틀며 신음 소리를 냈다.

분근착골의 수법에 역혈폐맥의 수법이 더해진 것이다.

그 고통은 차라리 당장 머리통이 쪼개져 죽어버리기를 간절히 원할 만큼 지독했다.

운도의 모공에서 피땀이 흘러내리기 시작했다. 이대로 일다경만 지나면 그는 온몸의 피를 모두 쏟아내고 기혈이 엉킨 실타래처럼 뒤틀려 죽고 말 것이다.

운도는 가물거리는 정신 속에서 제가 이제 죽는다는 걸 느
꼈다. 이곳에서 이렇게 죽고 말 것이라는 생각에 억울해졌다.

그런 한편, 죽으면 모든 게 끝난다는 생각에 홀가분해지기
도 했다.

우선 이 빌어먹을 고통에서 벗어나게 될 것이고, 저를 옭아
매고 있는 운명의 사슬에서 풀려나게 될 것이다.

그렇다면 차라리 죽어버리는 게 사는 것보다 백 배 더 나을
지도 모른다.

그런 생각이 들자 고통이 조금씩 사라졌다. 저에게 닥친 이
가혹한 시련을 죽음이라는 말로 받아들이게 된 것이다. 그러
자 마음이 오히려 편해지면서 알 수 없는 기쁨까지 가슴속 저
깊은 곳에서 고개를 들었다.

죽기 직전에 맛본다는 희열이다.

그것이 찾아옴과 함께 운도가 기어이 정신을 잃고 축 늘어
졌다.

"지독한 놈. 내가 졌다."

그런 모습을 내려다보던 풍진걸개가 한숨과 함께 중얼거리
고는 즉시 운도의 혈을 두드려 풀어주었다.

그러나 운도는 이미 기진하여 죽은 듯 늘어져 있을 뿐 의식
을 되찾지 못했다.

"제기랄. 이릉운 그놈보다 먼저 삼보를 찾으려고 했더니 도
로아무타불이 되고 말았구나. 하지만 이놈이 제 사부에게는
사실을 말하겠지. 이렇게 된 이상 그때까지 기다려 볼 수밖에.

빌어먹을."

투덜거린 풍진걸개가 운도를 들쳐 업고 다시 미친 듯이 산 속으로 질주해 들어갔다.

멀리서 희끄무레하게 새벽이 찾아오고 있는 무렵의 험한 산 속이었다.

＊　　　＊　　　＊

보름이 지났다.

운도는 흔들리는 배 안에 누워 있었다.

침상 곁의 둥그런 창을 통해 넘실거리는 푸른 파도가 보였다.

그리고 곁에 그가 그렇게 그리워하던 한 사람이 있었다.

슬프고 안타까운 얼굴로 운도를 바라보고 있는 사람.

위서향이었다.

"좀 쉬어."

운도가 힘없는 음성으로 말했다. 위서향이 고개를 가로젓는다.

"이렇게 너를 보고 있는 게 좋아."

운도가 쓰디쓴 미소를 짓고 슬그머니 고개를 돌렸다.

그는 풍진걸개에게 호되게 당한 후 지금까지 기력을 되찾지 못하고 있었다.

처음에는 죽은 사람이나 다름없었는데, 보름이 지난 지금

그나마 이렇게 정신을 차릴 수 있었던 건 위서향의 지극한 보살핌 덕분이었다.

"그 늙은 거지가 정말 미워."

그녀가 한 서린 음성으로 그렇게 말했다.

설마 운도를 이 지경으로 만들어놓을 줄 몰랐던 것이다.

걸개가 운도를 업고 왔을 때 위서향은 너무 놀라 죽을 뻔했다.

그다음에는 미친 듯 악을 쓰며 풍진걸개에게 대들었지만 걸개는 히히, 웃을 뿐 조금도 제가 한 일에 대해서 뉘우치지 않았다.

"이것아, 내가 정말 이 고집쟁이 놈을 죽이려고 마음먹었으면 쥐도 새도 모르게 감쪽같이 죽였지 이렇게 업고 땀 뻘뻘 흘려가며 너에게 데리고 왔겠냐?"

"이게 죽인 거나 마찬가지잖아욧! 대체 사람을 어떻게 했기에 이 지경으로 만들어욧!"

죽일 듯이 악을 쓰며 달려들지만 풍진걸개는 히히, 웃기만 했다.

"이게 다 그놈이 겪고 넘어가야 할 관문이니라. 또 아니? 전화위복이 될지. 세상일이란 좋은 게 좋은 게 아니고 나쁜 게 꼭 나쁜 것만도 아닌 게야. 그 오묘한 조화 속을 어린 계집애가 어찌 알겠느냐. 쯧쯧―"

위서향은 제가 아무리 악을 쓰며 대들어도 소용없다는 걸 잘 알았다.

그것보다는 우선 운도를 돌보는 게 시급하기도 했다.

닷새 동안이나 운도는 의식불명인 채 사경을 헤맸고, 엿새 되는 날 겨우 의식을 찾았으나 위서향을 알아보지 못했다.

열흘이 지나 배를 타고 육지를 떠났을 때에야 겨우 제 처지를 알게 되고 위서향을 알아볼 수 있게 되었으니 풍진걸개에게 당한 후유증이 그만큼 컸던 것이다.

그리고 그들은 지금 어디로 가는 건지도 모르는 채 커다란 화물선에 짐짝처럼 실려 파도를 헤치며 망망대해로 나아가는 중이었다.

그동안 배는 몇 번 포구에 닻을 내렸고, 그때마다 풍진걸개는 어디론가 바쁘게 사라졌다가 돌아오곤 했다.

운도는 그가 대체 저를 데리고 어디로 가는 건지 알지 못했지만 궁금해하지도 않았다.

마치 삶을 포기한 사람처럼 멍하니 종일 창밖에 넘실거리는 파도를 바라보며 누워 있기만 했던 것이다.

위서향을 통하여 그녀의 지나온 삶에 대한 이야기를 들었어도 아무 반응이 없었다.

운도는 전혀 다른 사람이 되어 있는 것 같았다. 무심하고 무정한 나무나 바윗덩이가 하나 누워 있는 것 같아서 위서향은 이루 말할 수 없이 서운하기도 했다.

그러나 이 세상에서 정 붙일 유일한 사람이 바로 운도였던지라 그녀는 서운하다는 내색도 하지 못했다.

운도가 그런 그녀의 마음을 아는지 모르는지는 아무도 모를 일이었다.

다시 며칠이 지나 배를 타고 떠나온 지도 열흘 가까이 되었을 때였다. 운도가 풍진걸개에게 붙잡혀 온 지 스무 날이 지나고 있을 무렵이다.

운도는 그때쯤에야 비로소 스스로 운신할 수 있을 만큼 되었다.

몸의 기력을 어느 정도 추스를 수 있게 된 것인데, 아직 회복 단계에 든 건 아니었다.

위서향의 도움을 받아 운기를 시도해 보았으나 매번 지독한 고통만 느꼈을 뿐 시원하게 진기를 돌릴 수가 없었다.

운도는 제가 영영 폐인이 된 건 아닌가, 하는 불안에 시달렸다. 그러면 위서향이 초조해하는 그를 데리고 갑판으로 나가 시원한 바람을 쐬게 했다.

화물선의 선원들은 모두 친절하게 두 남녀를 대해주었다. 풍진걸개와 선주 사이에 각별한 친분이 있는 모양이라고 짐작할 뿐, 위서향이나 운도는 아무것도 묻지 않았다.

풍진걸개와 이야기하는 것조차 싫어졌던 것이다.

그러면서도 그와 동행할 수밖에 없는 건 그가 운도에게 이릉운이 있는 곳으로 데려가 주겠노라고 한 그 말 한마디 때문이었다.

운도는 그렇게 되기를 간절히 바랐으므로 묵묵히 그가 이끄는 대로 따를 뿐이고, 위서향은 운도가 가니 그의 곁에 붙어 있을 뿐이었다.

그날 저녁 무렵에 화물선이 또 하나의 부두에 닻을 내렸다. 한 번 그렇게 닻을 내리고 정박하면 이틀이나 사흘 동안은 꼼짝하지 않는다.

그리고 언제나 그랬듯이 풍진걸개는 배가 멎자마자 바쁘게 뭍으로 올라갔다. 어디로 가고, 언제 올 거라는 말은 여태까지 한 번도 해준 적이 없다.

운도와 위서향은 배가 떠나기 직전에야 그가 돌아온다는 걸 알기에 더 이상 궁금해하지도 않았다.

"바깥바람을 쐬러 가지 않을래?"

그녀가 창밖을 힐끔거리며 말했다. 운도는 침상에 누운 채 고개만 가로저었다.

"땅을 밟아본 지도 벌써 스무 날이 넘었잖아. 지겹지도 않아?"

역시 고개만 가로젓는다.

"뭐 먹고 싶은 건 없어?"

"그냥 이대로 놔둬."

할 수 없다는 듯 위서향이 한숨을 쉬었다.

그가 배를 떠나려 하지 않으니 위서향도 떠날 수 없다.

그녀는 마치 어머니가 중병에 걸린 아기를 돌보는 것 같은 심정이 되어서 운도를 지키고 있었다.

하루에 여섯 번씩 그의 경락을 주물러 주고 자신의 내공으로 원기를 보충해 주는 일을 계속하고 있지만 조금도 싫은 기색이 없었다.

　그녀의 그런 정성이 운도의 마음에 커다란 기쁨과 감격을 가져다주었지만 운도는 한 번도 그걸 내색하지 않았다.

　아니, 못하는 것이라고 해야 옳을 것이다.

　지금 이때처럼, 이렇게 스무 날이 넘도록 위서향과 단둘이 있으면서, 사부 등 선생이 헤어지기 전에 당부했던 말이 절실하게 공감된 적이 없었다.

　무정무한(無情無限).

　등 선생은 그 말을 가슴속에 깊이 간직하고 잊지 말라고 하지 않았던가.

　그때는 왜 그래야 하는 건지 이해하지 못했으나 지금은 그렇지 않았다.

　'나는 그녀에게 평생 짐이 될지도 모른다.'

　그런 생각을 하게 된 것은 꼭 지금의 제 처지가 이처럼 무기력해져만은 아니었다.

　의식을 되찾고, 배에 갇혀 있다시피 했던 지난 이십여 일 동안 운도는 자기 자신에 대해서 많은 생각을 할 수 있었다.

　제 처지의 암울함보다 더 크게 그를 괴롭힌 건 그토록 자부했던 자신의 무공이 실은 보잘것없었다는 데 대한 자각이었다.

　천마심공 안에서 자신만의 비결을 깨달아 구룡신공이라는 이름을 붙였고, 장왕 진사곤의 장법 속에서 역시 자신만의 투로를 완성해 구룡백타라고 했다.

　그것의 위력이면 천하제일은 아니더라도 십천의 누구와 싸

세상일은 아무도 알 수 없다　149

워도 제 한 목숨은 지킬 수 있을 것이라고 자신하지 않았던가.

그러나 풍진걸개를 상대해서 고작 이십여 초를 채 버티지 못하고 이 꼴이 되었다.

그 일을 생각하면 십천의 벽이 높다는 걸 실감하는 만큼 오만했던 자기 자신에 대하여 분노하고 절망하지 않을 수 없었다.

이것만으로는 안 된다는 자각과 함께 '그럼 무엇을 어떻게?' 하는 막연한 생각에 답답해진다.

그런 단운도를 바라보는 위서향의 가슴속에는 안타까움이 가득했다.

그녀는 그가 무엇 때문에 그토록 좌절하고 괴로워하는지 잘 알고 있었다.

"너무 조급하게 생각하지 마."

위서향이 정이 듬뿍 실린 손길로 운도의 머리카락을 쓸어 넘겨주었다.

"풍진걸개에게서 들었어. 네가 아주 잘 싸웠다고 하더구나."

"소용없어."

"아니, 그렇지 않아. 너는 풍진걸개를 충분히 놀라게 했는걸? 그의 신분과 위치를 생각하면 그건 자부심을 가져도 될 만큼 대단한 일이야. 누가 풍진걸개와 맞서서 이십 초가 넘도록 싸울 수 있겠어?"

운도가 비로소 그녀에게 눈을 맞추었다. 차갑고 서늘한 눈길에 뜨거운 무엇이 이글거리고 있었다.

위서향은 그게 식지 않은 투지이고 호승심이라는 걸 알았다. 그래서 안심이 되었다. 운도가 아직 의욕을 모두 잃지 않았다는 걸 느낄 수 있었기 때문이다.

운도가 어금니를 지그시 문 채 말했다.

"나는 반드시 그 늙은 거지를 이기고 말 거야. 그래서 다음에는 그를 개구리처럼 패대기쳐 버리고 말 테다."

"너?"

위서향이 눈을 동그랗게 떴다. 어이없다는 표정이 된다.

운도가 빠드득 이를 갈고 나서 스산하게 말했다.

"머지않아 그는 나의 십초지적이 되지 못할 거야. 내 앞에 무릎을 꿇게 하고 말겠어. 두고 봐. 반드시 그렇게 할 테니까."

위서향이 쓴웃음을 지었다. 누가 들어도 운도의 말은 터무니없는 것이었다. 하늘이 무너지고 땅이 꺼진다고 해도 그런 일은 생기지 않을 것이다.

하지만 위서향은 그런 제 생각을 운도에게 말해줄 수 없었다. 그녀가 방긋 웃으며 고개를 끄덕였다.

"그래, 너는 그렇게 할 수 있을 거야. 그러니 지금은 우선 기력을 회복하는 데 더욱 힘써야겠지? 자, 밖으로 나가자. 시원한 바람을 쐬면 기분이 한결 나아질 거야."

위서향의 말이 단지 저를 달래주기 위한 것임을 잘 알지만 그래도 운도는 그녀의 그 말이 기뻤다. 사랑하는 사람 아닌가. 그녀의 말이 힘이 되고 용기가 되어준다.

운도가 천천히 몸을 일으켜 앉았다.

그때였다.

"흘흘, 아주 고약한 놈이로구나. 뭐? 나를 어떻게 한다고?"

불쑥 풍진걸개가 들어왔다. 밖에서 운도가 하는 말을 다 들은 게 틀림없다.

위서향이 깜짝 놀라 당황한 얼굴로 운도의 앞을 막아섰다.

"양 백부님, 운도의 말은 그저……."

"그저 뭐?"

"그냥 화가 나서 한 말이랍니다. 그러니 신경 쓸 것 없어요."

"흘흘, 나를 개구리처럼 패대기쳐 버리겠다고 했는데도 말이냐?"

"아니, 그건, 그건……."

풍진걸개의 눈길이 서늘해졌고, 그 앞에서 위서향은 더욱 당황하여 어쩔 줄을 몰라 했다.

운도가 싸늘하게 말했다.

"그렇게 변명할 것 없어. 그건 내 진심이었으니까."

"흥, 흥. 네까짓 녀석이 감히 그런 마음을 품었단 말이지?"

풍진걸개가 위서향을 밀치고 다가서지만 운도는 조금도 굴하지 않았다. 매섭게 그를 노려보며 똑똑히 말한다.

"노선배, 당신에게 당한 일을 결코 잊지 않을 거요. 그러니 후환이 두렵다면 지금이라도 나를 죽여 버리는 게 좋을 겁니다."

"그럼 그럴까?"

성큼 다가서는 노걸개의 허리에 위서향이 달라붙었다.

"양 백부님! 제발, 소녀를 보아서라도 제발!"

필사적으로 매달리지만 풍진걸개 양위허는 아랑곳하지 않았다.

성큼 크게 걸음을 내딛어 운도 앞에 버티고 선 그가 무섭게 노려보았다. 운도 또한 질 수 없다는 듯 마주 노려보는데 독기 서린 그 눈길에선 조금의 두려움도 찾아볼 수 없었다.

불쑥 손을 내민 풍진걸개가 운도의 완맥을 움켜쥐었다.

"아!"

위서향이 사색이 되어 비명을 터뜨렸다. 그러나 운도는 당신 마음대로 해보라는 듯 여전히 풍진걸개를 노려볼 뿐이었다.

"흐흥, 이 어린 녀석이 아주 대단하단 말이야. 고집만."

운도의 완맥을 쥔 손아귀에 지그시 힘을 주어본 풍진걸개가 손을 놓고 히죽 웃었다.

"좋다. 나도 인생이 심심해서 하품만 나오던 참이었느니라. 대체 사는 재미가 있어야 말이지. 그런데 네놈이 나에게 도전을 하겠다니 괘씸하기도 하지만 이제는 조금 재미있어질 것도 같다."

품을 뒤진 풍진걸개가 밀랍에 싸인 밤알만 한 환약 한 개를 꺼내 불쑥 내밀었다.

"먹어라. 먹고 뒈지면 할 수 없지만 그렇지 않으면 운이 좋은 거라고 해야겠지.”

운도는 말이 없고, 위서향이 떨리는 음성으로 물었다.

“그게…… 뭔가요?”

“히히, 먹어보면 알겠지. 너 조그만 계집애는 내가 치사하게 독약을 먹여서 죽일 거라고 생각한 건 아니겠지?”

위서향이 얼굴을 붉혔다.

죽이려고 마음먹었으면 손 한 번 쳐드는 걸로 그만일 텐데 독약을 구해다 먹이는 귀찮은 일을 할 것인가.

운도가 풍진걸개의 손바닥 위에 놓인 단환을 낚아챘다. 밀랍도 벗기지 않은 채 입에 밀어 넣고 우적, 씹었다.

그게 무엇이냐고 묻지도 않았고, 의심하지도 않았다.

그의 입 안에서 밀랍이 깨지자 박하향 같기도 한 향기가 왈칵 터져 나왔다. 음침하고 퀴퀴하던 선실이 이내 감미롭고 상쾌한 향기로 가득해졌다.

코를 찌르는 그 향기에 눈살을 찌푸리면서도 운도는 단환을 밀랍째 으적으적 씹어 삼켜 버렸다.

목을 타고 넘어가는 약 기운이 강해서 마치 이글거리는 숯불 하나를 억지로 삼키는 것처럼 고통스러웠다.

그것이 뱃속에 이르는 잠깐 동안의 타는 듯한 고통에 운도가 저도 모르게 신음을 흘렸다.

풍진걸개가 재빨리 그런 운도의 마혈을 점했다. 맥없이 주저앉는 운도를 안아 들어 침상 위에 앉히더니 마주앉아 그의 두 손 완맥을 움켜쥐었다.

"아!"

그 모습을 본 위서향이 놀란 탄성을 터뜨렸다. 풍진걸개가 무엇을 하려고 하는 건지 비로소 확실히 알 수 있었던 것이다.

그가 운도에게 먹인 건 세상에서 보기 힘든 영단인 게 틀림 없었다. 그리고 걸개는 자신의 내력으로 운도의 운기를 도와 영약의 기운을 운도의 혈맥 속에 고루 퍼뜨려 주려는 것이다.

위서향이 잠깐 동안 풍진걸개를 감격과 감사가 가득한 눈으로 바라보더니 재빨리 검을 들고 선실 밖으로 나갔다. 호법을 서려는 것이다.

第七章
남자와 여자

마룡의
후예

　태양의 한 조각이 뱃속에 흘러들었다고 해도 이보다 뜨거울
것 같지 않았다.

　온몸을 태우며 거침없이 단전까지 내려가 멈추었던 그 열기
가 어느 순간 확, 퍼졌다.

　숯불에 기름을 뿌린 것처럼 걷잡을 수 없이 타오르는 열기
는 풍진걸개에게 당했던 그 지독한 고통보다 열 배는 더했다.

　운도는 비명을 지를 수도 없었다. 입을 벌릴 때마다 꺽, 꺽,
하는 이상한 소리만 바람처럼 새나올 뿐이다.

　그때 한줄기 청량한 기운이 두 팔의 완맥을 통하여 흘러들
어 오기 시작했다. 시원한 바람이 이글거리는 태양을 식혀주
는 것 같고, 맑고 깨끗한 물이 달아오른 바위를 감싸는 것 같기

도 한 그런 기운이었다.

그 한줄기의 청량한 기운이 점점 커졌다. 맑은 시냇물 같아졌다가 이내 도도하게 흐르는 장강의 물줄기처럼 거침없이 쏟아져 들어온다. 그건 운도로서는 감당하기 힘든 기운이었다.

뜨거운 열기도 그렇거니와, 처음에는 시원하게 느껴지던 청량한 기운의 증폭도 그랬다.

이제는 제 몸 안에서 온 산을 태우고도 남을 불길과 온 들을 덮고도 남을 물줄기가 부딪쳐 싸워대는 것 같았다.

열기와 한기가 번갈아 극성을 부리니 고통이 오히려 더 심해졌다.

운도는 이것이 바로 지옥의 고통일 것이라고 생각했다.

아니, 그것도 지금 제가 겪고 있는 이것보다는 견디기 쉬울 것이다.

운도는 풍진걸개가 자신에게 지독한 독약을 먹인 게 틀림없다고 믿었다.

쉽게 죽지도 못하고, 한껏 고통에 시달리다가 조금씩 죽어가는 모양이니 그보다 더 악랄한 독약은 없을 것이다.

고통 중에도 그런 원망과 증오가 생기는데, 길이 뚫렸다.

무섭게 충돌했던 두 개의 서로 다른 기운이 화해를 한 것처럼 서로 어우러지기 시작했던 것이다.

나중에 들어온 청량한 기운이 천천히 움직이며 길을 만들어 나아갔고, 그 뒤를 뜨거운 기운이 순순히 따르기 시작했다. 그러자 느껴지는 고통이 훨씬 약해졌다.

그 두 개의 기운이 막힌 혈도들을 거침없이 뚫어버리며 도도하게 흘러갔다.

그러던 중에 기운의 이동이 조금씩 빨라지기 시작하더니 어느 순간부터 급하고 맹렬해졌다. 그것이 혈맥을 터뜨려 버릴 듯이 거칠고 난폭하게 임맥을 타고 치달렸다.

운도는 이제 몸 안에서 수많은 번갯불이 번쩍이며 떨어지는 것 같은 느낌을 받았다. 그건 잠시의 평온 뒤에 찾아온 새로운 고통이었다.

그 번갯불들이 하나의 불칼이 되더니 그대로 몸을 관통해 버리려는 듯이 치솟았다.

그리고 그것이 기어이 천문(天門)에 충돌했다. 백회혈(百會穴)을 뚫어버릴 듯이 부딪치자 쾅! 하는 거대한 폭음이 머릿속에 울렸다.

그건 벼락을 맞은 것 같은 충격이어서 운도가 고통스런 외마디 신음과 함께 울컥 선혈을 토해냈다.

쾅! 쾅! 쾅!

한 번의 충돌이 시원치 않았던지 두 번, 세 번씩이나 그와 같이 무지막지하게 백회혈을 때리는 충격에 운도는 혼백이 달아날 지경이 되고 말았다.

한 번 그렇게 부딪칠 때마다 온몸이 들썩거렸다.

그리고 다섯 번째에 이르러 드디어 천지가 개벽하는 것 같은 굉음이 머릿속에 가득 울렸고, 답답하던 것이 뻥, 뚫린 듯한 통쾌함이 찾아왔다.

그리고 운도는 의식을 잃고 널브러지고 말았다.

대체 얼마나 그렇게 죽은 듯이 누워 있었던 건지 모른다.

의식을 차렸을 때 운도는 제일 먼저 몸 안에 시원한 바람이 하나 가득 들어차 있는 것 같다고 생각했다.

모든 고통이 끝나고 꽃이 만발한 봄날의 평화로운 벌판에 누워 있는 것 같은 환상을 보았다.

그건 제가 이미 죽어 신선들이 산다는 도화곡(桃花谷)에라도 온 건 아닌가? 하는 엉뚱한 생각마저 들게 하는 평화로움이었다.

숨 쉬기가 지금처럼 편해본 적이 없었고, 기분이 지금처럼 상쾌해져 본 적이 없었다.

숨을 들이쉴 때마다 은은한 향기가 맡아졌다. 코끝에 머물러 있었던 모양이다. 그 향기를 폐부 가득 채우려는 듯 깊이 들이마시자 정신이 더욱 맑아지고 몸 안의 상쾌함이 더 깊어졌다.

"일어나, 이 늦잠꾸러기 같으니. 정신이 돌아왔으면 후딱 일어나야지 뭐 하고 있어? 안 일어나? 그러면 코를 비틀어줄 테야."

새소리인가 싶게 낭랑한 음성이 귀를 간지럽게 하며 짜랑짜랑 들려왔다.

운도는 눈을 뜨기가 두려웠다. 그러면 지금 제가 맛보고 있는 이 아름답고 황홀한 느낌들이 물거품처럼 한순간에 꺼져 버릴 것만 같았던 것이다. 그리고 다시 돌아보고 싶지 않은 끔찍한 현실로 돌아올 것 같았다.

"의식을 찾은 거 다 알고 있어. 그런데도 정말 눈 안 뜰 거지?"

불쑥 코를 잡아오는 따뜻하고 부드러운 손길마저 그렇게 감미롭게 느껴질 수 없다.

그것이 힘껏 코를 비틀었다.

"아얏!"

운도가 비로소 비명을 지르며 번쩍 눈을 떴다. 제일 먼저 장난스럽게 웃고 있는 위서향의 고운 얼굴이 환하게 보였다.

콧잔등에 그녀의 달콤한 숨결이 살랑살랑 와 닿는다.

"어?"

운도가 벌떡 몸을 일으켜 앉았다. 두리번거리는 것이 지금 제가 있는 곳이 어디인지 모르겠다는 듯했다.

그러더니 이내 풀이 죽어서 한숨을 쉬었다.

"제기랄, 아직도 내가 죽지 않았구나."

비로소 제가 아직 좁고 어두컴컴한 선실 안에 있다는 걸 깨달은 것이다.

"쳇, 사흘 만에 깨어나서는 겨우 한다는 말이 그거야? 죽지 않은 게 그렇게 억울해?"

위서향이 잔뜩 토라져서 입을 삐죽였지만 운도의 관심은 다른 곳에 있었다.

그가 남의 것을 보듯이 제 몸을 이리저리 살펴보며 중얼거렸다.

"그런데 어떻게 된 거지? 내 몸이 내 몸 같지가 않다."

거듭 심호흡을 하고 팔다리를 움직여 보더니 위서향을 빤히 바라보았다.

"위 누이, 누이는 이게 대체 어떻게 된 일인지 알아? 내가 한바탕 악몽을 꾼 건가?"

"뭐가 어떻게 된 일이고 뭐가 악몽이야? 흥!"

"풍진걸개는? 그는 어디 갔지? 내가 느꼈던 그 고통은 어떻게 된 거지? 나는 한바탕 지독한 꿈을 꾼 게 틀림없어. 그렇지?"

"바보."

위서향이 한껏 눈을 흘기고 토라져서 쏘아붙였다.

사흘 만에 눈을 뜬 운도가 저에게 관심을 보이기는커녕 엉뚱한 소리만 해대고 있으니 화가 난 것이다.

"깨어났으면 앉아서 열심히 운기조식이나 해! 엉뚱한 소리 하지 말고. 흥!"

그녀가 선실 문을 꽝, 소리가 나도록 닫고 나갔다.

운도는 비로소 현실감을 되찾았다. 그러자 제가 어떻게 되었던 건지 조금씩 기억이 되살아났다.

어쨌든 지금은 제 몸의 상태를 알아보는 게 시급한 일이었다. 고통스러웠던 기억을 자꾸 떠올려서 무엇 할 것인가.

그렇게 생각한 운도가 위서향의 말대로 마음을 가라앉히고 의식을 집중했다. 그러자 단전에 거대한 기운이 느껴졌다.

그것은 풍진걸개에게 지독하게 당해 몸이 망가지기 전보다 오히려 크고 웅장한 기운이었다.

서서히, 조심스럽게 그 기운을 이끌어 구룡신공의 비결에 따라 운기하자 내력이 도도히 흐르기 시작했다. 임독양맥을 타고 전신의 세맥에까지 흘러드는 데에 막힘이 없다.

"아!"

한차례 대주천을 마치고 난 운도가 당혹성을 터뜨렸다.

자신의 임독양맥이 타통되었다는 걸 깨달은 것이다.

그건 무림인이라면 누구나 꿈꾸는 일이었다.

임독양맥이 타통되면 진기의 흐름이 막힘이 없으므로 내공의 증진이 배는 빨라질뿐더러, 소모된 내공도 금방 회복된다. 지칠 줄 모르고 싸울 수 있게 되는 것이다.

또한 오기조원, 삼화취정의 경지로 나아가기 위해서는 반드시 임독양맥을 타통해야 한다.

그렇지 않고서는 아무리 지고무쌍한 무공을 익혔다고 해도 내공의 제약을 받으므로 초인의 경지에 오를 수가 없는 것이다.

그러므로 임독양맥은 초인의 경계에 들기를 원하는 자라면 누구나 부딪치게 되는 관문이면서 반드시 극복해야 할 높은 장벽이기도 했다.

강호의 절정고수라고 불리는 자들 중에서도 임독양맥을 타통한 자는 극히 드물었다. 십천의 천주들과 당당히 맞서 겨룰 자를 찾아볼 수 없는 데에는 그런 이유가 있기도 했다.

그런 사실을 알고 있는 운도는 자신도 언젠가는 임독양맥의 타통이라는 대공을 이루고야 말겠다고 염원했다.

하지만 그건 혼자서는 이룰 수 없는 힘든 일이었다. 기연이라고 할 만한 행운이 있어야 하고, 중요한 때에 운기를 도와 이끌어줄 사람이 있어야 하기 때문이다.

아무리 훌륭한 사부를 두었다고 해도 본인에게 기연이 없다거나, 아무리 좋은 기연을 얻었다고 해도 진기를 이끌어줄 고절한 무공을 지닌 사부가 없다면 소용없는 일인 것이다.

그런데 뜻하지 않게 풍진걸개에 의해 임독양맥이 타통되는 행운을 얻었으니 운도는 심경이 착잡했다.

풍진걸개가 먹인 그 단환이 독약이 아니라 절세의 영단이었다는 걸 알 수 있었기에 더욱 그렇다.

"흘흘, 이놈아, 내가 그걸 얻기 위해서 얼마나 애썼는지 아느냐?"

갑판으로 올라간 운도가 묻자 돛대 아래에서 술병을 물고 앉아 꾸벅꾸벅 졸던 풍진걸개가 히히, 웃으며 그렇게 먼저 생색을 냈다.

머리 위의 하늘이 파랗고, 바닷바람이 상쾌하게 불어오는 좋은 날이었다.

멀리 수평선이 보이는 망망대해가 답답했던 가슴을 시원하게 해주었다.

배는 순풍을 만나 파도를 헤치며 미끄러지듯 나아가고 있는 중이었다. 규칙적으로 출렁거리는 진동이 흔들리는 요람 안에 있는 것처럼 기분 좋게 느껴진다.

풍진걸개를 바라보는 운도의 표정이 수시로 변했다.

저에게 무지막지한 고통을 가하던 그를 생각하면 당장에라도 죽이고 싶도록 미웠지만 임독양맥의 타통이라는 필생의 염원을 이루어준 은혜를 생각하면 넙죽 엎드려 절을 해도 부족할 것이다.

그런 운도의 마음을 아는지 모르는지 풍진걸개가 먼 수평선을 바라보며 무심하게 말했다.

"소림사의 대환단이다. 그걸 가져오느라고 개방의 제자 놈들 모두가 똥줄이 탔지."

"그럼 그동안 배가 부두에 정박할 때마다 어디론가 가셨던 게 바로……."

"그래, 이놈아. 그거 한 알 얻기가 쉬운 일인 줄 아느냐? 또 숭산의 소림사가 어디 가까운 데 있기나 해? 게다가 배는 매번 움직여서 다른 곳에 정박하니 소림사에서부터 그걸 가져오느라고 개방의 전 제자 놈들이 모두 죽을 고생을 했단 말이다. 커흠."

저 아니면 이런 일을 해낼 사람이 없다는 듯 거드름을 떠는 풍진걸개의 모습이 가관이었다. 그러나 운도는 그를 비웃을 수 없었다. 그가 한 말을 이해하기 때문이다.

대환단이 아무리 천하의 영약이고, 소림사에도 몇 알 남지 않은 보물이라지만 풍진걸개가 요구하는 데 안 내줄 수 없었을 것이다. 문제는 그것을 가져오는 일이었다.

‘개방은 정말 무시할 수 없는 곳이구나.’

운도는 속으로 혀를 차지 않을 수 없었다. 미안한 마음이 든다.

“소생에게 어찌 그런 일을 하셨습니까?”

“내가 망가뜨려 놓았으니 제대로 돌려놓아야 그놈이 원망하지 않을 것 아니겠느냐?”

“그놈이라시면……?”

“너는 아직 어디로, 누구를 찾아가는지도 모르고 있었던 게냐? 쯧쯧, 한심한 놈 같으니. 그렇게 멍청해서야 어디 제대로 할 수 있는 일이 하나라도 있겠어?”

풍진걸개는 아직 행선지를 말해준 적이 없었다. 그건 위서향에게도 마찬가지여서 그녀 또한 풍진걸개가 저와 운도를 데리고 대체 어디로 가고 있는 건지 알지 못하고 있었다.

그런 처지에 핀잔을 받고 보니 억울하기도 했지만 운도는 꾹 참고 있을 수밖에 없었다.

아무래도 풍진걸개에게 당했던 일보다 그와 개방에게 더 큰 빚을 진 것 같아서 미안한 마음이 들었던 것이다.

운도를 흘겨본 풍진걸개가 툭, 던지듯이 말했다.

“무량자 이릉운에게로 간다.”

“억!”

운도가 크게 놀라 비명에 가까운 탄성을 터뜨렸다.

“정말입니까? 저를 그분에게 데려가고 있는 중이라고요?”

“왜? 불만이냐? 그럼 다시 돌아가던지.”

“아니, 아니올시다. 그게 아니고…….”

“네놈이 내게 그러지 않았느냐? 이릉운이 있는 곳을 가르쳐 달라고 말이다.”

바로 그걸 알고 싶어서 그 난리를 쳐가며 풍진걸개를 찾았고, 그를 만나 지독한 고문을 당했던 일이 새롭게 떠올랐다.

운도가 그때를 생각하고 낯을 찌푸리자 풍진걸개가 흘흘, 웃고 다시 말했다.

“네놈에게 조금 미안한 짓을 했으니 그 대가로 이 어르신께서 아예 네놈이 원하는 곳으로 데려가 주기로 한 것이니라. 어떠냐? 이만하면 충분히 훌륭한 어르신이 아니겠느냐?”

그러니 존경하라는 듯이 거만하게 바라본다.

만감이 교차하는 착잡한 얼굴로 물끄러미 풍진걸개를 바라보던 운도가 한숨을 쉬고 정중하게 허리를 굽혔다.

“노선배님의 은혜를 잊지 않겠습니다.”

“원망하지는 않고?”

“그렇게 속 좁은 놈 아닙니다. 지난 일은 깨끗이 잊지요. 그것보다 노선배님이 제게 베풀어주신 은혜가 더 크다는 걸 알기 때문입니다.”

“흘흘, 그렇다면 내가 궁금하게 여기던 것을 말해줄 수도 있겠구나?”

풍진걸개의 집요함에 운도가 머리를 흔들었다. 한숨을 쉬고 말한다.

"저는 홍안적성의 근처에도 가본 적이 없습니다. 당연히 그곳이 어디에 있는지 알지 못하지요. 또한 마교의 삼보라는 것에 대해서도 노선배님으로부터 처음 들었습니다."

"그래?"

풍진걸개가 눈을 가늘게 뜨고 운도를 바라보았다. 가슴속까지 샅샅이 들여다보는 것 같은 눈빛이었다.

한참 그렇게 바라보던 풍진걸개가 고개를 갸웃거렸다. 믿을 수도 없고, 안 믿을 수도 없어서 사뭇 헷갈리는 모양이었다.

"뭐, 좋다. 너에게 사정이 있겠지. 하지만 그 대신 한 가지 약속을 해줄 수는 있겠지?"

"말씀하십시오."

"언제든 삼보에 대해서 알게 된다면 나에게 반드시 말해줘야 한다. 약속해라."

그게 무엇인지, 어디에 쓰는 건지는 모르지만 천하제일의 기인으로 꼽히는 풍진걸개가 이처럼 기를 쓰고 집착하는 걸로 보아 대단한 물건인 모양이라고 짐작했다. 그러나 저는 그것에 대해 조금의 관심도 없으니 알게 되면 풍진걸개에게 가르쳐 주어도 상관없다고 생각했다.

"그러지요. 약속하겠습니다."

운도가 시원스레 말하자 풍진걸개가 껄껄 웃었다.

"좋다, 좋아. 남아일언은 중천금이라지 않더냐? 네가 반드시 약속을 지킬 것이라고 믿는다."

풍진걸개는 운도가 반드시 마교 삼보에 대해서 알게 될 것이라고 믿는 것 같았다.

운도는 그가 왜 그런 생각을 하는 건지 궁금했다.

그걸 묻자 풍진걸개가 홍, 하고 코웃음부터 쳤다.

"너는 아무것도 모른다고 하지만 잘 생각해 보면 스스로 모두 알 수 있을 게다. 십대천마라는 것들이 너를 왜 그토록 애지중지했겠느냐?"

운도 자신도 그들이 무슨 이유로 그랬는지 알지 못하고 있었다. 하지만 그들로부터 커다란 도움과 혜택을 받은 건 사실인지라 풍진걸개의 말을 부정하지도 못했다.

"이럴 때는 그저 세월이 약인 게야. 진득하게 기다리고 있다 보면 언젠가는 모든 게 드러나겠지."

풍진걸개가 히죽 웃고 그렇게 말했다.

다음날 비로소 배가 돛을 내리고 부두에 정박했다.

운도와 위서향은 그곳이 어디인지도 모르는 채 풍진걸개를 따라 하선했다.

"해남도라는 곳이다."

풍진걸개의 말에 위서향이 "아!" 하고 탄성을 터뜨렸다.

"그랬기에 그처럼 오랫동안 배를 타고 왔었군요."

"이릉운이라는 분이 여기 있습니까?"

위서향에 이어 운도가 급히 물었지만 풍진걸개는 대답하지 않았다. 무엇인가 어려운 문제에라도 부딪친 듯 평소의 그답지 않게 심각한 얼굴을 하고 묵묵히 길을 갈 뿐이었다.

그날 밤, 허름한 객잔에 들었을 때에야 비로소 운도가 위서
향에게 물었다.

"대체 등에 지고 다니는 그게 뭐지? 한시도 몸에서 떼어놓
지 않는 것 같던데?"

"나도 잘 몰라. 그렇게 해야 한다는 양 백부님의 명령이셔."

"그 안에 뭐가 들어 있는데?"

"한 자루의 칼이야."

"칼이라고?"

"일대 쾌도왕 전풍이 쓰던 칼이라고 하더군. 뇌전도래."

"뭐라고? 뇌전도?"

무심코 한 위서향의 말에 운도가 깜짝 놀라 벌떡 일어섰다.

"어디, 어디 좀 봐."

"안 돼."

위서향이 몸을 피했다.

운도는 그것이 쾌도왕 갈포참의 사부가 쓰던 뇌전도라는 데
에 큰 관심을 가졌다.

저것이 어째서 쾌도왕의 손에 있지 않고 풍진걸개의 손에
들어간 것인지 궁금하기 짝이 없다.

그동안 애써 잊고 있던 쾌도왕의 걸걸한 음성이 귀에 들리
는 것 같고, 그의 씩씩하던 모습이 앞에 있는 것 같아서 마음이
편치 않았다.

할 수만 있다면 그 칼을 얻어 쾌도왕에게 가져다주고 싶었
다. 하지만 풍진걸개가 그것을 허락할 리가 없지 않은가.

위서향과 운도가 옥신각신하는데 밖에 나갔던 풍진걸개가 돌아왔다.

그가 뭐라고 하기도 전에 운도가 대뜸 따지듯이 물었다.

"대체 쾌도왕의 뇌전도를 왜 노선배님이 가지고 계신 겁니까?"

"응?"

풍진걸개가 경계하는 얼굴로 운도를 바라보았다.

"전풍은 죽었고 그의 칼은 임자를 잃었으니 누구든 갖는 사람이 임자지. 왜? 너는 탐이 나느냐?"

"한 번 보게 해주십시오."

"임자가 아니면 볼 수 없다."

더 말할 것 없다는 듯 손마저 쌀쌀 내두른 풍진걸개가 운도를 상대하지 않고 쿵쾅거리며 이층의 객방으로 올라가 버렸다.

그날 밤 운도는 풍진걸개를 붙잡고 다시 한 번 졸랐으나 늙은 거지는 딱 잡아뗄 뿐이었다.

"이 칼의 임자는 나도 아니다. 그러니 나도 내 마음대로 꺼내 볼 수가 없어."

핑계라는 걸 잘 알기에 운도의 궁금증은 더욱 커졌다.

그럼 대체 누가 임자인 거냐고 따지듯 묻자 마지못한 듯 풍진걸개가 말했다.

"하긴, 곧 알게 될 테니 미리 알려줬다고 해서 그가 크게 탓하진 않겠지. 이놈아, 그 칼은 이룽운에게 가져다줄 물건이다.

그러니 그가 임자인 거지.”

“뭐라고요?”

운도가 깜짝 놀랐다. 풍진걸개가 못마땅하다는 듯 흘겨보았다.

“고얀 놈 아니냐? 늙은이에게 그런 심부름을 시켰으니 말이다. 그것 때문에 애꿎은 사람이 벌써 여럿 죽었느니라.”

말을 마치더니 길게 탄식하고 혼잣말처럼 중얼거렸다.

“흑풍객이 죽은 것도 뇌전도 때문이니 이것은 정말 세상에 있어서는 안 되는 마물이 틀림없는 게야. 전풍이 살아 있을 때 이미 수많은 생령들의 피를 빨아들였는데 그놈이 죽고 나서도 이와 같이 사람들을 상하게 한다. 칼날로 치지 않고서도 사람을 죽게 하니 이런 이상한 일이 어디 있으랴.”

흑풍객의 죽음이 전풍의 칼 때문이라는 말은 운도에게 있어서 커다란 충격이었다.

“그게 정말입니까? 흑풍객이 뇌전도 때문에 죽었단 말입니까?”

운도를 돌아보는 풍진걸개의 시커먼 얼굴에 안타까워하는 기색이 가득했다.

“그렇다. 그러니 이 칼이 지독한 마물인 게지. 지금은 이렇게 목갑 안에 갇혀 있지만 이놈이 세상에 나오면 또 얼마나 많은 사람들이 죽게 될 것인지…….”

“그렇다면 어째서 바다에 던져 없애 버리지 않고 이릉운이라는 분에게 그걸 가져다주려는 것입니까? 저는 이해할 수가 없습니다.”

“신물 때문이니라.”

너도 그 내막을 알고 있지 않느냐는 듯 바라본다.

운도가 “아!” 하고 탄성을 터뜨렸다.

이릉운에게 풍진걸개의 신물이 있었던 것이다. 그것을 돌려주는 대가로 부탁했던 게 틀림없다.

그렇다면 의문이 또 하나 생긴다.

‘어떻게 이릉운이 풍진걸개의 신물을 가지고 있단 말인가?

그건 아무리 생각해 보아도 알 수 없는 일이었다.

풍진걸개가 돌아누웠다. 운도는 더 이상 그에게 물어보아야 소용없다는 걸 알았다.

이릉운이라는 사람을 만나보면 모든 의문이 풀릴 것이라고 생각한다.

그가 정말 사부 등 선생이라면 자신이 품어왔던 출생에 대한 의문도 풀 수 있을 것이라는 생각에 가슴이 뛰었다.

그가 등 선생이 아니라면 실망이지만 그래도 어째서 다른 사람들이 모두 자신을 그의 제자로 여기는 건지에 대한 의문은 풀 수 있을 것 아닌가.

그런저런 생각으로 뒤척이던 운도가 깊이 잠들었다. 그러자 그때까지도 코를 골던 풍진걸개가 슬그머니 일어나더니 한줄기 미약한 바람처럼 소리도 없이 창문을 넘어 사라졌다.

*　　*　　*

한 사람이 찾아왔다.

남색 치마저고리를 입은 볼이 맑은 아가씨였다.

치렁하게 늘어뜨린 머리카락이 허리에서 찰랑거리고, 화장기없는 흰 얼굴에 살짝 우수가 깃들어 있어서 더욱 고상하고 품위있어 보이는 스무 살 남짓한 아가씨.

등에 한 자루의 고색창연한 검을 지고 있었다.

운도는 위서향과 함께 이층의 객방에서 주청으로 내려오다가 그녀를 보았다.

그녀는 챙이 넓은 갓을 벗어 들고 공손한 모습으로 서서 풍진걸개와 함께 무언가 이야기를 나누고 있었다.

계단 위에 있었으므로 운도는 그녀의 얼굴을 자세히 보지 못했고, 그녀는 풍진걸개와의 이야기에 열중하고 있어서 운도를 발견하지 못했다.

주청으로 내려간 운도가 고개를 갸웃거렸다.

아가씨의 옆모습이 보였는데, 어딘지 낯이 익은 것 같은 얼굴이었던 것이다.

"게으른 놈, 이제 일어났느냐?"

운도가 다가오는 걸 본 풍진걸개가 그렇게 핀잔을 주었을 때에야 아가씨가 그를 돌아보았다. 그리고 깜짝 놀라 부르르 몸을 떨었다.

그때는 운도도 그녀를 알아보았다.

머릿속에 번갯불처럼 떠오른 한 가지 생각 때문에 저도 모르게 "아!" 하고 소리친 그가 우뚝 서버렸다. 지나친 놀람으로 몸이 굳어진다.

"뭐야? 왜들 그래? 뭐가 잘못되었느냐?"

풍진걸개가 의아해서 두 사람을 번갈아 바라보았다.

위서향은 무언가 가슴을 스치는 불길한 느낌을 받았다. 그래서 안색이 파리해진 채 커다란 눈을 더욱 크게 뜨고 아가씨를 바라보기만 했다.

한동안 어색한 침묵이 흘렀다.

운도가 겨우 입을 열어 그 침묵을 깼다.

"너, 너, 너는…… 소정이가 아니냐? 맞지? 그렇지?"

"운도 오빠……."

그 한마디를 겨우 했을 뿐 아가씨는 다음 말을 하지 못했다. 더욱 창백해진 얼굴로 운도를 바라볼 뿐이었다.

그녀의 눈에는 이제 아무것도 보이지 않는 것 같았다. 오직 운도의 얼굴만이 세상의 전부인 것처럼 바라본다.

그녀는 소정이었다.

염 부인과 함께 궁색하게 살고 있던 열두 살짜리 작은 계집애.

염소정(廉素情).

민산(岷山)의 웅장한 자태가 멀리 바라보이는 곳 송번고성(松藩古城)에 속한 화량촌(華良村)에 살던 아이.

병이 깊은 어머니와 둘이 사는 그 처지가 가여워서 수시로 찾아가 도와주곤 하지 않았던가.

염 부인은 자신에게 천마심공의 비급을 건네주고 숨졌고, 소정이는 사부를 따라 화량촌을 떠났었다.

운도는 그 염 부인이 바로 쾌도왕과 함께 자신의 곁을 맴돌았던 또 한 명의 천마였다는 걸 알고 있었다.

마교의 십대천마 중 유일한 여자였고, 백도와의 정사대전 와중에 죽었다고 알려졌던 바로 그 귀염후(鬼艶后)가 염 부인의 정체였던 것이다.

상왕 황준보가 해준 말이니 틀림없을 것이다.

염 부인은 자신의 정체를 하나뿐인 딸 소정이에게도 감쪽같이 숨긴 채 살다가 덧없이 죽었다.

그리고 운도는 마을 사람들과 함께 그녀의 장례식까지 치러주고 화량촌을 떠나 풍사곡으로 갔다.

"나는 오빠에게 시집갈 거야."

당돌하게 말하던 꾀죄죄한 얼굴의 작은 계집아이, 소정이의 모습을 운도는 지금도 생생하게 기억하고 있었다.

그런 그녀가 이렇게 장성해서 아름다운 아가씨로 변했다는 건 놀라운 일이었다. 그러나 그것보다 더 놀라운 건 그녀가 바로 이곳에 있다는 그 사실이었다.

"너, 네가 어떻게 여기에 있는 거지?"

"오빠가 어떻게 이곳에 왔어?"

운도와 소정이 동시에 그렇게 물었다.

마차 안의 분위기는 어둡고 무겁기 짝이 없었다.

운도는 위서향과 함께 마차 안에 있었고, 풍진걸개는 행렬을 인도하는 소정과 말 머리를 나란히 하고 있었다.

스무 명의 건장하고 늠름한 청년들이 마차를 호위하여 당당하게 나아가고 있는 중이었다.

하나같이 영기 발랄하게 생긴 청년들이었다. 노란 검수를 늘어뜨린 보검을 등에 지고 있었다.

해남검파(海南劍派).

대대로 검후(劍后)로 불리는 한 사람의 여검종(女劍宗)을 배출했고, 그녀를 중심으로 검의 궁극을 추구하는 검사들이 모여 하나의 문파를 이루고 생활하는 게 해남검파였다.

그들은 좀체 해남도 밖으로 나가는 일이 없었다. 중원에 아무리 커다란 변고가 생겨도 꿈쩍하지 않는다. 그게 그들의 실상이 중원무림에 잘 알려져 있지 않은 이유였다.

하지만 그들이 한 번 강호에 진출하면 언제나 파란을 일으켰다.

흰옷을 입은 절대적인 검수들. 그래서 백의검대(白衣劍隊)라고도 불리는 그들이 검후를 호위하여 중원에 들어서면 사마의 무리들은 두려움에 떨었고, 검후의 신검 아래 무림의 분란은 잠잠해졌다.

중원에서는 신비의 문파로 알려져 있는 그 해남검파로 가고 있다는 생각에 운도의 마음은 흥분되는 한편 긴장으로 초조해지기도 했다.

그래서 운도가 입을 꾹 다물고 있는 것과 달리 위서향은 자신의 쓸쓸하고 처량한 마음 때문에 내내 어두워진 얼굴을 하고 있었다.

그건 염소정이라는 한 아가씨의 등장 때문이었다.

해남검파의 여고수이면서 운도와 어렸을 때부터 친하게 지냈던 사이라는 게 자꾸만 마음에 걸렸던 것이다.

이렇게 스무 명이나 되는 백의청년 검사들을 거느리고 있는 걸로 보아 소정이라는 아가씨의 신분은 해남검파 내에서도 상당히 높으리라는 걸 추측할 수 있었다.

그에 비해 자신은 이제는 몰락해 버려서 존재감마저 희미해진 풍사곡의 한 사람에 지나지 않다.

아버지가 존재하고 있었을 때는 십천의 천주 중 한 명이자 풍사곡주 위진평의 딸이라는 후광만으로도 강호에서 샛별처럼 빛날 수 있지 않았던가.

그러나 이제는 그 빛이 다 사라져 사람들의 조롱을 받는 미미한 존재가 되었다.

그게 위서향을 점점 더 초라해지게 했다.

그녀가 힐끔 운도를 바라보았다. 그는 무슨 생각을 하고 있는지 눈을 감은 채 앉아 있을 뿐이었다.

'바보, 멍청이.'

위서향이 한껏 눈을 흘기며 속으로 그렇게 욕을 했다.

이럴 때 그가 다정한 말로 위로해 주고, 가만히 감싸 안아주기라도 한다면 좋으련만 꿈쩍도 하지 않고 있으니 원망스럽지 않을 수 없다.

남자는 앞을 내다보고, 여자는 현재를 자꾸 돌아본다. 그게 태생적으로 남자와 여자가 가지고 있는 차이인 것이다.

나이가 들면 그 차이가 없어져 서로 비슷해져 가겠지만 지금 운도와 위서향은 그렇지 않았다. 그러므로 아무리 애틋하게 여기고 사랑하는 마음이 지극하다고 해도 그것을 드러내거나 표현하는 데에 있어서는 서로 영 다를 수밖에 없었다.

그게 때로는 오해를 낳기도 하고 서운한 마음에 다투는 빌미를 제공하기도 하지만, 그건 태생적인 남녀의 차이에서 오는 것이니 어쩔 수 없는 일이기도 하다.

남자는 여자의 헌신을 바라고 여자는 남자의 사랑을 바랄 뿐인데, 지금 운도는 위서향이 원하고 있는 그런 따뜻한 사랑을 제대로 표현하지도, 전하지도 못하고 있었다.

그의 가슴속에는 곧 사부를 만날 수 있게 된다는 기쁨과 두려움이 가득했고, 머릿속에는 그를 만나면 앞일이 어떻게 변하게 될지 생각하느라고 여념이 없었던 것이다.

그러나 위서향에게는 오직 운도가 제 편이라는 걸 다시 한 번 확인시켜 주었으면 하는 바람뿐이었다.

외로운 처지에서 오는 불안감이었다.

第八章
엇갈리는 감정

마룡의
후예

“이곳에서의 일이 끝나면 풍사곡으로 가겠어.”

“정말이지?”

“위 누이도 알잖아? 이 일이 나에게 얼마나 중요한 건지 말이야.”

“하지만…… 나는 불안해.”

위서향의 얼굴에 드리운 그늘은 좀체 가시지 않았다.

운도가 그녀의 손을 가만히 잡았다.

“나도 알고 있어, 위 누이의 처지를. 하지만 이제는 안심해도 좋아. 나는 언제나 위 누이의 편이잖아. 누이의 일이 내 일이라고 생각해.”

“운도야…….”

운도를 바라보는 위서향의 눈빛이 흔들렸다.

"지금 누이가 풍사곡으로 돌아가 봐야 얻을 건 아무것도 없을 거야. 조금만 더 기다렸다가 나와 같이 가도록 해."

"하지만 나는 너무 오랫동안 떠돌기만 했어. 아버지의 실종에 대해서 아직 아무것도 알아내지 못했지."

벌써 많은 세월이 지났지만 위서향은 풍사곡으로 돌아가지 못하고 있었다.

흑풍객이 그녀를 놓아주지 않았고, 그 뒤에는 풍진걸개가 역시 그녀를 놓아주지 않았던 것이다.

네 힘으로 할 수 있는 일이 아니라는 흑풍객의 말을 풍진걸개도 똑같이 했다.

위서향은 입술을 잘근잘근 깨물며 흑풍객의 말을 다시 떠올렸다.

"위 곡주의 실종이 음모에 의한 것이라면 그 음모자는 반드시 네가 나타나기를 기다리고 있을 것이다. 그러니 지금 너 혼자서 풍사곡으로 가는 건 호랑이 입속에 머리를 들이미는 미련한 짓이지. 명심해라, 너는 위 곡주의 하나뿐인 혈육이라는 것을. 장차 풍사곡을 되살리고 위 곡주의 명예를 지켜줄 사람은 이제 이 넓은 천하에서 오직 너 한 사람이 있을 뿐이다. 그리고 나는 너를 도와 그렇게 되도록 해주겠다고 이미 약속했다. 그걸 믿어라."

흑풍객의 말은 모두 옳았다.

하지만 그가 덧없이 죽고 말지 않았는가. 위서향은 하늘이 무너지는 것 같은 충격을 받았으나 풍진걸개가 그런 그녀를 붙잡아주었다.

"나는 그놈이 그렇게 쉽게 죽었다는 게 믿어지지 않아. 아니, 믿을 수 없느니라."

풍진걸개의 말이 위서향에게 한줄기 희망이 되었다.

'그래, 장 숙부가 어떤 사람인데 그렇게 쉽게, 어이없이 죽을 리가 있어? 이 안에는 반드시 어떤 말 못할 사정이 있을 거야.'

위서향은 그렇게 믿고 싶었다. 아니, 반드시 그럴 것이라고 믿었다.

시간이 아무리 많이 흐르더라도 아버지의 실종 원인을 밝혀내고 풍사곡을 되살리는 건 이제 온전히 자신의 몫임을 자각하자 세월이 흘러가는 것쯤은 조금도 안타깝지 않았다.

그런 그녀가 갑자기 풍사곡으로 돌아가겠노라고 떼를 쓰듯 고집을 부리는 건 한 가지 이유 때문이었다.

운도의 마음을 알 수 없다는 것이다.

그가 정말 저를 좋아하고, 저의 힘이 되어줄 것인지 확신할 수 없었다.

염소정이라는 한 아가씨의 출현이 그녀를 그렇게 만들었다.

해남검파에 온 뒤 풍진걸개도 운도도 자신에게는 관심을 두지 않는 것 같았다.

풍진걸개는 무엇이 그렇게 바쁜지 얼굴 보기가 힘들었고,

운도 또한 그랬다.

그는 종일 염소정과 함께 있거나, 혼자 있을 때면 침울한 기색으로 무엇인가를 생각하기만 할 뿐 자신에게 관심을 두지 않는 것 같았다.

'나는 혼자야.'

그런 생각이 위서향을 미치도록 외롭고 지나온 날들을 후회스럽게 했다.

모든 걸 뿌리치고 진작 풍사곡으로 돌아갔어야 했다는 후회 때문에 잠을 잘 수 없었다.

아버지에 얽힌 음모를 밝혀내든 그렇지 못하든, 살아도 내 집이고 고향인 그곳에서 살고 죽어도 그곳에서 죽는 게 제가 해야 할 일이라는 생각만 자꾸 들었던 것이다.

운도에게 버림받았다는 생각이 한 번 들기 시작하자 걷잡을 수 없었다. 그러자 자기 자신의 비참함이 더해져서 실연의 고통까지 그녀를 괴롭혀 댔다.

그건 오직 그녀 혼자만의 생각이었을 뿐인데, 이상하게도 한 번 그런 생각이 들기 시작하자 그게 정말인 것처럼 여겨졌다. 이제는 운도의 말투나 눈빛, 행동 하나하나가 예전과는 다르게 냉정하고 서운하게만 느껴졌다.

운도에게 변한 건 없는데 그를 바라보고 느끼는 그녀의 감정이 자꾸만 어긋나고 있었던 것이다.

그래서 이게 마지막이라고 결심하고 운도에게 찾아가 풍사곡으로 돌아가겠노라는 말을 했다.

그리고 운도의 따뜻한 말 한마디에 다시 무너지고 말았다.

위서향이 왈칵 울음을 터뜨리며 운도의 품으로 쓰러졌다. 운도가 그런 그녀의 등을 다정하게 쓰다듬어 주었다.

"위 누이의 처지가 어떤지 잘 알아. 내 처지 또한 그와 같으니까 말이야. 그러니 이 세상에서 서로 믿고 의지할 사람은 우리 둘밖에 없다고 해도 과언이 아닐 거야."

운도의 말은 위서향에게 더 큰 설움을 가져다주었다. 버림받았다는 감정과는 다른 설움이다. 그 말에서 얻은 위안과 안도감이 그녀를 가슴 벅차게 했고 행복하게 했는데, 그게 설움이 되어 자꾸만 눈물로 쏟아졌다.

운도의 가슴을 온통 적시며 그녀는 펑펑 울기만 했다. 고맙다는 말 한마디도 할 수 없었다.

"흑풍객이 위 누이에게 했던 약속을 내가 이어받겠어. 세상이 두 쪽이 나도, 죽게 된다고 하더라도 반드시 그렇게 하겠어. 위 누이를 위해서."

"아!"

운도의 말에 위서향이 부르르 몸을 떨었다.

무엇이라고 말할 수 없는 큰 기쁨과 행복을 감당하기 힘들었다.

그녀가 두 팔로 운도의 목을 끌어안았다. 세상에서 가장 큰 힘으로 끌어당긴다. 그리고 눈물로 범벅이 된 자신의 볼을 비비다가 기어이 운도의 입술에 격정적인 입맞춤을 했다.

"읍!"

깜짝 놀란 운도가 눈을 부릅떴다. 그 감미로운 감촉을, 그 느낌을 뭐라고 해야 하는 건지 알 수가 없다. 머릿속이 텅 비어버린 채 그래서 몸이 뻣뻣하게 굳어버렸다.

어느덧 그의 손은 제 의지와 아무 상관 없이 위서향의 가냘픈 허리를 감싸 가두고 있었다. 더욱 자신에게 끌어당긴다.

운도는 마치 그녀를 제 몸속에 박아 넣으려는 것 같았다. 그건 이 순간을, 이 느낌과 충만감과 행복을 제 온 영혼 속에 새기는 것이기도 했다.

그런 그들의 모습을 지켜보는 한 사람이 있었다.

염소정이었다.

커다란 나무 뒤에서 멍하니 위서향과 운도를 바라보는 그녀의 얼굴에 커다란 슬픔이 가득해졌다.

"그래, 너무 오랜 세월이었어."

그녀가 쓸쓸히 중얼거리며 돌아섰다.

작은 계집아이였을 때 운도는 이제 막 소년의 티를 벗어가고 있었다. 그리고 다시 만났을 때 그는 한 사람의 늠름한 청년이 되어 있지 않았는가.

그 세월의 간극을 파고든 건 제가 아니라 바로 저 아가씨, 위서향이라는 것을 인정하지 않을 수 없다.

그것이 가슴 저미는 아픔일지라도 서로 헤어져 있던 그 오랜 세월을 원망할 수밖에 없는 것이다.

해남검파에 온 지도 벌써 사흘이 지나고 있었지만 이릉운은 물론 풍진걸개마저 만나볼 수가 없었다.

운도는 초조해하지 않았다. 그가 이곳에 있다는 걸 안 이상 정 여의치 않으면 몸소 찾아보기라도 할 작정이었던 것이다.

운도와 위서향은 철저히 손님으로 해남검파라는 낯선 곳에 머물고 있었는데, 그들이 극진히 대했으므로 어리둥절하기도 했다.

그날 저녁, 장문인 삼대 검후 화검후(華劍后) 소상교(蘇霜僑) 가 운도와 위서향을 저녁 식사에 초대한다는 전갈이 왔다.

검후의 무공은 십천의 천주들과 비교하여 조금도 손색이 없을 것이라는 게 사람들의 중론이었다. 그러면서도 그녀가 십천에 들지 않은 건 해남이라는 외진 곳에서 좀체 나오지 않기 때문이었다.

운도와 위서향은 말로만 듣던 해남검파의 검후를 만나게 된다는 생각에 마음이 들떴다.

화검후는 젊은 날에 장문인이 되었는데, 고절한 검법과 함께 중원제일을 다툴 만한 미모로 세상을 놀라게 했던 여걸이었다.

차갑고 도도하기 짝이 없어서 수많은 무림의 영웅호걸들을 애타게 하고 가슴앓이를 하게 했던 전설의 주인공인 것이다.

그런 그녀가 지금은 칠십이 넘은 파파가 되어 있었지만 여전히 싸늘하고 위엄있는 아름다움을 간직하고 있었다.

본래의 아름다움에 연륜이 가져다준 지혜와 노숙한 여유마저 더해져 오히려 젊었을 때보다 더 빛나는 것 같았다.

"소협의 이야기는 저 아이로부터 늘 듣고 있었다네. 어떻게 생긴 사람일까 궁금했는데, 이렇게 보니 과연 늠름한 대장부로군."

검후 소상교가 미소를 띠고 그렇게 말했다.

운도가 즉시 고개를 숙이며 겸양했다.

"과찬이십니다. 그저 보잘것없는 촌부에 지나지 않습니다."

"그렇지 않아. 정기가 가득하고 기세가 굳건하며 의연하니 머지않아 반드시 인중지룡이 될 상일세. 느낌이 좋아."

검후의 칭찬은 극히 예외적인 것이었던지라 그녀를 시중드는 문도들은 물론 곁에 앉아 있던 염소정마저 깜짝 놀라 어리둥절한 얼굴로 바라보았다.

운도가 정중히 포권하고 말했다.

"검후께서 소생을 그처럼 잘 보아주시니 오직 감사할 뿐입니다."

"무량자가 좋은 제자를 두었군그래."

운도는 생각했다.

'역시 검후도 무량자 이릉운이 나의 사부라고 알고 있구나.'

모두가 다 그렇게 말하니 이제는 이상하게 여겨지지도 않는다.

그 무량자에 대하여 검후에게 물을 기회만 엿보고 있는데 검후가 빙그레 웃고 운도에게서 시선을 거두어 위서향에게 미소와 함께 말을 건넸다.

"위 소저 아버님의 일은 참 애석한 일이지. 그동안 소저의 마음고생이 여간 아니었을 줄 아네."

"위로해 주셔서 감사합니다."

고개를 숙이는 위서향의 얼굴에 다시 어둠이 드리웠다.

잠시 침묵을 지키던 검후가 다시 말했다.

"하지만 머지않아 진상이 밝혀지고 위 소저에게 아버지의 한을 풀 기회가 올 것이야. 여태까지 참고 기다렸으니 나는 위 소저의 그 인내심을 칭찬하지 않을 수 없군."

"감사합니다."

"큰일일수록 조급해하면 안 되는 법이지. 조급해하다가 대사를 그르치고 자신의 목숨마저 잃은 예가 어디 한두 개인가? 꾹 참고 때가 오기를 기다리는 것이야말로 가장 어려운 일인데 그걸 훌륭히 해냈으니 위 소저의 자질 또한 보기 드문 것이라 할 수 있지. 조금만 더 기다리면 반드시 좋은 결과가 있을 것이네."

위서향은 검후가 어떤 의미로 그런 말을 하는 건지 잠시 생각해 보았으나 짐작할 수 없었다.

그녀가 다시 감사해하며 고개를 숙였다.

검후가 소정이를 보고 운도를 보더니 더욱 짙은 미소를 띠고 말했다.

"나는 뒤늦게 이 아이를 얻어서 매우 흡족했다네. 소정이가 나를 찾아온 건 하늘의 뜻이라고 생각했지. 장차 이 아이는 내 뒤를 이어 사대 검후가 될 것이네."

“……”

운도와 위서향은 검후가 무슨 의도로 그와 같은 말을 하는 건지 알 수 없어 의아했고, 염소정은 얼굴을 붉힌 채 고개를 숙였다.

검후가 의미심장하게 운도를 바라보며 말했다.

“장차 자네와 이 아이가 어깨를 나란히 하고 강호에 나가 온갖 사마의 발호를 끊고 대정지기를 바로 세운다면 그 아름다움이 후대에 길이 전해지지 않겠는가?”

“아!”

검후의 말에 위서향이 얼굴이 창백해져서 놀란 외침을 터뜨렸고, 염소정은 더욱 얼굴을 붉힌 채 옷자락만 만지작거릴 뿐 눈을 들지 못했다.

운도가 어리둥절해서 검후를 빤히 바라보았다.

“그 말씀은……?”

“장차 될 일을 미리 한번 예견해 보았을 뿐이네.”

검후는 그것에 대해서 더 말하지 않았다. 미소가 더욱 은근하고 부드러워졌을 뿐이다.

운도는 입장이 몹시 난처했다. 검후 앞에서 무례하게 그렇지 않다고 말할 수도 없거니와, 선뜻 승복할 수도 없었던 것이다.

속으로 진땀을 흘리던 운도가 대화의 방향을 바꾸려는 의도로 불쑥 말했다.

“소생은 이곳에 온 뒤 아직 무량자라는 분을 만나뵙지 못했습니다. 풍진걸개 노선배님께서도 이곳에 온 뒤로 통 모습을 보이시지 않으니 궁금하기 짝이 없군요.”

“그들에게는 그들만의 일이 있으니 내가 간섭할 수 없지. 두 마리의 용이 한꺼번에 내 집에 들어왔으니 나는 심히 조심스럽기만 하다네.”

검후가 자신의 고충을 알아달라는 듯 완곡하게 말했다.

운도는 하긴 그럴 것이라고 생각했다.

아무리 위세가 당당한 해남검파라고 해도 한꺼번에 십천의 천주 두 명을 손님으로 받게 되었으니 여간 조심스럽지 않을 것이다.

무량자 이릉운 혼자 식객으로 머물러 있을 때와는 사정이 사뭇 다른 것이다.

잔뜩 기대하고 갔던 그날의 저녁 회합은 그저 검후와의 교제를 나눈 것으로 그치고 말았다.

원했던 소득이 없었으므로 운도는 불만이었고, 위서향 또한 그랬다.

그러나 검후와 대면했고 함께 저녁 식사를 했다는 것만으로도 해남검파 내에서 운도와 위서향의 위상은 눈에 띄게 달라졌다.

모든 문도들이 친근함을 표했으며, 혹자는 공경하는 모습까지 보였던 것이다.

운도와 위서향에게는 그것마저 부담스럽기만 했다.

“어서 가자. 이곳에 더 있고 싶지 않아.”

위서향이 풀죽은 음성으로 살짝 말했을 때 운도는 깊이 생각할 것도 없이 고개를 끄덕였다. 그의 마음 또한 그랬던 것이다.

소정이가 잘 지내고 있을 뿐 아니라 사대 검후로 내정되었다는 걸 알았으니 그녀에 대한 걱정도 덜었다.

이제는 홀가분하게 강호에 나갈 수 있게 된 것이다.

하지만 아직 제가 해야 할 일이 남아 있으므로 당장 위서향과 함께 이곳을 떠날 수는 없었다.

“나는 소정이에게 한 가지 볼일이 남았어. 오늘 밤 그녀를 만나 그 일을 처리할 작정이야.”

“나도 같이 가겠어.”

운도의 말에 위서향이 무엇을 생각했는지 잔뜩 긴장하여 바라보았다. 운도가 빙긋 웃었다.

“이건 그녀와 나 사이의 일이야. 은밀하게 처리해야 할 일이기도 하지. 그러니 누구도 함께 갈 수 없어.”

그는 장난스런 마음으로 가볍게 한 말이었지만 그 말은 위서향의 가슴에 커다란 못을 박는 것과 다름없었다.

‘역시 그는, 그는……’

젊은 남녀가 깊은 밤중에 은밀히 만나기로 했다니 누군들 의심하지 않을 것인가.

그게 다른 사람도 아닌 운도와 염소정이라는 데에 위서향은 주저앉아 울고 싶은 심정이 되었다.

사대 검후가 될 것이라는 염소정과 자신의 나락한 처지가 비교되어서 더욱 처연해진다.

흑풍객에게 의지하고, 풍진걸개에게 의지했으며 이제는 운도에게 의지하려고 한 자신의 모습이 그렇게 초라해 보일 수가 없었다.

'늦었지만 지금이라도 풍사곡으로 돌아가자. 내가 있을 곳은 이 넓은 천하에 역시 그곳뿐이었어.'

이제는 그런 생각만 들 뿐, 운도가 저에게 굳게 약속해 주었던 말까지도 믿지 않게 되었다

그러나 위서향은 운도에게 그런 자신의 마음을 내색할 수 없었다. 자존심 때문이다.

"그래, 가서 잘 만나고 와."

아무렇지도 않게 말하고 자신의 숙소로 향했지만 마음은 찢어지는 것처럼 아팠다.

잠시 후 이경 말 무렵에 운도가 숙소를 떠나 어둠 속으로 재빨리 사라지는 모습을 위서향은 창문을 통해 바라보았다.

그리고 그녀는 이미 싸두었던 자신의 짐보따리를 등에 메고 검을 들었다.

아무에게도 말하지 않고 숙소인 청향각을 떠나는 마음이 이루 말할 수 없이 쓸쓸하기만 했다.

자신의 모습이 견딜 수 없이 초라해 보이는 것이어서 자꾸만 눈물이 났다.

그러나 위서향은 뒤돌아보지 않았다. 거기에 운도가 있고

염소정이 있다는 것만으로도 이제는 해남검파가 지독하게 미워졌던 것이다.

저 어둠 속 어디에서인가 그들 두 사람이 서로 부둥켜안고 있을지도 모른다고 생각하자 더욱 그랬다. 그래서 저도 모르게 눈물이 쏟아지고 걸음이 더욱 빨라졌다.

도중에 몇 사람의 해남검파 문인들을 만났지만 그들은 위서향에게 고개 숙여 인사를 했을 뿐 그녀가 어디로 가는지 묻지 않았다.

"너에게 전해줄 게 있어서 보자고 했다."

운도의 말에 소정이 조금은 실망했다는 얼굴로 물끄러미 바라보았다.

"이제는 너도 어엿한 소저가 되었고, 해남검파의 무공을 익혀 고수가 되었으니 지금이야말로 내 짐 하나를 덜 때지."

"나에게 할 말이라는 게 그거였어?"

"왜?"

"나는 오빠가 중요한 말이라도 하려는 것인 줄 알았어."

그게 무엇인지는 굳이 말하지 않아도 잘 알지 않느냐는 듯 그윽하게 운도를 바라본다.

운도가 쓴웃음을 지었다.

"이건 아주 중요한 일이다. 바로 네 어머니의 유언이었으니까."

"응?"

소정이 눈을 크게 떴다. 어머니의 유언이라는 말에 당장 눈물을 글썽거린다.

운도는 지금이야말로 소정이에게 천마심공의 구결을 전해줄 때라고 생각했다.

염 부인의 유언이지 않았던가. 그녀가 스스로를 지킬 수 있게 되었을 때 그것을 전해주라고.

"지금부터 내가 하는 말을 잘 들어야 한다. 이것은 네 어머니가 돌아가시기 전 나에게 물려주신 건데, 네가 장성하면 너에게 전해주라고 하셨지."

"어머니가 그렇게 말하셨다고? 대체 그게 뭔데 그랬을까?"

"아주 중요한 것이다. 우선 나에게 한 가지 약속을 해주어야 한다."

"말해봐."

"너는 이 일을 절대로 다른 사람에게 말해서도 안 되고, 이것을 가르쳐 주어서도 안 된다. 오직 너 혼자만 알고 있어야 하는 거야. 이것도 어머니의 유언에 포함된 것이라고 생각해도 된다."

"그렇다면 약속할게. 그런데 그게 뭔지 아직 말해주지 않았어."

"이건 한 권의 책 속에 들어 있던 구결이다. 워낙에 낡은 책이라 겉장의 글자가 다 지워져 제목을 알 수 없었으므로 나는 이것을 천마심공이라고 불렀지."

"천마심공이라고?"

소정의 눈이 휘둥그레졌다. 경계하는 것이고, 이해할 수 없다는 표정이었다.

"어머니가 어째서 그런 물건을 숨기고 있었던 거지?"

소정이는 아직도 제 어머니의 정체를 알지 못하고 있었다. 궁벽한 산골에서 고생만 하다가 중한 병에 걸려 초라하게 돌아가셨다고만 알고 있는 것이다.

운도는 굳이 그녀에게 염 부인의 정체에 대하여 말해주고 싶지 않았다.

"그 사정이야 나도 모른다. 어쨌든 네 어머니의 유언이었으니 잘 들어라."

소정이가 다시 질문을 하기 전에 운도가 얼른 구결을 외기 시작했다.

머릿속에 각인되어 있는 것이라 막힘없이 술술 흘러나온다.

소정이는 귀를 기울이고 정신을 집중하여 구결을 들었다. 온통 알 수 없고 이해하기 힘든 말들뿐이었지만 그 안에 심오한 무엇이 깃들어 있다는 걸 느낄 수 있었다.

한차례 구결 암송을 마친 운도가 물었다.

"너는 얼마나 기억할 수 있느냐?"

"전부 다."

"뭐라고? 한 번 들었을 뿐인데?"

"별로 긴 구결도 아니었는 걸 뭐."

"그렇다면 네가 한 번 암송해 보아라."

운도의 말에 소정이가 구결을 암송하기 시작했다. 한 글자도 틀리지 않는다. 다만 몇 군데 띄어 읽어야 할 곳과 붙여 읽어야 할 곳을 놓쳤을 뿐이다.

"대단하구나, 대단해. 나는 네가 이처럼 영특한 줄 몰랐다. 검후께서 너를 총애하시는 게 이해가 된다."

"핏."

운도의 칭찬에 소정이 얼굴을 붉히고 입을 뾰족하게 내밀었다.

운도는 그녀가 틀린 부분을 바로잡아 주고 다시 암송하게 했다. 그렇게 세 번을 거듭하자 이제는 완벽하게 구결을 암송할 수 있게 되었다.

다음으로 운도는 그녀가 잘 이해할 수 있도록 자신이 그동안 구결 속에서 깨우친 여러 가지 해석상의 묘용과 자구의 의미에 대하여 하나하나 설명해 주었다.

그것을 다 마쳤을 때는 시간이 오래 흘러서 어느덧 새벽이 가까워지고 있었다.

이제 자신의 짐 하나를 덜어놓았다고 여긴 운도가 홀가분해진 마음으로 소정이를 바라보았다.

"이 구결은 신통하기 짝이 없다. 이대로 운기조식을 한다면 머지않아 천하제일의 내공을 가질 수 있게 될 거야."

소정이가 심각해진 얼굴로 다가섰다.

"말해봐. 이게 뭐지? 이런 걸 누가 만들어낸 거야? 설마……"

걱정이 가득한 그녀를 보면서 운도는 그녀가 무슨 생각을

하는지 짐작할 수 있었다. 그래서 마교로 불리는 홍안적성에
서 흘러나온 것이라는 말을 해줄 수 없었다.

그 말을 해주면 염 부인의 정체에 대해서도 말해주어야 할
것이기에 더욱 그렇다.

"그건 나도 모른다. 네 어머니께서도 모르고 계셨어. 다만
매우 중요한 것이라고 생각하셨던 거지. 그래서 아무도 모르
게 감추어두고 있었던 거야."

소정이는 여전히 의심하고 있었다. 그러나 제 어머니가 강
호의 여걸이고 마교의 십대천마 중 한 명이었으리라고는 꿈에
도 알지 못했고, 짐작하지도 못했다.

운도의 말속에 의심스러운 점이 한두 가지가 아니었지만 꼬
치꼬치 캐물어서는 안 될 것 같은 불안감에 그녀는 입을 다물
고 말았다.

왠지 어머니에 대해서 더 알아서는 안 될 것 같았고, 천마심
공의 내력에 대해서 더 알아서도 안 될 것 같았다.

잠시 침묵하던 소정이 쓸쓸하게 말했다.

"나는 어머니에 대해서 더 이상 다른 생각은 하지 않을 테
야. 어머니는 그냥 어머니일 뿐인걸 뭐. 나에겐 세상에서 가장
소중한 존재지. 어머니가 무슨 일을 하셨든, 어떤 비밀을 갖고
있었든 이제는 아무 상관 없어. 나는 그저 나를 아끼고 사랑해
준 어머니를 기억할 뿐이니까."

소정의 말을 듣는 동안 운도의 가슴속에 뭉클, 하고 어떤 감
동이 밀려들었다.

‘나는? 사부님에 대한 내 생각은?’

자기 자신에게 물어보지 않을 수 없다. 부끄러웠다.

소정이가 운도의 손을 꼭 잡으며 다정하게 말했다.

“어머니를 믿듯이 나는 운도 오빠를 믿어.”

밝게 웃는 그녀를 보며 운도는 망설이지 않을 수 없었다.

소정이에게 이릉운과 등 선생에 대하여 물어보고 싶었던 것이다.

그녀는 사부 등 선생이 데리고 마을을 떠나지 않았던가. 그런 소정이 해남도에 와 있으며, 무량자 이릉운 또한 이곳에 있다.

그렇다면 소정이에게 마을을 떠난 뒤의 일을 물어보면 과연 이릉운과 등 선생이 같은 사람인지 아닌지 알 수 있을 것이다.

하지만 지금 이 상황에서 심문하듯 그런 일을 캐묻는 건 그녀의 감정에 찬물을 끼얹는 것이나 다름없다는 생각이 들었다.

‘내일 물어보는 게 좋겠군.’

소정이의 얼굴 가득 떠올라 있는 웃음을 보면서 운도는 그렇게 미룰 수밖에 없었다.

다음날 아침. 날이 밝았는데도 위서향이 밖으로 나오지 않는지라 찾아간 운도는 탁자 위에 얌전히 놓여 있는 한 통의 서찰을 보았다.

그녀가 남기고 간 것이다.

"아! 이런 바보 같은……."

혼자서 풍사곡으로 돌아간다는 내용의 서찰을 읽은 운도가 발을 동동 굴렸다.

위서향이 왜 갑자기 마음을 바꾸어 이처럼 성급한 행동을 했는지 이해할 수 없었다.

운도는 당장이라도 그녀를 쫓아가 붙잡고 싶었다.

그러나 이미 멀리 갔을 것이고, 어쩌면 벌써 배를 타고 해남도를 떠나고 있는지도 모른다.

서찰을 들고 안절부절못하던 운도는 지금 제 처지가 그녀를 뒤쫓아갈 수 없다는 걸 절실히 느끼고 포기할 수밖에 없었다.

"별일없을 것이다. 이곳에서의 일을 마치는 대로 뒤쫓아가도 늦지 않을 거야."

그렇게 스스로를 위안하는 건 위서향의 무공이 이미 절정고수의 반열에 들었다는 걸 알기 때문이었다.

풍사곡의 무공에 그동안 흑풍객과 풍진걸개를 따라다니며 얻어 배운 무공이 있으니 강호에서 그녀를 상대할 만한 자가 흔치 않을 것이다.

시급한 문제는 어서 무량자 이릉운이라는 사람을 만나야 하는 거라고 생각한 운도가 서둘러 숙소를 나섰다.

잠시 후 검각(劍閣)에 이르렀을 때 운도는 당황하고 말았다. 그곳의 문이 굳게 닫혀 있었던 것이다.

그곳은 검후가 거처하는 곳이고, 지난 저녁에 초대받아 갔던 곳이기도 한데 지금은 전혀 다른 곳인 것처럼 생소했다.

그건 바로 그곳의 달라진 분위기 때문이었다.

두 명의 영준한 청년 검사가 굳게 닫힌 문을 지키고 있었다.

"검후께서 앞으로 열흘 동안 폐관하신다고 했습니다."

"나는 소정이를 만나려는 것이오."

"소검후를 대동하셨으니 그녀 또한 열흘이 지난 뒤에야 만나볼 수 있을 것입니다."

사부가 제자와 함께 폐관수련에 들었다니 억지를 쓸 수가 없다.

'약속이라도 한 듯이 일이 꼬이는구나.'

불만이 컸지만 제 고집대로 할 일이 아니었다. 이곳은 해남검파가 아닌가. 그들의 결정에 따르거나, 그게 못마땅하면 떠나야 할 처지이지 항의하거나 따질 신분이 못 되는 것이다.

맥없이 검각을 등지고 나오면서 운도는 이렇게 된 이상 제 스스로 이릉운이라는 사람을 찾아볼 수밖에 없다고 생각했다.

그전에 풍진걸개를 만났으면 좋겠으나 그는 해남검파에 온 이후 종적이 묘연했으므로 이릉운을 찾는 것만큼이나 어려울 것이다.

그럴 바에야 처음부터 이릉운을 찾아 나서는 게 좋겠다고 생각한 운도가 고개를 들어 바라보는 것은 해남검파를 감싸고 있는 산봉우리였다.

천도봉(天道峰)이라는 곳인데, 거기에서 뻗어 내려온 수십 가닥의 산줄기 중 선인봉(仙人峰) 아래의 개활지에 해남검파의 전각들이 숲을 이루고 있었던 것이다.

선인봉은 해남검파의 금지이니 이룡운이나 풍진결개도 그곳으로는 가지 못할 것이다.

구름을 붙잡아두고 있는 천도봉을 바라보는 운도의 입가에 자신만만해하는 미소가 떠올랐다.

제가 머물던 구룡산에 비하면 천도봉은 높지만 산세가 크지 않고 넓지도 않았다.

넉넉하게 잡아서 사흘이면 천도봉 전체를 이 잡듯이 뒤져볼 자신이 있었다.

해남검파 내에서는 출입이 자유로웠으므로 누구도 운도에게 어디로 가느냐고 묻지 않았고, 길을 막지도 않았다.

더구나 그가 제 봇짐마저 놓아둔 채 빈 손으로 나섰으니 누구든 무료함을 달래기 위해 외출이라도 하는 것으로 여겼으리라.

산길을 따라 천천히 걷던 운도는 주위에 사람이 없는 것을 확인하고 즉시 몸을 솟구쳐 올렸다.

휘익, 하는 바람 소리가 허공에 남았을 때 그는 울창한 삼나무 숲을 훌쩍 뛰어 건너 삼림 속으로 뚝, 떨어져 내리고 있었다.

이내 그의 모습이 사라졌고, 숲에는 맹렬하게 불어가는 바람 한줄기만 남아 우거진 나뭇가지들을 사뭇 흔들어댔다.

第九章
무량자(無量子) 이릉운(李凌雲)

마룡의
후예

　　종일 산속을 바람처럼 휘젓고 다녔지만 조금도 피곤하지 않았다.

　　기운은 쓸수록 더욱 넘쳐 났고, 한 번의 운기로도 즉시 대주천이 이루어지니 지칠 줄을 몰랐다.

　　임독양맥이 타통된 후 이처럼 있는 힘껏 내력을 뽑아 써볼 기회가 없었던지라 운도는 자신의 변화가 놀라고 신기하기만 했다.

　　왜 강호인이라면 목숨을 걸고서라도 임독양맥을 뚫으려고 하는 건지 이해가 된다.

　　지난 사흘 동안 풍진걸개를 보지 못했고, 오늘 하루 종일 그의 종적을 찾아다녔으니 나흘째 풍진걸개는 종적이 묘연한 중이었다.

　처음에는 화가 나기도 하고 초조하기도 했지만 점차 운도는 마음의 평온을 찾아갔다.

　이처럼 자신의 내공을 마음껏 시험해 보며 이 봉우리에서 저 봉우리로, 이 골짜기에서 저 골짜기로 바람처럼 휩쓸고 다니는 것에 신이 나기도 한다.

　운도는 새롭게 눈뜬 자신의 내공과 경공신법에 도취되어 시간 가는 줄을 몰랐다. 그는 마치 놀이를 즐기는 아이 같았다.

　그러자 드디어 원하던 걸 찾을 수 있게 되었다.

　그렇게 찾으려고 애쓸 때는 감감하기만 하더니 마음을 편히 하고 느긋해지자 그것이 마치 제 스스로 안달이 나서 찾아온 것처럼 불쑥 눈앞에 나타났던 것이다.

　저 앞, 우거진 삼나무 숲 사이로 보이는 낡은 통나무집을 앞에 두고 운도가 피식 웃었다. 이건 마치 술래잡기 같다는 생각이 들었던 것이다.

　술래가 열심히 찾아다닐수록 아이들은 들키지 않기 위해 더욱 깊이 숨지 않던가.

　통나무집 안에서는 아무런 기척도 들려오지 않았다. 잠시 귀를 기울이고 있던 운도가 벌컥 문을 열어젖혔다.

　음침한 어둠 속에 과연 풍진결개가 앉아 있었다.

　정신이 나간 사람처럼 멍하니 허공을 바라보고 있을 뿐 운도가 들어온 줄도 모르는 것 같았다.

　운도는 그의 무릎에 놓여 있는 나무함을 보았다. 늘 위서향이 지니고 다니던 물건 아닌가. 그것을 보자 다시 그녀가 생각났다.

어서 이곳의 일을 마치고 그녀를 찾아가야 한다는 조급함이 고개를 든다.

"노선배님?"

운도가 낮게 부르자 풍진걸개가 "웅." 하고 대답했는데 아직도 정신이 없는 사람 같았다.

"노선배님!"

다시 크게 부르자 그가 비로소 "아!" 하고 깜짝 놀라더니 부르르 몸을 떨고 천천히 운도를 돌아보았다.

"대체 이런 곳에서 무얼 하고 계신 겁니까? 지난 사흘 동안 여기 계셨던 겁니까?"

휴— 하고 길게 한숨부터 내쉰 풍진걸개가 씁쓸한 웃음을 지었다. 그 모습이 평소의 그답지 않은 것이어서 운도는 어리둥절해지고 말았다.

"노선배님, 대체 어떻게 된 일입니까?"

운도가 걱정이 가득하여 바라보았다. 혹시 풍진걸개가 심각한 부상을 입고 있는 건 아닌가 하는 불길한 생각이 들었던 것이다.

하지만 곧, '이 세상에서 풍진걸개에게 부상을 입힐 만한 사람이 몇이나 될 것인가?' 하는 걸 자각하고 더욱 의아해졌다.

풍진걸개가 다시 한 번 길게 한숨을 쉬더니 운도에게 말했다.

"네가 찾아올 줄 알고 있었다."

"그럼 지난 사흘 동안 저를 기다리고 있었단 말입니까? 아무 말도 없이?"

불만 가득한 운도를 물끄러미 바라보던 풍진걸개가 히죽 웃었다. 조금은 본래의 모습을 되찾은 것 같았다.

"너에게 위서향과 둘만의 오붓한 시간을 가질 수 있도록 배려해 준 것이지. 또한 염소정인가 하는 고 깜찍한 계집애와도 그렇고. 그러니 오히려 나에게 감사해야 할걸?"

풍진걸개의 넉살에 운도가 비로소 안심이 된다는 듯 피식 웃었다.

"저는 노선배님이 혹시 심각한 부상을 입은 게 아닌가 해서 걱정했습니다."

"흘흘, 어떤 놈이 나를 때릴 수 있겠느냐? 그런 그렇고 왜 찾아왔지?"

"제가 찾아올 줄 아셨다면서요? 그렇다면 이유도 잘 알고 계실 것 아닙니까?"

"흘흘, 너는 너무 게을렀다. 하루쯤 일찍 왔더라면 좋았을걸."

"예?"

"오늘 밤에 이릉운을 만나기로 했느니라."

운도가 눈살을 찌푸렸다.

"그분이 해남검파에 있는 줄 알았는데 그렇지 않았던 모양이군요?"

"그놈이 어디에 있든 나하고는 상관없지. 다만 해남검파에서 만나기로 했으니 이리로 왔을 뿐이다. 그런데 약속을 안 지키는군. 고얀 놈 같으니……."

사흘 전에 이곳에서 만나기로 약속이 되어 있었던 게 틀림없었다. 그렇기에 풍진걸개가 아무도 모르게 이곳으로 온 것이리라. 그런데 오늘 밤으로 약속이 미루어졌고, 풍진걸개는 일방적으로 기다리고 있을 수밖에 없었던 것이다. 그러니 짜증이 날 만도 했다.

"그럼 다시 해남검파로 돌아오시지 않고 여기서 혼자 무얼 하고 계셨던 겁니까? 마치 넋이 나간 사람 같습니다."

"나는 지난 사흘 동안 고요히 있으면서 여러 가지 일들을 깊이 생각해 보았느니라. 그러니 지난 사흘이 나에게는 아주 소중한 시간이었지."

"무슨 생각을 그리 하셨습니까?"

운도에게 호기심이 생겼다. 풍진걸개 같은 기인이 사흘씩이나 스스로를 잊을 만큼 몰입해서 생각한 것들이라면 무언가 중요한 일일 게 틀림없지 않은가.

"흑풍객 장하륜이 왜 소림사로 갔을까? 왜 돌아오는 길에 죽었을까? 장하륜을 죽일 만한 사람이 누가 있을까? 왜 죽였으면 그만이지 불에 태워 알아볼 수조차 없게 만들었을까? 왜 이릉운이는 이 칼을 원했을까? 이것이 오련산의 남향사 불계암에 있다는 것을 어떻게 알았을까? 왜 그는 그동안 해남검파에 머물러 있었던 것일까? 왜 너는 그가 네 사부가 아니라고 생각

하는 것일까? 왜 풍사곡주가 실종되었고, 왜 그동안 위서향은
제 아비의 실종 사건을 밝혀내기 위해 풍사곡으로 돌아가지
않았을까? 왜 염소정이라는 아이가 이곳에 와서 소검후가 되
어 있을까? 대체 왜?'

숨 막히게 말하고 난 풍진걸개가 너는 아느냐는 듯 운도를
빤히 바라보았다.

운도는 기가 막혔다.

그중 대부분은 이미 저도 그 원인을 알고 풍진걸개 또한 잘
아는 것들이었기 때문이다.

흑풍객이 소림사로 간 것은 은밀히 표사군을 만나기 위해서
였다고 알고 있었다. 그러나 풍진걸개에게 그걸 말해줄 수는
없었다.

위서향은 그동안 흑풍객이 붙잡았고, 그가 죽은 다음에는
바로 풍진걸개 본인이 붙잡아두지 않았던가.

그것을 이제 와서 전혀 모르는 것처럼 말하고 있으니 '혹시
이 노인이 노망 든 게 아닐까?' 하는 의심마저 들었다.

"그래서 해답을 얻으셨습니까?"

"얻었지."

풍진걸개가 자랑스럽다는 듯 으스대며 말했다.

"틀림없을 것이다. 내 생각이 틀림없을 거야."

"대체 그게 무엇입니까? 소생에게도 가르쳐 주십시오."

"흘흘, 너도 나처럼 한 사흘쯤 식음을 전폐하고 몰두해서 생
각해 보면 스스로 알게 될 것이다."

"지금 당장 알 수 있는 게 한 가지는 있군요."

"그래? 그게 뭐냐?"

"노선배님께서는 저에게 아무것도 말해줄 마음이 없다는 것이지요."

"흘흘, 영특한 녀석. 눈치를 챘구나."

눈을 가늘게 뜨고 바라보던 풍진걸개가 중얼거리듯 말했다.

"오늘 밤 그를 만나면 나는 이 일에서 손을 떼야겠다. 늙은 몸뚱이를 이끌고 여기저기 바쁘게 돌아다니는 건 이제 무리야."

"어떤 일에서 손을 뗀다는 말씀입니까?"

"이 지긋지긋한 무림에서 은퇴해 여생을 한가하게 보내고 싶어졌단 말이다."

"은퇴하신다고요?"

놀랐던 운도가 이내 고개를 끄덕였다. 풍진걸개의 나이 정도 되면 누구나 한가한 여생을 꿈꿀 것이라고 생각했던 것이다.

벌써 은퇴했어야 하는데 많이 늦었다. 하지만 지금이라도 그런 생각을 했으니 다행이라는 마음으로 운도가 축하해 주었다.

"미리 축하드립니다. 아마도 노선배님께서는 은퇴 후에 그 누구보다 신선 같은 삶을 누리실 것입니다."

"정말 그렇게 생각하느냐?"

"틀림없습니다. 세상일에 초탈하신 분이니 이미 반쯤은 신선이 아니신가요?"

"흘흘, 이 녀석이 제법 늙은이의 간지러운 데를 긁어줄 줄을 아는구나."

운도의 말이 입에 발린 소리라는 걸 알련만 그래도 풍진걸개는 그 말을 좋아했다.

한참을 싱글벙글하던 그가 언제 그랬느냐는 듯이 심각한 얼굴로 다시 중얼거렸다.

"하지만 어찌 이대로 떠날 것이냐? 장난 한 가지를 쳐놓고 가지 않으면 풍진걸개가 아니지. 흐흐, 그 녀석이 내 장난에서 벗어나려면 앞으로 골치깨나 아플 것이다."

대체 알 수 없는 소리라 운도가 눈살을 찌푸리고 물었다.

"장난이라니요? 누구에게 말입니까? 설마 저에게는 아니겠지요?"

"흘흘, 내가 아무리 주책없는 늙은이라지만 너같이 새까만 후배 녀석에게 장난을 치겠느냐? 재미가 하나도 없을 텐데 말이다."

말을 마친 풍진걸개가 지그시 눈을 감아버렸다. 더 말하기 싫다는 의도가 명백한지라 운도는 우두커니 앉아 무료한 시간을 보낼 수밖에 없었다.

밤이 깊어졌지만 풍진걸개는 불도 밝히지 않고 앉아 있기만 했다. 잠이 든 것도 같다.

숲에서 부엉이 우는 소리가 음산하게 들렸다.

"때가 되었다."

풍진결개가 불쑥 그렇게 말하고 일어섰다.

운도가 어리둥절한 중에 저도 모르게 따라 일어서자 풍진걸개가 꾸짖듯이 말했다.

"너는 이곳에서 꼼짝하지 말고 있어라."

"저를 이릉운이라는 분에게 데려가 준다고 하지 않았습니까?"

"기다리고 있으면 나와의 볼일을 마친 후 그가 너에게 찾아올 것이다. 이건 나와 그놈과의 일이니 네가 끼어들어서는 안 된다."

윽박지르듯이 말한 풍진걸개가 통나무집을 나가기 전에 다시 한 번 눈을 부라리며 명령조로 말했다.

"여기서 꼼짝하지 말고 있어. 그러지 않았다가는 네놈을 매우 혼내줄 테다."

운도는 아무 말도 하지 않았지만 마음속에 그런 풍진걸개에 대한 불만과 함께 호기심이 더욱 커졌다.

'대체 무슨 은밀한 일이 있기에 저토록 나를 윽박지른단 말인가?'

풍진걸개가 떠나고 나자 텅 빈 통나무집 안에 어둠만큼이나 깊은 적막이 깃들었다.

잠시 무엇을 생각하는 듯이 우두커니 서 있던 운도가 빙긋 웃고는 훌쩍 몸을 날려 어둠 속으로 뛰어들었다.

'노선배는 내가 따라오기를 원했던 거야. 그렇지 않았다면 그처럼 강조할 필요가 없었지.'

풍진걸개가 정말 원하지 않는 일이었다고 해도 따라가 보기로 마음먹은 이상 운도를 막을 수는 없었을 것이다.

운도는 최대한 기척을 감추고 어둠처럼 은밀하게 움직였다.

풍진걸개의 경공신법이 귀신같았다면 운도의 신법 또한 그랬으므로 두 사람은 일정한 거리를 두고 질풍이 불어가듯 숲 속을 달려갔다.

어둠 속에서도 운도는 결코 풍진걸개의 종적을 놓치지 않았다. 풍진걸개가 일부러 그러기라도 하는 것처럼 속도를 늦추어 달렸으니 더욱 놓칠 리가 없었던 것이다.

그렇게 두어 식경 동안 두 개의 골짜기를 지나자 지형이 급변했다. 나무들이 드문드문 서 있는 대신 크고 작은 바위들이 빼곡한 암석군이 나왔던 것이다.

운도는 그러한 지형에 익숙했다. 지옥곡의 지형이 바로 그와 같지 않았던가.

풍진걸개는 그렇지 않을 텐데도 거침없이 달려가는 걸로 보아 이미 목표를 정해두고 있는 게 틀림없었다.

그리고 향 한 자루가 탔을 만한 시간이 지났을 때 풍진걸개가 목표지점에 다 온 듯 현저히 달리는 속도를 떨어뜨렸다. 그러더니 꼭대기에 해골을 올려놓은 것 같은 바위 봉우리 아래에서 우뚝 멈추어 선다.

재빨리 몸을 날린 운도가 하나의 커다란 바위 꼭대기에 내려서더니 바위틈에 뿌리박고 있는 두어 그루의 작은 소나무

가지로 몸을 가리고 주저앉았다.

일각쯤 지났을까. 멀리서 밤새가 우는 것처럼 음산하고 날카로운 휘파람 소리가 들려왔다. 그리고 이내 옷자락 펄럭이는 소리와 함께 흰옷을 입은 사람이 어둠 속에서 불쑥 나타나 풍진걸개와 열 걸음 사이를 두고 마주 섰다.

'사부다!'

운도는 멀리에서 그 사람의 자태만 보고도 직감할 수 있었다.

등 선생.

십오 년 동안이나 사부로 모시고 살아왔던 사람 아닌가. 어둠 속에서 냄새만 맡아도 알아낼 수 있을 만큼 익숙한 게 당연했다.

운도가 알 수 없는 감정에 사로잡혀 한차례 부르르 몸을 떨었다.

그토록 그리워했던 사부를 지척에 두었건만 반가운 마음보다 서운하고 무서운 생각이 더 드는 것이어서 스스로 의아해지기도 한다.

'그들의 말이 맞았어. 사부님이 바로 무량자 이릉운이었던 것이다.'

다른 사람들이 모두 그렇게 단정했을 때에도 운도는 혼자서 아니라고 우겼었다. 그 사실을 받아들일 수 없었던 것이다.

그러면서도 마음 한구석에는 사부가 어쩌면 저를 속였던

건지도 모른다는 생각이 깃들어 있었다. 그럴 때마다 사부에 대한 그리움과 원망이 뒤섞여 답답했던 적이 어디 한두 번이 던가.

이제 이처럼 제 눈으로 확인했으니 속이 시원해져야 옳을 일이었다. 그러나 운도는 오히려 더 큰 답답함에 짓눌려 숨을 쉬기조차 거북했다.

몇 번 심호흡을 한 운도가 내력을 한껏 끌어올려 안력과 청 력을 돋우었다.

운도는 마치 천안통(天眼通)과 천이통(天耳通)의 능력이라도 갖게 된 것 같았다. 어둠 속에서도 두 사람의 모습을 확연하게 볼 수 있었고, 그들의 말도 곁에서 듣는 것 못지않게 똑똑히 들 을 수 있었던 것이다.

"양 형, 오랜만이오."

등 선생, 무량자 이릉운이 무심한 어투로 먼저 말을 건넸다.

풍진걸개 양위허가 히죽 웃더니 눈을 흘겼다.

"대체 너는 매일 뭐가 그렇게 바쁜 것이냐? 제대로 얼굴 한 번 보기가 이렇게 힘들어서야 원, 쯧쯧―"

무량자가 빙그레 웃었다.

"이것저것 신경 써야 할 게 어디 한두 가지라야 말이지요. 그런데 양 형은 왜 이렇게 늦었소?"

눈으로 풍진걸개가 들고 있는 목함을 가리키며 하는 말이었 다.

풍진걸개가 그것을 손에 넣은 지가 벌써 육 년 전이었다. 이릉운이 그런 일을 알 리 없지만 풍진걸개의 능력으로 저 물건을 손에 넣어 가지고 오는 데 육 년은 과하다고 생각했던 것이다. 누구라도 그렇게 생각할 만했다.

풍진걸개가 비아냥거리는 투로 대꾸했다.

"물건을 가져다 달라고 했지 언제까지라고는 하지 않았잖아. 네가 급한지 그렇지 않은지 알 수 없으니 내 사정과 형편에 따를 수밖에."

"좋소, 좋아. 수고했소이다. 자, 이제 이리 주시오."

이릉운이 손을 내밀자 풍진걸개가 목함을 뒤로 감추고 마주 손을 내밀었다.

"내 물건은? 그것부터 줘야지."

이릉운이 빙긋 웃고 품에서 검은색으로 반질거리는 묵죽(墨竹) 조각 한 개를 꺼냈다. 그것을 바라보는 풍진걸개의 눈이 무섭게 번쩍였다.

이십일 년 전 모악산 천궁봉에서 절대천마 풍약헌에게 빼앗겼던 그의 신물이었던 것이다.

다른 사람이 보기에는 보잘것없는 대나무 조각에 지나지 않을지 몰라도 풍진걸개에게는 이 세상에 하나뿐인 보물이었다. 그 작은 묵죽이 바로 자신을 상징하는 것이고, 자신의 존재를 증명해 주는 유일한 것이니 그렇다.

그것을 풍약헌에게 빼앗겼다는 것은 곧 자신의 명예를 그에게 빼앗겼다는 것과 다름없었다.

이십일 년 만에 자신의 신물을 보자 만감이 교차했다.

풍진걸개가 길게 탄식하고 말했다.

"그것이 왜 네 손에 들어갔는지는 묻지 않겠다. 물어봐야 대답해 줄 리도 없을 테니까. 그렇지 않은가?"

이룽운이 말없는 웃음으로 긍정을 표현했다. 풍진걸개가 턱짓을 하며 말했다.

"그것을 내놔라. 그러면 너와 나 사이의 일이 모두 끝나는 거다."

"그러지요."

이룽운의 손에서 묵죽이 둥실 떠올랐다. 그것이 느릿느릿 허공을 가로질러 풍진걸개에게로 날아간다.

풍진걸개가 가슴 앞에 다가온 묵죽을 재빨리 낚아채더니 길게 한숨을 쉬었다.

"이제 다 끝났구나, 끝났어. 내 삶의 마지막 몇 년이 이것을 찾기 위해 천하를 떠도는 처량한 것이 될 줄이야. 도대체 명예가 무엇이고 명성이 무엇이란 말인가. 이렇게 부질없는 것을……."

묵죽을 어루만지며 탄식하는 풍진걸개의 모습이 처연했다. 갑자기 십 년은 더 늙어 보인다.

탄식을 마친 풍진걸개가 손아귀에 지그시 힘을 주었다. 그러자 그토록 되찾기 위해 애썼던 묵죽이 그의 손안에서 가루가 되었다.

"아!"

의외의 일에 이룽운이 깜짝 놀라 외마디 소리를 질렀다.

　풍진걸개가 손바닥을 활짝 폈다. 그러자 가루가 되어버린 그의 신물이 바람에 쓸려 흔적없이 흩어져 버리고 말았다.

　"이제 되었다, 이제 되었어. 진작 이와 같이 했더라면 부끄러움을 당하는 일도 없었을 것을……."

　넋두리하듯 중얼거린 풍진걸개가 아무 미련 없이 목함을 던졌다. 그것을 받아 든 이릉운의 청수한 얼굴에 안도와 함께 안타까운 기색이 떠올랐다.

　"매우 안타까운 일이요. 몇 년만 더 일찍 이것을 손에 넣었더라면 좋았을 텐데……."

　무엇이 왜 좋은지 모를 일이다. 풍진걸개에게는 이제 그런 일에 대한 관심이 조금도 없는 것 같았다.

　언제나 넘치는 자신감과 여유로 세상을 조롱하던 노기인에서 한순간에 볼품없고 추레한 늙은 거지의 모습으로 변해 버린 풍진걸개가 고개를 설레설레 흔들었다.

　"다 끝났으니 이제 가련다. 다시는 나를 찾을 생각 하지 말거라."

　"어디로 가시려오?"

　"이 지긋지긋한 세상을 떠나 나 홀로 한가롭게 노닐 수 있는 곳으로 가려는 거지."

　"부럽구려. 나는 진심으로 양 형이 부럽소."

　"너 또한 할 수 있는 일이다. 네가 가지고 있는 욕심만 버리면 되지."

　"세상이 아직 나를 놓아주지 않으니 그럴 수가 없구려. 하지만 약속하겠소. 나 또한 내 일이 끝나면 양 형과 같이 모든 걸 버리고 세상 밖에서 유유한 삶을 즐기리다."

두 사람이 한동안 서로를 바라보았다. 오고 가는 그 눈길에 수많은 감정이 실려 있었다.

이릉운이 머뭇거리더니 말했다.

"이 일은 해결이 되었고, 내가 부탁한 또 한 가지 일은 어찌 되었소?"

"네 제자의 소식 말이냐?"

"그렇소."

"아예 그놈을 찾아서 데리고 왔으니 네가 직접 물어보아라. 그동안 어디에서 뭘 하고 자빠져 있었던 건지 말이다."

풍진걸개의 말에 이릉운이 깜짝 놀랐다.

"무엇이? 아니, 그 아이를 데려왔단 말이오? 나는 단지 소식 을 전해 듣기 원했을 뿐인데?"

"물론이지. 하지만 데려오면 안 된다는 말을 한 적도 없지 않으냐? 그러니 내 마음대로 할 수밖에. 그런데 너는 네 제자 가 반갑지 않은 모양이로구나?"

"으음―"

이릉운이 잔뜩 낯을 찌푸렸다. 풍진걸개가 이죽거린다.

"왜? 제자는 그토록 너를 목마르게 찾는데 너는 제자를 만 나고 싶은 마음이 조금도 없었던 모양이로구나?"

"그런 게 아니라오. 이 안에는 말하기 힘든 복잡한 사정이 있으니……."

"비밀이 많은 놈치고 신뢰할 수 있는 놈이 없게 마련이지. 어쨌든 너와 나 사이의 거래는 이제 완전히 끝났다. 그러니 더 이상 볼 일도 없겠지."

풍진걸개가 미련없이 돌아서자 이릉운이 급하게 그를 불러 세웠다.

"나에게는 아직 할 말이 있소."

"또 뭐가 남았단 말이냐?"

"양 형은 정말 십천을 외면하고 이대로 은거에 들 생각이시오?"

"나 하나 없어진다고 해서 십천의 전력에 무슨 차질이 있겠느냐?"

"양 형의 절기는 우리들 중 그 누구보다 뛰어난 바가 있지. 그것이 단절된다면 그야말로 무림의 크나큰 손실이 되지 않겠소?"

"네 말은 죽기 전에 십천지주인지 뭔지 하는 놈에게 나의 신공절학을 물려주라는 것이로구나?"

"그게 우리들의 약속이었다는 걸 양 형도 잘 아실 거라고 믿소."

"쓸데없다. 나는 처음부터 그런 약속 따위 한 적이 없어. 너희들이 모여서 그따위 어처구니없는 일을 꾸민 거지."

"양 형은 마교의 위험에 대해서 조금도 걱정하지 않는 것 같구려?"

"그놈들이 이미 준동을 시작했고, 꽤 오래전부터 주도면밀하게 모종의 일을 계획해 오고 있었다는 걸 잘 안다. 하지만 그 정도라면 내가 없어도 너희들끼리 알아서 잘할 수 있을 거야. 그렇지 않다면 십천의 천주라는 이름을 개에게나 던져줘야겠지.”

이룡운이 또 한 번 잔뜩 눈살을 찌푸리고 나서 목갑을 내보이며 물었다.

“좋소, 양 형의 생각이 그렇다면 누가 말릴 수 있겠소? 그런데 이 안의 물건에 대해서는 다른 사람들에게 말하지 않았겠지요?”

“흑풍객 장하륜이 알고 있다.”

“그리고?”

“여기까지 위진평의 여식이 가지고 왔으니 당연히 그 아이 또한 알고 있지.”

“그들뿐이오?”

“그렇다. 너는 내가 온 세상에 떠벌였을까 봐 두려운가 보구나?”

“보물이 있으면 그것을 탐내는 어리석은 자들이 꾀어들게 마련 아니겠소? 나는 다만 귀찮은 일을 피하고 싶을 뿐이라오.”

“이제 더 볼일이 없으면 이만 가겠다.”

“대체 뭐가 그리 급한 일이 있기에 오랜만에 만났는데 술 한잔 나누지 않고 자꾸 가려고만 하는 것이오?”

“약속이 있거든. 서두르지 않으면 그 빌어먹을 놈이 성질을 부릴 테니 두렵단 말이다.”

“아니, 누가 감히 풍진걸개 양 형에게 성질을 부릴 수 있소?”

“흑풍객 장하륜.”

“무엇이?”

풍진걸개가 아무렇지도 않게 하는 말에 이릉운이 깜짝 놀랐다.

“아니, 그는 죽었다는 소문이 세상에 파다하던데 아니란 말이오?”

풍진걸개가 눈을 가늘게 뜨고 이릉운을 바라보며 히히, 웃었다.

“그놈이 그렇게 쉽게 죽을 놈 같았으면 벌써 뒈졌지 십천의 천주까지 올랐겠느냐? 소문이란 언제나 믿을 게 못 되는 거야.”

“양 형은 그를 언제, 어디에서 만나기로 했소? 나도 함께 갑시다. 장하륜을 만나본 지도 정말 오래되었다오.”

“흘흘, 그놈이 별로 좋아하지 않을 게다. 그럼 잘 먹고 잘살아라.”

풍진걸개가 손을 흔들어 보이고는 훌쩍 몸을 날렸다.

쉬잉, 하는 바람 소리를 남기고 어둠 속으로 쏜살같이 달려가 이내 사라진다.

한동안 멍하니 서 있던 이릉운이 입술을 질끈 깨물더니 신광이 이글거리는 눈으로 사방을 휘둘러보았다.

운도는 재빨리 호흡을 멈추고 소나무 가지로 몸을 가린 채 웅크렸다.

휘익—

운도가 다시 고개를 들었을 때 이룡운의 신형은 어둠 속으로 빛살처럼 뻗어나가고 있었다. 풍진걸개가 사라진 방향이었다.

운도는 제가 본 것을 믿기 힘들었다.

사부 등 선생이 결국 화산의 무량자 이룡운이라는 걸 확인했지만 그 충격은 차라리 모르고 있었을 때가 더 좋았다는 생각이 들 만큼 컸다.

후회스러웠다.

또한 이룡운에게 하던 풍진걸개의 말들이 머릿속에 웅웅 울렸다. 그는 이룡운은 물론 십천의 다른 천주들과 뜻을 달리하고 있는 모양이었다.

흑풍객 장하륜도 뜻을 달리했는데 그는 죽었다. 아니, 죽지 않았는지도 모른다. 풍진걸개는 그를 만나러 간다고 하지 않았던가.

그런데 왜 이룡운이 그 말을 듣고 놀랐던 건지…….

수많은 생각들이 한순간에 걷잡을 수 없이 밀려드는 통에 운도는 정신이 혼란해졌다.

그가 왜 풍진걸개를 뒤쫓아간 건지 의아해지다가 불쑥 불길한 생각이 찾아왔다.

어떻게 할지 몰라 잠시 망설이던 운도가 결심한 듯 몸을 허공에 던졌다.

쉬익—

예리한 파공성을 남기고 그의 몸이 풍진걸개와 이릉운이 사라진 어둠 속으로 무섭게 빨려들어 갔다.

불과 차 한 잔 마실 만한 시간을 두고 뒤쫓았을 뿐인데 좀체 풍진걸개는 물론 이릉운의 모습을 발견한 수가 없었다.

운도는 미칠 듯이 급한 마음이 되었다. 하지만 서두를 수도 없으니 더욱 초조해진다. 최대한 기척을 감추기 위해 온 신경을 쓰느라 전력으로 뒤쫓아갈 수가 없었던 것이다.

이러다가는 그들을 영영 놓치고 말 것이라는 생각에 달리는 발에 힘을 더해보지만 여전히 그 두 사람의 종적을 찾을 순 없었다.

한 가지 다행이라면 군데군데 흔적이 남아 있다는 것이었다.

지옥곡에서 충분히 단련된 운도의 예리한 눈은 누구도 알아채지 못할 그 미세한 흔적들을 결코 놓치는 법이 없었다.

운도는 그게 풍진걸개가 의도적으로 남겨놓은 흔적이라는 걸 알았다. 냄새나는 그의 옷 조각 하나를 나뭇가지 끝에서 발견했기 때문이다.

'그렇다면 노선배님은 내가 처음부터 뒤따르리라는 걸 짐작하고 있었군.'

그렇게 믿지 않을 수 없었다.

풍진걸개가 저에게 이릉운과의 만남을 훔쳐볼 수 있게 해주었던 것이다. 그랬기에 일부러 천천히 달려서 이릉운과 만나는 장소까지 저를 인도했고, 그와 이야기할 때에도 일부러 높은 음성으로 말했다.

'노선배님은 나에게 무언가 가르쳐 주고 싶은 게 있었던 것이다.'

그렇게 생각하자 마음이 더욱 초조해졌다.

그러나 어느 순간부터인가 그 미세한 흔적들이 뚝 끊어지고 보이지 않았다.

운도는 당황했다. 이래서야 이 넓은 산중에서, 그것도 이처럼 깊은 밤중에 어떻게 그들 두 사람을 찾을 수 있을 것인가.

드문드문 흔적을 남기며 어디론가 급히 가던 풍진걸개가 흔적을 남기지 않게 되었다는 건 뒤쫓는 이릉운을 느꼈기 때문일 것이다.

그건 그만큼 그들의 거리가 가까워졌다는 것이고, 풍진걸개가 어떤 위험을 느끼기 시작했다는 것이다.

'설마?'

운도의 마음이 알 수 없는 불안과 불길한 느낌으로 초조해졌다.

이제는 발각되어도 할 수 없다는 심정이 된 그가 전력을 다해 경공신법을 펼치기 시작했다.

그 즉시 한 가닥 맹렬한 질풍이 되어 어둠에 잠긴 숲과 골짜기를 휩쓸고 지나갔다. 그러나 여전히 풍진걸개를 찾을 수 없었다.

두어 시진은 족히 그렇게 어디가 어디인지도 모를 산속을 미친 듯이 달린 끝에 운도가 그들의 흔적을 다시 발견한 건 멀리서 새벽이 다가오고 있을 무렵이었다.

밤새 산속을 헤매고 다녔던 것이다.

"아!"

운도가 놀란 외침을 터뜨리고 우뚝 멈추어 섰다.

울창한 자작나무 숲 속 여기저기에 어지럽게 찍힌 발자국과 부러지고 짓밟힌 나뭇가지며 풀들이 있었다. 싸움의 흔적이었다.

이 깊은 밤중에 이런 곳에서 싸움을 벌였을 사람이 누구인지는 뻔했다.

운도가 조심스럽게 흔적을 따라 나아갔다. 기어이 허공에 뿌려진 것처럼 여기저기 흩어져 있는 핏자국을 발견하고 운도는 우뚝 멈추어 서버렸다.

가슴이 쿵쾅거리며 뛰고 머리끝이 쭈뼛거리며 곤두섰다.

'누가 당한 것일까?

더욱 초조해진 운도가 핏자국을 따라 일 리쯤 갔을 때는 그것마저 사라지고 보이지 않았다. 다시 막막해진다.

그러나 이제 운도는 서두르지 않았다. 누가 되었든 심각한 부상을 입고 달아난 모양이니 이 근처 어딘가에 있을 것이라는 생각이 들었던 것이다.

운도는 몸을 낮추고 더욱 세심하게 주변을 살피며 천천히 나아갔다. 그렇게 개울 하나를 건너 잡목이 빼곡한 숲 속에 들어갔을 때 기어이 거기 쓰러져 있는 한 사람을 발견했다.

풍진걸개였다.

第十章
드러나는 비밀

마룡의
후예

그는 아직 죽지 않았다.

풍진걸개를 들쳐업은 운도가 놀란 사슴처럼 숲을 뚫고 깊숙한 골짜기를 찾아 달려들어 갔다.

죽은 것처럼 늘어져 있던 풍진걸개의 가슴이 들썩이는 게 등을 통해 느껴졌다.

우뚝 멈추어 서서 청력과 감각을 최대한 끌어올려 주위의 기척을 살펴보던 운도가 재빨리 갈라진 바위틈으로 기어들어 갔다.

비좁아 보이던 바위틈 안에는 두 사람이 마주앉을 수 있을 만큼의 공간이 있었다.

풍진걸개를 축축한 바위벽에 기대 앉힌 운도가 다시 밖으로 기어나갔다.

이십여 장 떨어진 곳에서 두어 개의 잎이 무성한 나뭇가지를 꺾어와 박아놓으니 입구가 감쪽같이 가려졌다.

그가 바쁘게 움직이는 동안 꼼짝하지 않고 앉아 있던 풍진걸개가 길게 숨을 내쉬고 힘겹게 눈을 떴다.

"정신이 좀 드십니까?"

다가앉은 운도가 풍진걸개의 가슴에 손바닥을 붙였다. 자신의 내공으로 노걸개의 운기를 도와주려는 것이다.

풍진걸개가 고개를 가로저었다.

"쓸데없는 짓이다. 기력을 헛되게 소비하지 마라."

힘이라고는 하나도 없는 음성이었다.

운도의 가슴에 짠한 아픔이 밀려들었다. 풍진걸개의 숨이 얼마 남지 않았다는 것을 느꼈기 때문이다.

천하를 우습게 여기던 노기인 한 사람이 이렇게 죽어가는 걸 혼자서 지켜보아야 한다는 게 안타깝기 짝이 없지만 제가 할 수 있는 일이 없었다.

"누가 이렇게 했습니까? 역시 무량자 이릉운입니까?"

운도의 당돌한 호칭에 풍진걸개가 눈살을 찌푸렸다.

"네 사부다."

"흥!"

운도가 드세게 코웃음을 치자 풍진걸개의 얼굴에 씁쓸한 웃음이 떠올랐다.

"사부를 부정하는 건 패륜이니라."

"흥!"

운도의 코웃음이 더욱 커졌다.

"그래, 그 일에 대해서는 더 말하지 말자. 다 그놈의 업보인 걸 어쩌리오."

탄식한 풍진걸개가 운도를 빤히 바라보았다.

"궁금한 걸 물어라. 내가 너와 이렇게 말할 수 있는 시간이 얼마 남지 않았다."

"그가 왜 노선배님을 해친 겁니까?"

"전풍의 뇌전도에 대해서 알고 있기 때문이지."

"억!"

운도가 크게 놀라 낯빛이 변하여 소리쳤다.

"고작 그것 때문에 노선배님에게 이런 짓을 했단 말입니까?"

"나는 이제 흑풍객을 해친 것도 바로 그놈이라고 확신한다. 다음으로는 위서향 그 불쌍한 것이 되겠지."

"아!"

뇌전도의 행방에 대해서 아는 자를 모두 죽이려고 했다면 과연 그럴 것이다. 운도의 마음이 급해졌다.

"대체 그게 무엇이기에 그가 그런 천인공노할 짓을 서슴지 않고 행한단 말입니까?"

"마교의 삼보 중 하나이니라."

또다시 마교 삼보에 대해서 듣게 된 운도가 급히 물었다.

"그게 왜 그토록 중요하단 말입니까?"

"삼보가 모이면 천마비동을 열 수 있게 되느니라."

"천마비동!"

운도는 지옥곡에 들어왔던 자들이 모두 그 천마비동에 대한 유혹 때문이라는 걸 알고 있었다. 그곳이 어디에 있는지 모르나 홍안적성의 힘의 근원이라는 걸 잘 아는 것이다.

절대천마 풍약헌이 그곳에 들어갔다 나온 후 천하제일의 고수가 되어 한 세대를 풍미하지 않았던가. 그러니 무림인이라면 천마비동에 대한 욕심이 생기지 않을 리 없다.

"무엇 무엇을 삼보라고 하는 겁니까?"

"전풍의 뇌전도와 풍뢰경(風雷鏡), 그리고 황룡옥패(黃龍玉佩)이니라. 풍뢰경은 작은 구리거울인데, 바람과 번개를 부리는 조화가 감추어져 있다고 한다. 황룡옥패는 귀면탈이 정교하게 조각된 작은 옥패인데, 황룡의 여의주를 깎아서 만든 것이라고 한다. 그래서 귀면옥패라 하지 않고 황룡옥패라고 부르는 거지."

운도의 머릿속에 번개처럼 떠오르는 물건 하나가 있었다. 소정이의 어머니인 염 부인이 운명하기 전에 천마심공의 비급과 함께 건네주었던 작은 옥패가 그것이다.

"혹시 그 황룡옥패는 전체에 귀면탈이 조각되어 있고 오래된 글자가 빼곡하게 새겨져 있는 것 아닌가요?"

"엇? 네가 그것을 어떻게 안단 말이냐?"

"그게 맞는다면 황룡옥패는 제가 가지고 있습니다."

"무엇이? 네가 그것을 가지고 있다고? 어디, 어디 나에게 보여다오.”

풍진걸개가 얼굴색마저 변하여 서두른다. 운도가 고개를 가
로저었다.

“지금은 제게 있지 않습니다. 감추어놓았지요.”

“어디에 말이냐?”

“풍사곡입니다.”

“뭐라고?”

“제가 사용하던 방 안의 마룻장 아래에 묻어놓았지요. 풍사
곡을 떠날 때 챙기지 못하고 그냥 떠났으니 지금도 그곳에 있
을 것입니다.”

폐허의 마을에서 장왕 진사곤을 만나고 있을 때에 풍사곡주
위진평이 들이닥쳤고, 장왕의 희생으로 간신히 목숨을 건져
달아난 운도였다. 그러니 풍사곡으로 되돌아가 그것을 꺼내올
새가 없었던 것이다.

“큰일이로구나. 벌써 칠 년이 지났는데 그것이 과연 여전히
거기에 있을지도 알 수 없거니와, 만일 누가 그것을 발견하기
라도 했다면 한차례 커다란 풍파가 풍사곡에 들이닥칠 것이
다.”

“하지만 아직 풍사곡에 그런 변고가 생겼다는 말이 없잖습
니까?”

아직은 아무도 그것을 발견하지 못했다는 걸 알 수 있었지
만 풍진걸개는 그래서 더욱 채근했다.

“서둘러라. 너는 즉시 풍사곡으로 돌아가 그것을 찾아야 한

다. 그것이 이릉운의 손에 들어가도록 해서는 안 돼."

"그렇게 하겠습니다."

위서향의 안위를 위해서라도 한시바삐 풍사곡으로 갈 작정이었으니 잘된 일이라고 생각했다.

운도가 궁금하게 여기던 것을 다시 물었다.

"그런데 무량자 이릉운의 무공이 노선배님도 당하지 못할 만큼 높은 겁니까? 그렇다면 그가 실은 십천의 천주들 중 가장 높은 무공의 소유자이겠군요?"

"그는 사악한 최심장(催心掌)을 십이성 익히고 있었다. 내가 모르고 당했으니 아무도 그런 사실을 아는 자가 없을 것이다."

"최심장이라니요?"

"마교의 지독한 장법 중 하나이니라. 그가 어떻게 그것을 익히고 있는지 알 수 없는 일이지만 틀림없이 최심장이었다."

최심장은 부드러운 면장(綿掌)의 일종이었다. 지극히 음유한 내공을 품고 있으면서 그것의 침투가 신속하고 강력하게 이루어진다.

장에 실려 뻗어 나오는 것이 워낙 부드러운 경력이라 사람들은 크게 경계하지 않았다. 하지만 한 번 그것에 맞으면 겉은 멀쩡해도 속이 모두 말라 버렸다.

기혈이 마르고 혈맥이 말라붙으며 내부의 장기들 또한 모두 말라 조금만 충격을 받아도 가루가 되어버리는 것이다.

그러니 그것에 맞아 죽은 자는 겉으로는 아무런 흔적도 남기지 않았다. 배를 갈라보지 않는 이상 사람들은 그가 왜, 어떻게 해서 죽은 것인지 알 수 없었다.

풍진걸개가 그 최심장에 당하고서도 즉시 죽지 않고 이렇게 살아 있는 건 그의 고강한 내공으로 버티고 있기 때문이었다.

하지만 그렇다고 해도 두어 시진을 넘기지 못할 것이다.

운도는 최심장이 무엇인지 알지 못했지만 풍진걸개의 설명을 들으면서 그것이 천하의 장법 중에서 가장 지독하고 악독한 것임은 짐작할 수 있었다.

천하제일을 다투는 노걸개를 단번에 이렇게 만들어 버린 것만 보아도 그렇다.

"더 물을 게 없느냐?"

"그가 왜 자신의 신분을 감추고 등 선생으로 행세했을까요? 어째서 저에게도 본래의 신분을 말해주지 않고 그냥 풍사곡으로 보냈을까요? 제가 그곳에서 죽기를 바랐던 것일까요?"

"흐흐, 그랬을지도 모르지. 그놈의 속을 누가 알겠느냐?"

풍진걸개의 웃음 속에는 무언가 더 무섭고 깊은 비밀이 있는 것 같았다.

그가 한숨을 쉬고 말했다.

"너는 네가 가장 중요하게 여기는 건 한마디도 묻지 않는구나. 내가 대답해 줄 수 없을 것이라고 생각해서이냐?"

"제가 무엇을 가장 중요하게 여긴단 말씀입니까?"

"너는 네가 누구인지 알고 싶어서 이릉운을 찾는다고 하지 않았더냐? 이제는 알게 된 것이냐?"

운도가 탄식했다.

“사부님을 만나면 그분께 물어보려고 했습니다. 그러면 이제는 다 말해주실 것이라고 믿었는데 사부가 바로 무량자 이릉운이고, 그가 이처럼 악독하다는 걸 알았으니 소용없게 되었습니다. 아마도 제 신세 내력은 영영 밝힐 수 없는 것인가 봅니다.”

“그렇다면 너는 네 사부 등 선생이면서 무량자 이릉운인 그자의 과거에 대해서 아는 게 있느냐?”

“없습니다.”

“휴— 알고 보면 그놈도 불쌍한 놈이지. 인생이 지독하게 꼬였으니 제 스스로 그것을 풀고자 하는 일이 얼마나 힘들었겠느냐. 그 노력이 오늘날 그를 이처럼 타락하게 했으니 어쩌면 하늘이 그를 저주한 것인지도 모르지. 불쌍한 놈인 게야.”

운도는 죽을 때가 가까워 오니 풍진걸개의 마음이 약해진 모양이라고 생각했다. 그가 더욱 애처로워 보인다.

“그놈의 인생은 한 여자를 사랑함으로 인해서 온통 꼬이고 말았다. 이제는 제 스스로도 그것을 풀 수 없을 만큼 어지러워졌어. 그래서 그는 쾌도난마의 방법을 택한 것이야. 단번에 엉킨 실타래를 끊어버리려고 하니 심성이 독해질 수밖에 없지.”

“여자 때문이라니요? 고작 그것 때문이라면 실망이지 않을 수 없군요.”

“흘흘, 이놈아, 남자의 인생을 좌우하는 게 바로 여자라는 걸 너는 아직도 모른단 말이냐? 여자로 인해 완성되기도 하고, 여자로 인해 파멸의 나락으로 떨어지기도 하는 게 남자라는 어리석은 동물인 게야. 성인군자인들 다를 것 같으냐?"

'과연 그럴까?'

운도는 풍진걸개의 말을 마음속으로 온전히 받아들이고 인정할 수 없었다. 그건 여자를 핑계 대는 것일 뿐 실은 자신의 의지 문제라고 생각하는 것이다.

풍진걸개가 안타깝다는 얼굴로 탄식을 섞어서 말했다.

"그놈은 젊었을 적에 속된 말로 이루어질 수 없는 사랑을 한 게야. 그렇기에 더욱 기를 쓰고 매달렸지. 갖지 못할, 가져서는 안 되는 것에 대한 열망이 더 큰 게 바로 인간 아니더냐? 그 지독한 집착의 결과가 오늘날 그를 이렇게 만들었고 자칫 세상을 혼란하게 할지 모르니…… 그것을 깨닫지 못하고 저렇게 여전히 집착하는 그놈이 불쌍한 놈이지 뭐냐."

"노선배님을 이렇게 만든 그에 대하여 원망하지 않는다는 말씀입니까?"

"그놈을 원망한들 무슨 소용이 있겠느냐? 원망한다면 내가 죽지 않고 살아날 수 있다더냐? 다 소용없느니라. 허무하기만 할 뿐이지."

죽음의 음침한 그늘이 더욱 짙어진 얼굴을 숙이고 잠시 무엇을 생각하던 풍진걸개가 품 안에서 한 권의 얇은 책자를 꺼내 건넸다.

"받아라. 이 안에 나의 모든 것이 들어 있느니라."

낡고 닳은 그 책이 무엇을 의미하는 건지 안 운도가 손을 뒤로 감추고 머리를 설레설레 저었다.

"그럴 수 없습니다. 제가 개방의 방도도 아니고 노선배님의 제자도 아닌데 어찌 그것을 받을 수 있겠습니까?"

"이놈아, 인연이라는 건 언제 어디에서 누구에게 찾아올지 아무도 알 수 없는 게야. 네가 나와 상관없는 괘씸한 놈이라고 해도 이 순간 인연은 바로 너에게 닿아 있느니라. 여기 너 말고 누가 또 있느냐?"

"하지만……."

"나는 네가 심성이 강직하고 곧은 놈이라는 걸 누구보다 잘 안다. 내 절기를 악용하여 세상을 어지럽게 하고 스스로를 파멸시킬 어리석은 놈이 아니니 그거면 충분하다. 어서 받아."

그래도 운도는 선뜻 손을 내밀어 그 책자를 받을 수가 없었다. 풍진걸개가 탄식했다.

"이 녀석. 여기서 내가 죽으면 아무도 알지 못할 텐데 그러면 이 절기들은 모두 사라지고 말지 않겠느냐? 얼마나 아까워? 그러느니 네가 물려받아 좋은 일에 잘 써주는 게 훨씬 가치있는 일 아니겠느냐?"

옳은 말이다. 여기서 모든 게 단절된다면 풍진걸개 본인에게는 물론 무림에도 큰 손해이고 애석한 일이 아닐 수 없다.

운도가 비로소 손을 내밀어 책자를 받아 들고 고개를 숙였다.

"명심하겠습니다. 노선배님의 명예와 명성에 누를 끼치는 일은 결코 하지 않겠습니다."

"흘흘, 되었다. 이제는 다 이루었어. 내가 죽거든 여기 이대

로 둬라. 이곳이 나의 마지막 안식처인 게야. 그러니 아무에게
도 알릴 필요 없다.”

말을 마친 풍진걸개가 히죽 웃었다. 그리고 두 눈에서 급속
히 생기가 사라져 갔다.

“노선배님! 노선배님!”

운도가 놀라서 어깨를 흔들었다. 그러나 풍진걸개는 졸린
듯 눈을 감기만 했다. 그리고 기어이 고개를 가슴 앞으로 푹
숙이고 움직이지 않았다.

운도가 탄식하고 물러앉았다. 공간이 비좁아 절을 드릴 수
없기에 두 손을 모으고 고개를 숙여 애도하는 걸도 대신했다.

세상을 구름처럼 자유롭게 떠돌며 온갖 기행을 일삼았던 노
기인 한 사람이 이렇게 이승을 떠나고 말았다는 게 실감나지
않았다.

허무하기만 하다.

죽음이라는 게 이처럼 덧없이 찾아오는 것이라면, 그래서
그동안의 삶 모두를, 희로애락과 그 시간과 인연과 존재 전체
를 한순간에 무(無)로 되돌려 버리는 것이라면 대체 산다는 게
무슨 의미가 있을까? 하는 허망한 생각이 들어 허탈해지기만
했다.

부귀영화를 누린 자나 그렇지 못한 자나 그 끝은 이처럼 덧
없고 허망한 것이라는 생각이 들었다.

대체 무엇을 얻자고 사람들은 그렇게 아귀같이 싸워대며 살
아가는 것인지. 대체 어떤 의미가 있기에 목숨에 그토록 집착

해서 남을 해치는 일마저 서슴지 않는 것인지.

풍진걸개의 쓸쓸한 죽음을 마주보며 앉아 있는 운도의 가슴은 허무와 고독감으로 어둡게 가라앉아만 갔다.

그러는 동안 어느덧 날이 밝아 환한 빛이 갈라진 바위틈으로 파고들어 죽어 있는 풍진걸개의 초라한 모습을 비추어주었다.

커다란 돌을 굴려 바위틈 입구를 봉쇄한 운도가 풀 죽은 모습으로 해남검파의 제 숙소에 돌아온 건 그날 오후 무렵이었다.

풍진걸개는 기다리고 있으면 이릉운이 찾아올 것이라고 했다. 하지만 운도는 과연 그를 만나볼 필요가 있는지 망설였다.

이미 사부 등 선생의 정체를 알았으니 다시 그를 만나고 싶지 않다는 마음과 그래도 한 번은 만나서 사정 이야기를 묻고 들어봐야 하지 않을 것인가, 하는 생각 사이에서 망설이는데 소정이 찾아왔다.

"나는 오빠가 멀리 떠나 버린 줄만 알았어. 말도 없이 말이야."

슬픈 얼굴로 그렇게 말하는 소정이마저 이제는 다른 사람처럼 느껴졌다.

세상의 모든 게 낯설었고, 특히 해남검파에 대한 일말의 존경심마저 사라져 어색하고 불편하기만 했다.

해남검파가 이릉운과 관계있다는 것 때문이다.

“사부님은?”

소정이의 눈길을 외면한 채 무심하게 묻자 그녀가 서운하다는 듯 말했다.

“응풍각에서 기다리고 계셔.”

“그 말을 전하려고 온 거로구나? 알았다. 곧 가지.”

무언가 더 말을 하려던 소정이는 운도의 싸늘한 응대에 위축되어 고개를 숙이고 떠나갔다. 어깨가 가늘게 떨리고 있었지만 운도는 애써 외면한 채 제 짐을 꾸리기만 했다.

마주앉은 두 사람 사이에 아무 말도 오가지 않았다.

냉랭하기까지 한 기류가 응풍각 안에 점점 널리 퍼져 나간다.

운도는 눈앞의 이릉운을 바라보고 있기만 할 뿐이었다.

그와 칠 년 만에 재회하는 것이건만 사부라고 부르지 않았다. 평안하셨느냐는 인사마저 생략한 채 남을 대하듯 앉아 있을 뿐이었던 것이다.

등 선생.

무량자 이릉운.

그는 운도가 익히 알고 있던 모습 그대로였다.

근엄하고 차갑다.

운도를 바라보는 그의 시선에 몇 가지 감정이 떠오르기 시작했다.

괘씸하게 여기는 서운한 감정이었고, 의아해하는 감정이었으며, 측은하고 안타까워하는 연민의 감정이었다.

"하—"

길게 탄식한 그가 먼저 입을 열었다.

"네가 과연 내가 알고 있는 그 단운도가 맞는 것이냐?"

운도가 말없이 품에서 낡고 때묻은 종이 한 장을 꺼냈다.

소중한 보물처럼 늘 품에 지니고 다니던 것이다.

몇 번이나 접어서 넣고 다녔던지, 손바닥만 하게 접힌 그것의 귀퉁이가 너덜거렸다.

그것을 천천히 펼치는 운도를 말없이 바라보는 이릉운의 눈가가 파르르 떨렸다.

완전히 펼쳐져 앞에 놓인 그것에는 〈무정무한(無情無限)〉 네 글자가 적혀 있었다.

운도를 풍사곡으로 떠나보내기 며칠 전 적어주면서 절대로 잊지 말라고 했던 글이다.

운도가 그것을 이릉운 앞으로 밀었다.

"이것을 이제는 돌려 드립니다. 마지막 가르침은 이미 제 마음속에 깊이 박혔고, 다시는 잊을 일도 없을 테니까요."

"나를 찾아온 게 이것을 돌려주기 위해서였더냐?"

그 말에 운도가 적의 가득한 눈으로 노려보며 불쑥 말했다.

"저는 누구입니까?"

"……"

"등 선생은 누구이고 이릉운은 또 누구입니까?"

"이놈!"

운도의 무례함에 화가 난 듯, 냉엄하기만 하던 이릉운의 얼굴에 노여움이 떠올랐다.

그러나 운도는 당당했다. 조금도 두려워하지 않는다.

어렸을 때의 그는 사부의 안색이 조금만 달라져도 두려워서 고개를 들지 못했는데 지금은 그렇지 않았다. 전혀 다른 사람이 된 것 같았다.

"어째서 제가 젖먹이일 때부터 당신의 손에 의해 키워졌는지 이제는 말해주실 때가 되지 않았습니까? 제 부모는 누구이고 그들은 어떻게 되었습니까? 죽었다면 누구에 의해서 죽었고, 살아 있다면 어디에 있습니까?"

운도의 말속에는 제 부모가 해를 입었을 것이라는 확고한 생각이 깃들어 있었다.

운도를 바라보는 이릉운의 가슴속에 수많은 갈등이 오가는 듯했다. 수시로 안색이 변한다.

"나도 모른다."

한참 만에야 그가 건조한 음성으로 그렇게 말했다.

운도가 그를 무섭게 노려보았다.

"좋습니다. 그렇다면 어째서 저를 속이셨는지는 말해줄 수 있겠지요?"

"그 안에는 말하기 힘든 사정이 있느니라. 언젠가는 너도 모두 알게 될 테지만 지금은 아니다."

운도를 달래려는 듯 부드럽게 말하지만 그 몇 마디로 운도의 굳어진 마음을 풀어지게 할 수는 없었다.

"결국 제가 당신을 찾아온 건 쓸데없는 짓이었군요. 괜히 시간만 낭비했습니다."

운도가 벌떡 일어섰다.

"이렇게 가려는 것이냐?"

"급히 가야 할 일이 있어서 더 지체할 수가 없습니다."

"나도 너에게 궁금한 게 한두 가지가 아니다. 하지만 아직 한마디도 물어보지 못했다."

"무엇이 궁금하신지 모르나 제가 알고 있는 게 어디 무량자 이룡운, 이 천주님만 하겠습니까? 때가 되면 모든 게 저절로 밝혀지겠지요."

차마 당신도 그때가 오기를 기다려 보라는 말은 하지 못했다.

"어디로 가려는 것이냐?"

"위서향이 위험해지기 전에 찾아가 도와주려고 합니다."

"왜 그 아이가 위험해질 것이라고 생각하지?"

"쾌도왕 전풍의 뇌전도에 대해서 알고 있기 때문이지요."

"무엇이?"

운도가 내던지듯 한 말에 이룡운이 깜짝 놀랐다. 사뭇 충격을 받은 것처럼 멍하니 운도를 바라본다.

"그럼 보중하십시오."

무정무한.

그 말을 실천으로 보여주기라도 하듯이 운도가 작별의 인사도 생략한 채 돌아섰다. 끝까지 사부라는 말은 입에 올리지도 않았다.

"거기 서라!"

이릉운이 냉엄하게 소리치지만 듣지 못한 듯 뚜벅뚜벅 걸어 웅풍각을 벗어난다.

"이놈!"

이릉운이 크게 화를 내며 한 손을 번쩍 들어 올렸다.

그러나 그는 차마 장력을 쳐내지 못했다. 허공에 멈춘 손이 부르르 떨렸다.

"이것이었군."

운도의 모습이 사라지고 나자 이릉운이 허탈하게 중얼거렸다.

"그가 나에게 올가미를 씌우겠다더니, 바로 이것을 두고 한 말이었을 줄이야."

풍진걸개의 말을 떠올리는 그의 얼굴이 말할 수 없는 노여움과 절망으로 일그러졌다. 그리고 서서히 냉정을 회복하여 본래의 안색을 되찾는 데 한참이 걸렸다.

"언젠가는 이런 날이 올 줄을 예상하고 있지 않았던가. 하지만 아직 기회가 모두 사라진 건 아니지. 이제부터 시작되는 것이라고 해도 될 터. 누가 나의 앞을 가로막을 수 있을 것인가."

중얼거리는 동안 이릉운의 얼굴은 더욱 차가워져서 한 겹 서리를 두른 것처럼 되었다.

*　　　*　　　*

노려보는 눈길엔 아무런 감정도 담겨 있지 않았다.

바위처럼, 차갑게 얼어버린 강물처럼 무정하고 단단한 눈빛.

그러나 그 앞에 서 있는 이귀율은 개의치 않았다.

웃음마저 띠고 한때는 제 사부였으며, 지금은 저에 의해 사육되고 있는 한 마리의 쓸모없는 짐승에 지나지 않는 그를 바라본다.

"사부."

그래도 사부라고 불러주는 게 커다란 은총을 내리는 거라는 듯 거만하게 바라보는 자 앞에서 검진삼협 위진평, 아니, 사로잡힌 야생의 짐승은 여전히 말이 없었다. 조금의 감정도 드러내지 않는다.

어쩌면 그는 지난 칠 년여의 세월 동안 이러한 삶에 익숙해져 버린 것인지도 몰랐다. 아니면 길들여져 얌전해진 것일까?

"소생이 드디어 십천지주로 인정을 받았습니다. 선출된 지육 년 만에 뜻을 이루었으니 대단하지 않습니까?"

무심한 눈이 그를 힐끔 바라보고 이내 외면한다.

"백도십천의 무공 중 일곱 가지를 육 년 만에 익혔으니 이만하면 천하제일의 기재라는 소리를 들을 자격이 있지 않겠습니까?"

"……"

"만족하지 못하시는 모양이군요."

이귀율의 안색이 음침해졌다.

"사부님은 제가 아직도 단운도라는 놈보다 못하다고 여기시는 겁니까? 그놈의 자질이 아직도 저보다 뛰어나다고 생각하십니까?"

위진평은 여전히 말하지 않았다. 이귀율을 바라보지도 않는다. 어찌 보면 겁을 먹고 있는 것도 같았고, 또 어찌 보면 철저하게 무시하고 있는 것도 같았다.

그런 위진평을 노려보는 이귀율의 눈 깊은 곳에서 살기가 이글거렸다.

"흐흐흐, 그렇다면 소생이 좀 더 분발해야겠군요. 천하를 얻어서 사부님의 발아래 놓아드리겠습니다. 그때는 사부님이 소생을 인정해 주겠지요."

이글거리는 눈으로 무섭게 위진평을 노려보던 이귀율이 코웃음을 치고 나갔다.

그제야 위진평이 고개를 들었다.

봉두난발한 머리카락이 배까지 늘어져 내려와 있어서 귀신의 형상이 따로 없을 지경이었다.

그동안 위진평은 아무도 알지 못하는 지하 뇌옥 안에서 정말 귀신이 되어버린 건지도 몰랐다.

"불쌍한 놈."

그가 중얼거렸다.

"나의 말 한마디가 그렇게 못이 되어 가슴에 박혔더란 말이냐? 불쌍한 놈."

　위진평은 이귀율이 저렇게 비뚤어진 게 질투와 욕심 때문이라는 걸 알고 있었다.

　그는 운도와 위서향과의 관계를 질투했고, 십천지주의 후보가 되지 못한 걸 분하게 여겼다.

　위진평은 그런 이귀율이 안타까웠다. 그래서 그를 심하게 꾸짖은 적이 있었다.

　평소의 위진평은 근엄하고 오만한 사람이었다. 제자뿐 아니라 다른 사람을 꾸짖을 때에도 날카로운 말로 서슴없이 꾸짖었다. 듣는 사람에게는 상처가 되기 일쑤였지만 위진평의 오만함은 그런 걸 상관하지 않았다.

　그래서 그때도 위진평은 이귀율에게 너의 그릇과 자질은 운도만 못하다. 그러니 쓸데없는 욕심을 버리고 더욱 분발하라며 꾸짖었고, 이귀율은 그 말을 내내 가슴속에 깊이 담아두고 있었던 것이다.

　그것이 그를 집요하고 사악한 자로 변화시켰으니 오늘날 이런 처지가 되어 갇혀 있는 건 어쩌면 위진평 자신이 자초한 불행인지도 모른다.

　이귀율은 사부에게 인정받고 싶다는 마음이 컸다.

　그것이 지나쳐서 오기가 되더니 기어이 비뚤어져 돌이킬 수 없게 된 것이다. 그리고 이제는 그런 마음이 치명적인 독이 되어 가슴에 쌓였다.

　집착이 커지면 자신은 물론 주위의 사람들을 모두 괴롭게 하는 악이 되지 않던가.

그건 어쩌면 어떻게 해도 사부를 만족시킬 수 없다는 절망감에서 벗어나기 위한 몸부림일 수도 있었다.

위진평은 이귀율의 그런 마음을 이해할 수 있었다.

그러나 자신의 몸에 행한 그의 소행은 결코 용서할 수 없었다. 단지 패륜과 패악에 대한 분노만이 아니었다.

그건 자신의 일생을 망쳐 버린 자에 대한 지울 수 없는 증오였다. 그리고 그 증오 속에서 위진평은 하나의 새로운 무공을 창조해 내고 있는 중이었다. 그것이 완성 단계에 접어들었다.

그는 더 이상 자신의 단전에 박혀 있는 비수를 의식하지 않았다. 그것이 가져다주는 고통마저 즐길 수 있을 만큼 지독해진 것이다.

이귀율뿐만 아니라 그동안 위진평도 심성이 지극히 악독하고 편협하게 바뀌었는데, 육 년 동안이나 폐인이 되어 갇혀 있다 보면 누구라도 그렇게 되지 않을 수 없을 것이다.

하지만 저를 이렇게 만든 이귀율에 대한 연민의 마음 한 조각을 가지고 있었으니 그건 그의 순수한 이성이 아직 남아 있다는 증거였다. 그래서 그는 괴물이되 아직 완전한 괴물은 아니었다.

그러나 점점 증오가 쌓여가고 있었으므로 그는 언제 지독하고 무시무시한 괴물로 완전히 변해 버릴지 모르는 위험천만한 존재였다.

아무도 그런 사실을 모르고 있다는 게 더욱 위험하다.

후웅—

위진평이 크게 숨을 들이마시자 뇌옥 안에 은은한 진동이 찾아왔다. 그의 폐부로 빠르고 맹렬하게 빨려들어 가는 공기가 순간적으로 석실 안을 진공 상태로 만든 것이다.

후욱—

그것을 내뱉자 다시 웅웅거리는 웅장한 소리와 함께 석실이 진동했다.

단전이 파괴된 그로서는 내력을 운기할 수 없었다. 그래서 그는 자신의 모든 신공절학과 무공에 대한 깊은 이해를 바탕으로 하여 지난 육 년 동안 전혀 새로운 하나의 신공을 만들어 냈다.

아니, 그건 지독한 마기와 사악한 증오의 기운으로 뭉쳐진 것이었으므로 마공이라고 해야 할 것이다.

위진평은 그것을 지옥마정기(地獄魔精氣)라고 이름 붙였다.

지옥이나 다름없는 이 음침한 뇌옥 안에서 귀신처럼 비참한 몰골을 하고 죽지 못해 살아가는 처지에서 만들어낸 신공이기에 그렇다.

그것은 내공 대신 천지자연에 가득한 기운을 빨아들여 발출하는 운기의 비법이었다. 그 기운들 중에서도 대정(大正)한 광명의 기운이 아니라 음침하고 사악한 어둠의 기운이었다.

햇빛 한줄기 비쳐들지 않는 뇌옥 안에서 기운을 빨아들여 만들어낸 신공이니 그럴 수밖에 없는 일이기도 했다.

위진평이 지하 뇌옥 안에서 신공을 창안하기 위해 영혼을

악마에게 바치며 몰입해 있는 동안 이귀율은 십천의 무공을 섭렵하고 드디어 십천지주로서 인정을 받았다. 무림에 전무후무한 초강자가 탄생한 것이다.

십천의 무공 하나하나가 개세적인 것이지 않던가. 십천의 천주들은 모두 초인이라 불리기에 손색이 없는 사람들이다.

그들 중 일곱 천주의 무공 정수를 한 몸에 물려받는다는 건 불가능해 보였다. 하지만 이귀율은 그 일을 고작 육 년 만에 해냈다.

백도의 무림인들은 십천지주의 탄생에 모두 환호했다. 드디어 백도의 수호자가 탄생했다며 열광한 것이다. 다시는 마교의 위협에 시달리지 않을 것이고, 강호가 영원토록 백도천하게 될 것이라는 기대에 부풀었다.

십천지주로서의 첫 행보.

강호의 신적인 존재로 재탄생한 이귀율이 제일 먼저 찾아온 곳은 풍사곡이었다.

그것을 두고 사람들은 그가 역시 근본을 잊지 않는 사람이며, 사라진 사부에 대한 애틋한 마음이 변치 않는 믿음직한 사람이라며 더욱 그에 대한 신뢰와 기대를 다졌다.

그의 곁에는 일곱 명의 수신호위가 그림자처럼 따라다녔다.

모두 백도십천의 후예들로서 한때 십천지주라는 지극한 영광의 자리를 두고 선의의 경쟁을 하던 자들이었다.

백도십천의 전인이라는 것만으로도 세상을 숨죽이게 할 만한 자들인데, 각기 다섯 천주들의 무공을 물려받아 대성했으

므로 이제는 그들 또한 초인 중의 초인으로 불리기에 손색이
없는 자들이 되어 있었다.
　백도십천의 천주들 개개인보다 높은 무공을 지닌 젊은 청년
초인들이 대거 강호에 쏟아져 나온 것이다.

第十一章
귀환(歸還)

마룡의
후예

이 노여움의 불길을 어떻게 다스려야 할지 알 수 없다.

이 증오의 뿌리를 어떻게 뽑아버려야 하는 건지, 이 억울하고 원통한 마음을 어떻게 달래야 하는 건지도 알 수가 없다.

파도가 흉흉하고, 잔뜩 검게 가라앉은 하늘이 사나운 바람을 쏟아놓으며, 우박 같은 빗줄기가 온몸을 때리지만 운도는 꼼짝하지 않고 서 있었다.

광분한 듯 날뛰는 하늘과 바다를 상대하여 싸우려는 사람 같았다.

그것들의 분노 앞에 저를 고스란히 드러내 놓고 노려본다.

배가 해남도를 떠난 지 하루 만에 일기가 급변했다.

갑작스런 광풍이 그 넓은 바다를 휩쓸어왔고, 먹장구름이 머리 위로 낮게 가라앉아 빠르게 흘러갔다. 그러더니 기어이 요란한 천둥번개와 함께 주먹만 한 빗방울을 쏟아내기 시작했다.

선객들이 모두 아우성을 치며 선실 밑바닥에 납작 엎드려 천지신명을 찾고 부처님을 찾을 때 운도는 갑판으로 나와 중앙의 돛대 아래 홀로 우뚝 서 있었다.

요동치는 배를 저의 두 발로 꾹 누르고 있는 것도 같았고, 떨어지는 낙뢰를 붙잡으려는 것 같기도 했다.

우르릉, 쿠앙!

머리 위에서 천지가 뒤집히는 것 같은 굉음이 터졌다.

낙뢰 한줄기가 기어이 돛대를 친 것이다.

뿌드득!

그것이 요란한 소리를 내며 꺾여 떨어졌다. 운도의 머리 위다.

낙뢰의 충격이 운도의 몸에까지 전해져 불처럼 뜨거운 고통과 함께 그를 떠밀었지만 운도는 결코 쓰러지지 않았다.

"빌어먹을 운명이라는 놈!"

그가 이를 악물었다.

산발한 머리카락이 뜯겨져 나갈 듯 바람에 흩어지고, 얼굴을 아프게 때리는 굵은 빗방울들이 살 속으로 파고들 것 같았으나 운도는 그것들을 조금도 두려워하지 않았다.

쾅!

그가 불쑥 주먹을 뻗어 머리 위에 떨어지는 부러진 돛대를 후려쳤다.

낙뢰보다 더 요란한 소리를 내며 돛대가 수십 토막으로 박살 나 허공에 흩어진다.

"와라!"

운도가 움켜쥔 두 주먹을 번쩍 들고 소리쳤다.

저 성난 바다와 미친 파도와 바람과 그리고 무섭게 으르렁대는 하늘을 향해 맞서 싸우려는 자의 기백이고 독기였다.

"네가 무엇이든, 어떤 악독하고 야비한 짓을 꾸미든 상관하지 않겠다! 나를 기만하고, 나를 괴롭게 한 대가를 반드시 치르게 해주고 말 테다!"

운도의 성난 외침이 우우, 소리치며 달려드는 파도를 누르고 쏟아지는 폭우를 주춤거리게 했다.

그것은 사부 등 선생, 아니, 무량자 이릉운에 대한 분노의 외침이었다.

또한 이 바다와 바람과 하늘에 대한 노여움의 표출이기도 하다.

아니, 저를 이렇게 떠밀어온 운명이라는 거대한 괴물에 대한 명백한 도전이었다.

불타는 전의의 방출인 것이다.

우르릉, 쿠앙!

그런 운도의 도전을 기뻐하듯이 하늘이 괴성을 터뜨렸다.

번쩍이는 낙뢰가 사방에 떨어지고, 가라앉았던 파도가 거인처럼 일어섰다.

짜자작! 쿠앙!

기어이 범선이 두 토막이 났다.

그 요란한 소리에 귀가 먹먹해졌다. 온몸이 찢겨져 나가는 것 같은 충격.

우르르르—

거인이 되어 일어선 파도가 범선을 뒤덮고 쏟아졌다. 짓눌러 바다 밑바닥까지 가라앉히려는 것 같다.

거대한 힘으로 가슴을 때리는 파도와 뿌지직거리는 비명을 터뜨리며 산산이 부서져 흩어지는 범선의 잔해들.

운도가 버티고 서 있던 갑판 역시 몇 조각으로 쪼개져 날뛰는 바다 위에 던져졌는데, 눈 깜짝할 순간이었다.

우르르르—

또다시 거대한 파도가 덮쳐 조각난 범선을 완전히 삼켜 버렸다.

*   *   *

며칠이 지났는지 모른다.

망망대해에 떠도는 갑판 조각 위에 운도는 깎아놓은 불상인 것처럼 앉아 있었다.

바다는 잔잔했고 바람도 그쳤다. 쏟아져 내리는 햇볕이 몸을 익힐 것처럼 뜨거워졌다.

그건 또 다른 괴로움이었다. 몸의 수분이 말라가고 참을 수

없는 갈증이 밀려들 때마다 운도는 물고기를 잡아 그 수액을
빨아먹는 걸로 견뎠다.

　이제는 그것조차 지독한 고통이었다. 물고기의 몸통에 이빨
을 박을 때마다 맡아지는 그 지독한 비린내에 구역질이 난다.

　다시는 먹고 싶지 않았다. 하지만 갈증을 이기려면 어쩔 수
없다.

　푸덕.

　십여 장 떨어진 곳에서 파도를 차고 뛰어오르는 은빛 비늘
의 커다란 물고기 하나.

　운도가 그것을 향해 손을 뻗었다.

　피잉―

　한 가닥 실낱같은 지력이 쭉, 뻗어나가고 그것이 막 입수하
려는 물고기의 몸통을 관통했다. 작살을 쏘아낸 것 같은 광경
이었다.

　흰 배를 드러내고 떠오른 물고기를 향해 운도가 다시 손을
뻗었다. 그러자 강한 흡인력이 일어 그것을 빨아들였다.

　큰 놈이었다. 두 손으로 받쳐 들고 바라보던 운도가 눈살을
찌푸렸다. 비린내가 정말 지긋지긋했던 것이다. 그러나 타 죽
는 것보다는 낫다.

　운도가 질끈 눈을 감고 덥석 물고기를 깨물었다. 그것의 차
가운 몸뚱이에 이빨을 박고 체액을 빨아댄다.

　비릿한 냄새가 입 안 가득 고였다.

　억지로 참고 피와 체액을 꿀꺽꿀꺽 마셔대던 운도가 기어이

그것을 팽개쳤다. 허리를 굽히고 무섭게 토악질을 한다.

"하아, 대체 하늘은 언제까지 나에게 이런 시련을 주려는 것일까."

판자 위에 벌렁 누워버린 운도가 건조하게 중얼거렸다.

이 파도와 바람이 저를 어디로 떠밀고 가는지 알 수가 없었다.

이런 것이 인생이라고 생각한다.

벌써 열 번의 해가 뜨고 졌다.

그동안 운도는 망망대해 위에 홀로 살아 있는 생명체였다.

이 우주 전체에 오직 저 혼자 우뚝 서 있는 것 같은 막막함 때문에 괴로웠지만 이제는 그것마저 잊어버렸다.

운도는 그동안 풍진걸개에게서 받은 낡은 책을 외우는 데 집중함으로써 무료함을 이겨냈다.

그 안에는 몇 가지의 장법과 신법, 그리고 풍진걸개를 십천의 천주 자리에 올려놓았던 그의 독특한 봉법 절기가 수록되어 있었다.

난해한 구절 아래에는 노걸개가 직접 달아놓은 것이 분명한 주해가 깨알 같은 글자로 빼곡하게 적혀 있어서 그것을 이해하는 데에 커다란 도움이 되었다.

더러는 그림으로 초식을 보여주기도 했고, 어지럽게 얽힌 직선과 곡선으로 움직임을 나타내기도 했다.

처음에는 그것들의 난해함에 어리둥절했지만 열흘이 지나

는 동안 운도는 그것에 익숙해질 대로 익숙해져서 이제는 모든 게 머릿속에 환하게 그려졌다.

풍진걸개의 신공 구결도 실려 있었는데, 자신에게는 이미 구룡신공이 있으므로 따로 수련하지는 않고 구결만 기억해 두었다.

시간이 지날수록 비급의 종이는 바닷물에 젖고 마르기를 계속한 탓에 엉망이 되어갔다. 이제는 그 안의 글자들마저 희미해져 알아보기가 힘들다.

다시 한 번 비급의 구결과 자신의 기억을 대조해 본 운도가 그것을 아낌없이 바닷물 위에 던져 버렸다.

둥실거리며 파도에 실려 멀어져 가는 그것 위에 풍진걸개의 얼굴이 실린 것 같았다.

물끄러미 그것이 파도에 실려 사라질 때까지 바라보던 운도가 몸을 일으켰다.

판자 위에 우뚝 서자 어지럽도록 출렁거리며 흔들린다. 중심을 잡고 서 있기 힘들 정도였다.

그 위에서 운도는 춤을 추었다.

손짓이 허공을 가리키고 찌르고 베어갈 때마다 옷자락 파라락거리는 소리와 함께 한줄기 맹렬하고 사나운 경력이 뻗어나와 휘파람 소리를 냈다.

개산초부(開山樵夫)라는 풍진걸개만의 고절한 장법 절기를 익히고 있는 것이다.

출렁거리고 어지럽게 흔들리는 판자 위에서의 수련은 열 배나 힘들었다. 그러나 운도는 점차 신형을 안정시켜 가고 있었다.

그렇게 하루가 지났을 때는 평지에 서서 움직이는 것처럼 자유로워졌다.

어떤 경우에도 중심을 잃지 않게 된 것이다.

풍진걸개의 절기를 통해 지력과 장력, 권각법의 새로운 경지에 눈을 뜨게 된 운도는 이제 더 이상 지루해하지 않았다.

이 넓은 바다 위에 외로운 표류자가 되어 떠도는 것이 오히려 저를 위한 하늘의 배려라고 생각하자 원망은 사라지고 감사하는 마음마저 들었다.

그 어떤 것의 방해도 받지 않고 오직 몰두하여 무공 수련에 정신할 수 있는 이러한 기회가 언제 또 올 것이며, 이와 같이 완벽한 환경을 어디에서 또 찾을 수 있을 것인가.

보름이 지났을 때 운도는 풍진걸개의 장법과 봉법, 그리고 개방의 신법 절기들의 정수라고 할 수 있는 취몽산보(醉夢散步)를 모두 익혔다.

십천의 절기 중 한 개를 지닐 수 있게 된 것이다.

운도는 풍진걸개가 저에게 베풀어준 은혜가 이 바다처럼 크고 넓다는 걸 생각했다.

임독양맥을 타통시켜 주었을 뿐 아니라 비급을 남겨 자신의 절기를 잇게 했으니 그렇다.

그렇다면 풍진걸개의 원수를 갚아주는 걸로 보답해야 할 것이다.

비록 걸개가 그런 유언을 남기진 않았지만 당연히 그렇게 해주어야 한다고 생각했다.

그러는 동안 다시 하루가 지났고, 근 이십여 일 만에 운도는 멀리에서 저를 발견하고 다가오는 배 한 척을 만날 수 있었다.

*　　　*　　　*

저절로 거지가 되었다.

굳이 개방의 문도가 될 필요도 없이 운도는 거지 중의 상거지가 된 것이다.

바다가 그렇게 만들어주었고, 하늘이 그렇게 만들어주었으니 불평하지 않는다.

복건성(福建省) 하문(厦門)이라는 곳이었다.

금문도(金門島)로 향하던 배를 만났고, 그곳에서 배를 얻어 타고 하문에서 내린 게 어제저녁이었다.

하문은 복건성에서도 커다란 항구인지라 부두마다 크고 작은 배들이 빼곡히 정박해 있고, 오가는 사람들로 거리는 밤낮 없이 북적였다.

그곳이 복건성이라는 걸 안 운도는 다시 한 번 하늘에 감사했다.

무이산맥을 넘어 강서 땅을 지나면 바로 풍사곡이 있는 호남이기 때문이다.

해남도에서 배를 타고 뭍으로 나와 육로를 택해 걷는 것보다 훨씬 가깝다. 적어도 보름은 단축할 수 있는 것이다.

운도는 거지 행세를 하며 복건성 남쪽을 가로질러 천천히 나아갔다.

그의 행색을 불쌍히 여긴 사람이 몇 푼의 돈을 적선하면 밥을 사 먹었고, 그렇지 않은 날은 굶었지만 마음은 그 어느 때보다 편했고, 몸은 자유로웠다.

지저분하게 자란 머리카락과 수염, 그리고 넝마처럼 되어버린 꼬질꼬질한 옷차림은 그를 완벽하게 가려주었다.

불쑥 위서향과 마주치게 된다고 해도 그녀는 운도를 알아보지 못할 것이다.

무이산을 넘는 일은 표국의 짐꾼 노릇을 하며 그들과 함께 했다.

먹고 자는 걸 걱정하지 않을 수 있었을뿐더러 무이산을 넘었을 때는 몇 푼의 은자마저 받을 수 있게 되었으니 만족했다.

"젊은 사람이 일을 해야지. 원한다면 우리 표국의 쟁자수로 계속 있어도 좋아."

운송을 책임진 장 표두가 그렇게 말한 건 그동안 운도가 보여준 성실함이 마음에 들어서였다.

그는 묵묵히 제 할 일을 했고, 조금도 불평하지 않았다. 누구보다 부지런했으며 일을 시켜보니 힘 또한 좋아서 대만족이었던 것이다.

그가 내미는 다섯 냥의 은자를 받아 소중히 품에 간직한 운도가 빙긋 웃었다.

"역마살을 타고난 놈이라 어디 한 곳 진득하게 붙어 있을 팔자가 못 된다오. 장 표두의 호의는 감사하나 나는 이대로 사는 게 좋소."

손을 흔들고 허청허청 떠나는 운도의 모습을 바라보던 장 표두가 혀를 찼다.

"저렇게 허우대 멀쩡한 놈이 할 게 없어서 비렁뱅이 짓을 한단 말인가. 쯧쯧, 아깝군, 아까워. 말투를 보니 배운 것도 제법 있는 놈 같은데 말이야."

하지만 정승도 저 싫으면 그만 아닌가.

싫다는 놈을 억지로 붙들어놓을 수 없으니 쓴 입맛만 다실 뿐이다.

"출발!"

호북으로 향한다는 표국의 행렬이 느릿느릿 나아가기 시작했다.

언덕 위 소나무 그늘 아래에 서서 그것을 바라보는 운도는 만나고 헤어진다는 게 이처럼 무상하다는 걸 생각했다.

험한 무이산을 넘을 때는 한마음이 되어서 힘을 모았고, 이곳까지 오는 동안 제법 수작을 주고받으며 정이 들기도 했다.

하지만 각자의 길이 다르니 결국에는 헤어질 수밖에 없는 것이다.

그게 사람 사는 모습이고 인연이라는 것이라고 생각하자 또 다른 허무한 감정이 찾아들었다.

　　　　　*　　　　　*　　　　　*

　호북성 균현의 무당산에는 이른 아침부터 도관을 찾는 사람들로 장사진을 이루었다.

　무당산은 높고 넓으며 웅장한 산세를 자랑하는 천하의 명산이다.

　그곳의 골짜기마다, 산 능선, 봉우리마다 크고 작은 도관이 보석처럼 박혀 있었는데, 그 수가 일천여 개나 된다고 하지만 아무도 정확히 아는 사람은 없었다.

　산세의 품격도 품격이려니와 무당산은 그곳에 무당파라는 강호의 무맥이 자리하고 있기에 더욱 유명했다.

　무당산에 있는 일천여 개의 도관이 모두 무당파의 영향력에서 벗어나지 못했는데, 그중에는 은거 고인이 기거하는 곳도 많았다.

　하지만 무당파라는 위대한 이름 아래 모두 고개를 숙였으므로 세간에서는 무당파의 무공이 운해처럼 깊고 그윽하여 천하를 뒤덮었다고 말했다.

　소림사와 함께 천하의 이대무맥으로 인정받는 그 무당파에서 오늘 성대한 행사가 벌어질 예정이었다.

　바로 십천지주로 인정받은 이귀율이 십천의 후예들과 함께 무림의 맹주로 추대받아 등극하게 되는 날인 것이다.

　십천의 천주들이 모두 모이는 건 물론, 각지에 흩어져 있는 대소문파의 사절들이 속속 답지했고, 그것을 구경하기 위해서 강호의 무인들과 무당산 부근의 일반 백성들까지 모여들었으므로 그 큰 무당산이 사람들로 뒤덮일 지경이었다.

무당파는 맹주 추대식의 준비로 석 달 전부터 눈코 뜰 새 없이 바빴다.

귀빈들이 묵을 숙소를 마련하기 위해 다섯 개의 도관을 비웠으며, 참관인들을 재우고 먹일 용도로 이백 개의 천막과 삼백 수레의 식재료를 준비했다.

추대식이 이루어질 곳은 자소궁 앞의 넓은 광장이었다.

청석이 깔린 그곳에 이 장 높이의 웅장한 대가 가설되었는데, 초대받은 귀빈 일백 명이 앉을 자리가 그 대 위에 설치되었으니 규모를 짐작할 만하다.

대 주위에는 오색의 깃발이 빼곡하게 꽂혔고, 씩씩한 기상을 자랑하는 무림맹의 고수들 일백 명이 호법을 섰다.

내방객들을 인도하고 질서를 유지하기 위해 동원된 무당파의 도사들이 모두 삼백 명이요, 주식과 부식을 준비할 식당에서 일하는 사람이 모두 삼백 명이었다.

바깥의 사정이 정신없이 바쁘게 돌아가지만 일반인의 출입이 제한된 자소궁 왼쪽 정원 깊숙한 곳의 도행관은 여전히 깊은 산중의 적막을 지키고 있었다.

그곳은 원래 무당파의 장로들이 기거하던 곳이었는데 십천의 천주들이 무당산에 온 뒤로 그들이 묵을 거처가 되었다.

드디어 맹주 추대식이 열리는 날은 새벽부터 짙은 운무가 무당산을 감쌌다.

십여 장 앞의 사물이 보이지 않을 정도로 짙은 안개가 커다란 강처럼 느릿느릿 흘렀다.

무당산에는 본래 안개가 자주 끼지만 이와 같은 농무(濃霧)는 십여 년래 처음이었다.

"나는 과연 우리의 결정이 옳은 것이었는지 모르겠소. 한 가닥 불안한 마음이 드는구려."

내내 어두운 얼굴을 하고 있던 진양자(進陽子) 담옥천(潭玉泉)의 말에 다른 사람들이 흠칫하여 그를 돌아보았다.

진양자 담옥천은 오늘의 행사를 주관하는 무당파의 검선이면서 십천의 천주 중 한 명이기도 하다.

그런 그가 의외의 말을 했으므로 동석해 있던 다른 천주들이 의아해하고 놀라는 건 당연했다.

호남의 을목장주(乙木莊主) 관패호(關覇虎)가 걸걸한 음성으로 말했다.

"담 형은 그게 무슨 말씀이오? 언제 우리의 결정이 틀려본 적이 있소? 더구나 오늘 행사의 주관자인 무당파의 담 형이 그런 말을 하다니 믿을 수 없구려."

다른 사람들도 그렇다는 듯 고개를 끄덕이며 담옥천을 바라보았으나 오직 한 사람, 아미의 적운 사태(積雲師太)만은 수심 깃든 얼굴로 고요히 앉아 있을 뿐이었다.

십천의 좌장 격인 소림의 탕마무불(蕩魔武佛) 각원 선사(覺

元禪師)가 아미타불을 외고 나서 장엄한 신색으로 천천히 말했
다.

"담 형제의 마음을 이해하지 못하는 바가 아닐세. 하지만 십
천의 힘을 집약하기로 중론을 모은 건 우리들 개개인의 영화
를 버리고 무림의 영원한 평화를 위하는 대발심이었으니 그게
곧 부처님의 무량자비지심이 아니겠는가? 나는 이귀율 그 아
이가 우리의 뜻을 잘 받들 것이라고 믿네."

신중한 사람으로 인정받는 산동의 하가신창(河家神槍) 하운
봉(河雲峰)이 고개를 끄덕여 각원 선사의 말에 동의했다.

"우리들 열 사람이 힘을 합치지 못하는 한 절대천마를 꺾을
수 없다는 걸 이미 절실히 느끼지 않았소? 그러나 열 개의 힘
을 하나로 합친다면 절대천마가 재림한다고 해도 두렵지 않을
것이오."

사람들이 말이 없자 헛기침을 해서 목청을 가다듬은 하운봉
이 더욱 열기를 담아 근엄하게 말했다.

"비록 그 열에서 넷이 빠져 여섯이 되었지만 그것만으로도
세상에서 사마의 뿌리를 뽑아버리고 광명지기가 영원히 지속
되게 하기에는 충분할 것이외다. 담 형은 쓸데없는 걱정을 하
지 마시오."

"대체 화산의 무량자 이릉운은 어디에 있는 것이람. 오늘 같
은 날에도 모습을 보이지 않으니 나는 그가 죽은 게 아닌가, 하
는 의심을 하게 되는구려."

성질 급하고 날카롭기로 이름난 점창의 낙일검객(落日劍客)

이풍룡(李風龍)이 짜증기 섞인 음성으로 그렇게 말하자 다들 눈살을 찌푸렸다.

그의 엉뚱한 말에 모두의 마음속에 불쑥 어둠이 깃들었던 것이다.

흑풍객이 죽었고 개방의 풍진걸개는 행방이 묘연해졌으며 풍사곡주 위진평마저 죽었는지 살았는지 모르게 된 게 오래전이다.

처음 십천의 힘을 하나로 모으자는 발의를 한 게 바로 그 위진평 아니었던가.

그런 그가 계획을 실행에 옮기기 시작하고 얼마 지나지 않아 사라졌다는 건 지금까지도 알 수 없는 일이며, 못마땅한 일이었다. 그런데 무량자 이릉운마저 소식이 없으니 일말의 불안감을 떨쳐 버릴 수 없었던 것이다.

여섯 명의 천주들 사이에 무거운 침묵이 깃들었다.

"아미타불."

잠시의 침묵이 흐른 뒤에 아미의 적운 사태가 불호를 외고 나서 말했다.

"마지막 순간에 망설이는 건 대장부다운 일이 못 되오. 우리는 각자 자신의 결정에 대해서 책임을 져야 하고 그런 만큼 굳게 믿고 의심하지 말아야 할 것이오. 향후 십천지주가 행할 모든 일의 뒤에는 우리가 있고, 따라서 그 결과에 대한 책임 또한 우리 모두가 나누어 가져야 한다는 것만 잊지 않으면 되오."

그녀의 말은 모두에게 무서운 선언이나 마찬가지였다.

만에 하나 이 결정이 잘못된 것이었다면 그 책임을 이 자리에 있는 여섯 명이 모두 져야 한다는 것이니 그렇다.

"절대로 우리의 생각이 잘못되었을 리가 없고 틀렸을 리가 없소. 다 쓸데없는 근심들이오. 자, 더 늦기 전에 나가봅시다."

점창의 낙일검객 이풍룡이 신경질적으로 말하고 벌떡 일어섰다.

십천지주의 선포와 맹주 추대식이 열리는 정오 무렵에는 짙은 운무가 기어이 비가 되어 쏟아지기 시작했다.

하늘은 낮게 가라앉아 어두웠고, 바람마저 숨죽인 고요 속에 빗줄기는 점차 굵어져 갔다.

그러나 대 아래와 그 주위를 둘러싸고 운집해 있는 수많은 사람들은 누구도 동요하지 않았다.

긴장과 흥분과 설렘으로 무림사에 길이 남을 일을 지켜보기 위해 숨을 죽이고 있을 뿐이다.

드디어 십천의 천주들이 당당하고 의연한 모습으로 등장했을 때 군중들의 환호가 터져 나왔다.

그들 여섯 명의 천주를 옹위하듯 구대문파의 장문인들과 장로들, 강호의 내로라하는 명숙들이 줄줄이 뒤따라 대 위에 올랐다.

하나같이 현 무림맹의 원로들이면서 존경받아 마땅할 강호의 노기인들이었다.

현임 맹주인 철수신노(鐵手神老) 엄군명(嚴軍明)이 마지막으로 올라와 이미 좌정하고 있던 여섯 천주에게 포권지례를 올리고 아무 말 없이 정중앙에 마련된 자신의 자리에 앉았다.

실질적으로 오늘의 주관자는 여섯 천주였지만 형식상 무림맹이 주최하는 자리이고, 맹주의 취임식이었던 만큼 현임 맹주가 주빈의 예우를 받게 된 것이다.

둥둥둥둥—

거대한 철고(鐵鼓) 소리가 사람들의 가슴을 울렁거리게 하며 무당산에 울려 퍼지기 시작했다. 식의 개막을 알리는 북소리였다.

운집해 있는 사람들이 모두 잔뜩 긴장하여 대를 바라보았다.

이제 곧 십천지주로 선출된 오늘의 주인공이 등장할 것이다.

"와아—"

갑자기 군중 속에서 함성이 터져 나왔다.

그것은 곧 천지에 진동하는 거대한 환호의 물결이 되어 무당산을 뒤흔들었다.

서쪽, 드디어 오늘의 주인공이 나타난 것이다.

허공중이었다.

그를 보좌한다는 십천의 후예 다섯 명과 함께 그는 허공중에 떠 있었다.

좌우에 두 명씩의 기상이 출중한 청년들을 거느렸고, 유일한 여자인 아미파의 비구니 청향(淸香)의 손을 잡은 채 평지를 걷듯이 한 걸음씩 허공을 딛고 다가왔다.

그들 여섯 명의 새롭게 탄생한 초인들이 하나같이 소림사의 절세 경공신법인 등평도수(登萍渡水)와 제운종(梯雲從)의 절기에 능통했다는 걸 본 사람들이 더욱 열광했다.

소림사 내에서도 저와 같이 절정의 경공신법을 구사할 수 있는 사람이 없을 것이라는 생각에 더욱 그렇다.

사람들은 유유히 허공을 딛고 다가오는 그들 여섯 명의 신초인들을 보고 그들이 과연 십천의 무공에 능통했다는 걸 확인할 수 있었다.

저들이 있는 한 이제는 마교의 위협으로부터 영원히 벗어날 수 있다는 감격에 눈물을 흘리는 자들도 있었다.

마치 하늘에서 내려오는 천신들인 것처럼 늠름하고 신태 비범한 그들의 강림에 놀란 듯 그토록 쏟아지던 빗줄기마저 가늘어지더니 짙은 운무와 함께 서서히 물러가고 있었다.

                    *   *   *

무당산에서 극적이고 장엄하며 열광의 도가니 속에서 그처럼 무림맹주 추대식이 이루어지고 있을 때 위진평은 음습한 석실 안에서 이를 갈고 있었다.

쩔그렁.

그가 움직일 때마다 비파골을 꿰뚫고 벽에 박혀 있는 쇠사슬이 흔들리며 음산한 쇳소리를 냈다.

그것을 끊어버리려는 듯 힘을 쓰던 위진평이 고통의 신음을 흘리고 축, 늘어졌다.

방법이 없었다.

아무리 지옥마정기를 대성했어도 어깨의 뼈와 뼈 사이를 뚫고 박혀 있는 이 쇠사슬에서 스스로 풀려날 수는 없었다.

자신의 두 어깨를 뭉텅 잘라 버리거나, 누군가 신검보도를 휘둘러 사슬을 단번에 끊어주기 전에는 대라신선이라고 해도 어쩔 수가 없는 것이다.

"으음—"

위진평이 억눌린 신음을 흘렸다. 고통보다도 가슴속에 다시 솟구쳐 오르는 분노를 견디기 힘들었다.

이런 꼴로는 신공이 아니라 그보다 더한 것을 연성했다고 하더라도 아무 소용이 없다는 절망감에 사로잡혀 좌절한다.

이런 몸으로 어떻게 복수를 할 수 있을 것인가, 하는 생각이 그를 짓눌렀다.

위진평이 지그시 혀를 깨물었다. 지금이라도 죽어버리는 게 낫겠다는 충동을 참을 수 없었던 것이다.

죽으면 모든 걸 다 잊고 편안해질 수 있을 것이다.

아니, 원귀가 되어 비로소 자유롭게 허공을 떠돌아다닐 수 있을 것이다.

그러면 밤마다 그놈의 꿈속에 나타나 목을 졸라대고 물어뜯을 수 있을 것 아닌가.

그렇게 되는 것이 이제는 유일하게 남은 희망이기도 했다.

그래서 자결하기 위해 혀를 깨물어보았던 적이 한두 번이
아니었다.

하지만 매번 위진평은 그렇게 하지 못했다.

이빨이 혓바닥에 파고드는 고통에 언제나 그의 정신이 화들
짝 놀라 몽롱한 절망에서 깨어났기 때문이다.

지금도 그랬다.

위진평은 피가 나도록 깨물었던 혓바닥의 고통에 정신을 차
렸다.

그동안 참고 견뎌왔던 세월이 아까웠고, 이렇게 죽기에는
자신의 한이 너무 크고 깊다는 걸 새롭게 느낀다.

그래서 죽지 못할 때마다 그는 뜨거운 눈물을 흘렸다.

소리없이 흐느껴 울었다.

천하를 오시하던 십천의 천주 중 한 명이었던 절세적인 초
인.

위진평의 굵은 눈물이 그의 발아래 고여 있는 시커먼 오수
위에 떨어져 작은 파문을 일으켰다.

*　　　*　　　*

그 무렵 운도는 풍사곡 입구 숙현에 와 있었다.

사나운 물골을 한 채 거리를 천천히 거슬러 올라가는 그를
보고 지나치는 사람들이 모두 눈살을 찌푸렸다. 혀를 차는 사
람도 있다.

젊은 놈이 뭐 해 처먹을 게 없어서 비렁뱅이가 되었단 말인
가, 하고 비난하는 눈길로 흘겨보는 자들도 많았다.

하지만 운도는 개의치 않았다.

기억 속에 여전히 낯익은 그 거리를 천천히 걸으면서 지난
과거 속의 저를 떠올려보는 데에 정신이 온통 팔려 있었던 것
이다.

그 기억 속에는 반드시 한 사람이 함께 있었다.

쾌도왕 갈포참.

그에 대한 그리움이 새삼 그의 걸음을 재촉했다.

그 푸줏간은 이제 없었다.

형형색색의 옷감을 파는 포목점으로 새롭게 단장된 그 가게
앞에 우두커니 서서 운도는 세월의 무상함을 크게 느껴야 했
다.

그곳에서 콧노래를 흥얼거리며 고기를 썰고 뼈를 발라내던
쾌도왕의 날렵한 칼을 보기라도 하는 것처럼 멍하니 서 있는
운도에게 가게의 종업원이 달려왔다.

"저리 꺼져! 누구 장사 못하게 방해하려고 작정한 거냐? 재
수없다!"

몇 푼의 동전을 발아래 내던지고 눈을 부라린다.

그를 물끄러미 바라보던 운도가 피식 웃었다.

"웃어? 이 자식이 뒈지려고 작정했나? 오냐, 내가 오늘 네놈
을 패 죽이고 개값을 물어주마."

종업원이 옷소매를 둥둥 걷어붙이고 나섰다.

"그럴 필요 없소. 힘을 아끼시구려."

다시 히죽 웃어준 운도가 미련없이 돌아섰다.

쓸쓸하고 남루한 뒷모습을 보이며 느릿느릿 멀어져 간다.

"별 거지새끼가 어르신을 귀찮게 하고 지랄이야."

종업원이 제 위풍이 어떠냐는 듯 으스댔다.

천천히 숙현을 벗어난 운도는 풍사곡으로 향하는 인적없는 숲길을 걸었다.

아직 위서향은 도착하지 않았을 것이다.

적당한 곳에서 그녀를 기다릴 작정으로 운도가 향하고 있는 곳은 풍사곡과 숙현 사이에 버려져 있는 폐허의 마을이었다.

풍사곡이 두 번째로 봉문한 이후 그곳은 더욱 황량하고 을씨년스러운 폐허로 변해 있었다.

차마가 다니던 길에는 잡초가 무성하게 자라 있어서 어느 게 길이고 고랑인지 알아볼 수조차 없을 지경이었다.

이귀율과 싸우던 그 광장도 마찬가지였다. 잡초들이 온통 점령하고 있을 뿐, 사람이 지나다닌 흔적조차 없었다.

잠시 이리저리 풀을 헤치며 살펴보던 운도가 "아, 있다!" 하고 탄성을 터뜨렸다.

거기 이귀율이 발끝으로 파놓았던 원의 흔적이 여전히 남아 있었던 것이다.

그 안에 있는 이귀율을 밀쳐 내기 위해 얼마나 얻어 터졌던가.

아무리 기를 쓰고 달려들어도 그의 한 주먹을 감당하지 못
하고 내팽개쳐지기만 했었다.

피투성이가 된 얼굴로 노려보며 이를 박박 갈아대던 소년.

오기와 독기로 똘똘 뭉친 그 악착같은 얼굴이 거기 살아나
고 있었다.

쓸쓸한 미소를 지으며 그것을 멍하니 바라보던 운도가 천천
히 고개를 돌렸다.

맞은편의 삼 층 누각도 여전히 그곳에 있었다.

장왕 진사곤이 숨어서 구경하던 그 창문 또한 부서진 채 여
전히 거기 있다.

운도는 그 안에 아직 장왕 진사곤이 살아 있는 것처럼 느껴
졌다. 그가 내다보며 이리 와보라고 손짓하는 것만 같았다.

"그에게 많은 신세를 졌지. 고맙다는 말조차 제대로 하지 못
한 채 떠나야 했다."

그때의 일이 작은 한이 되어 가슴 아프게 찾아왔다.

운도가 장왕의 손짓에 따르기라도 하듯이 천천히 돌아서서
삼 층의 누각을 향해 걸어갔다.

무릎에 감기고 쓸리는 잡초들이 와사삭거리는 소리를 냈다.

낯설고 생소한 그 소리가 먼 꿈속의 소리인 것처럼 들리기
만 한다.

第十二章
위진평을 만나다

마룡의
후예

“아!”

운도가 놀람의 외침을 터뜨리고 우뚝 섰다.

벽에 기대앉은 모습 그대로 하얀 백골이 되어 있는 주검을 보았기 때문이다.

삭아서 부석거리는 낡은 옷이 그것을 겨우 가리고 있을 뿐이었다.

장왕 진사곤의 유골이 분명했다.

그 오랜 세월 동안 아무도 이곳을 찾아오지 않았다는 게 신기하게 여겨졌다.

털썩.

운도가 장왕의 유골 앞에 무너지듯 무릎을 꿇었다.

아무런 말도 할 수가 없다.

그저 멍하니 백골이 된 주검을 바라보고 있는 동안 두 눈 가득 뜨거운 눈물이 차올랐다.

주르르 볼을 타고 흘러내려 무릎 위에 꽉 움켜쥐고 있는 손등에 뚝뚝 떨어진다.

운도는 그가 위진평으로부터 자신을 지켜주기 위해 목숨을 던졌다는 걸 잘 알고 있었다.

그가 왜 그랬는지는 지금도 이해할 수 없다.

그러나 상왕 황준보는 말했다, 쾌도왕과 자신도 장왕이 그런 것처럼 너를 위해 모든 걸 희생할 수 있다고.

운도는 그걸 이해할 수 없었다.

자신과 아무 상관도 없는 그들이 왜 목숨까지 버려가면서 저를 지켜주려고 했던 건지 풀 수 없는 의문이다.

어쨌든 다시 찾아왔으니 장왕의 주검을 이대로 방치할 수는 없었다.

운도가 그의 유골을 수습할 요량으로 손을 대자 삭은 옷이 찢어지며 겨우 형체를 유지하고 있던 유골마저 우수수 떨어졌다.

겉으로는 괜찮아 보였지만 그 뼛속 깊이까지 삭아 있었던 것이다.

운도는 그것이 위진평의 장력에 의한 영향이라는 걸 짐작했다. 새삼 그에 대한 미움이 솟구친다.

딸그랑.

옷이 찢어지면서 작은 옥령(玉鈴) 하나가 떨어졌다. 영롱한 소리를 내며 굴러간다.

얼른 그것을 집어든 운도가 "아!" 하고 탄성을 터뜨렸다.

정교하게 만든 호두알만 한 크기의 옥령이었는데, 〈위진평 지령(魏鎭平之鈴)〉이라는 다섯 글자가 선명하게 새겨져 있었던 것이다.

그것은 위진평이 그토록 되찾기 원했던 그의 신물이었다.

운도는 비로소 장왕 진사곤이 왜 풍사곡 주변에 은신해 있었던 건지 이해할 수 있었다.

그는 기회를 보아서 위진평에게 신물을 돌려주는 대가로 한 가지 요구를 하려던 게 틀림없었다. 그게 무엇인지 궁금하지만 이제는 영영 알 수 없게 되었다.

"이것도 장왕이 죽으면서까지 나를 위해 배려해 준 안배인지도 모르지."

운도가 그렇게 중얼거리고 옥령을 품속 깊이 감추었다.

언젠가는 위진평을 찾게 될 텐데 그러면 장왕을 대신하여 이것을 유용하게 쓸 수 있을 것이라고 생각한다.

자신의 겉옷을 벗어 유골을 모두 수습한 운도가 아무 미련 없이 그곳을 떠났다.

양지바른 곳에 작고 보잘것없는 무덤 하나가 만들어졌다.

한때 천하를 위협했던 절대적인 존재.

마교로 불린 홍안적성의 십대천마 중 한 명이면서 장법에 관한 한 천하제일을 다툴 만하다고 인정받았던 인물.

그 장왕 진사곤의 무덤치고는 너무 초라했다.

그러나 운도에게는 세상의 그 어떤 화려한 무덤보다 이 작고 볼품없는 무덤이 더 의미가 있었다.

팔뚝 굵기의 나뭇가지 하나를 꺾어 든 운도가 손바닥으로 쭉, 훑었다.

그러자 마치 대패로 밀어내는 것처럼 거죽과 결이 벗겨지고 깎이더니 거울처럼 매끄럽게 변했다.

장왕 진사곤지묘(掌王 陳史坤之墓).

운도가 손가락으로 묘비명을 새겨 넣는데 단단한 나무 속으로 한 치나 깊이 파고들어 새겨지는 것이 진흙 위에 쓰는 것처럼 손쉬워 보였다.

푹!

비석 대신 그것을 무덤 앞에 꽂아놓은 운도가 다시 절을 올리고 비로소 돌아섰다.

*　　　*　　　*

숲에 몸을 감추고 기다렸던 운도는 밤이 깊어지고 나서야 이슬을 털고 일어났다.

숲을 가로질러 바람처럼 미끄러져 나아가는 그를 누가 보았다면 유령이 나타났다고 소란을 떨어댔을 것이다.

높은 풍사곡의 담을 훌쩍 뛰어넘은 운도가 소리도 없이 내려선 곳은 곡주 위진평의 거처인 풍정향거(楓情鄕居)에서 가까운 곳이었다.

북쪽 외곽의 담이었으니 세 개의 담만 더 넘고 그만큼의 뜰을 가로질러 가면 평소 위진평이 칩거하고 있었던 후원에 이르게 된다.

잠시 기척을 살피던 운도가 몸을 솟구쳤다. 한 덩이의 검은 구름이 빠르게 떠오르는 것처럼 아무 소리도 없이 허공을 접어 고루(鼓樓)의 용마루 위에 우뚝 내려선다.

운도는 극히 조심하고 있었다.

풍사곡이 봉문하고 문도들을 모두 내보냈을망정 곡을 지킬 고수들은 남아 있을 것이기 때문이다.

그들 중 누구에게 들키기라도 하면 제가 마음먹고 있는 일이 모두 틀어지게 된다.

그러나 다시 한줄기의 바람이 되어 검은 허공을 접고 날아가는 운도의 기척을 알아채는 자는 아무도 없었다.

녹아들듯이 어둠과 하나가 되어 질주한 운도가 풍정향거의 추녀 아래 도착한 것은 불과 서너 번 숨을 쉬었을 만한 시간이 흘러간 뒤였다.

다시 한 번 세심하게 주위의 기척을 살핀 그가 재빨리 창문을 열고 그 안으로 스며들어 갔다.

흐릿한 별빛에 의지하여 사방을 살펴보는 눈이 야조(夜鳥)의 그것처럼 빛난다.

모든 것이 제가 기억하고 있는 모습 그대로였다.

위진평이 저 앞의 서탁에 앉아 있기만 하다면 칠 년 전의 세월로 돌아온 것 같은 착각을 일으켰을 것이다.

운도는 발소리를 죽여가며 이 잡듯이 풍정향거 구석구석을 뒤졌다. 그러나 아무런 흔적도 발견할 수 없었다.

너무 오랜 세월이 지나서 그런 건지도 모르고, 누군가가 일찌감치 손을 써서 그런 건지도 모른다. 아니면 위진평이 제 발로 이곳을 걸어나갔기 때문이리라.

그러나 운도는 그럴 리가 없다고 확신하고 있었다.

위진평이 모든 일을 팽개치고 훌쩍 떠나 버렸을 리가 없는 것이다. 누군가에게 음해를 당한 게 틀림없다.

운도는 그게 누구의 짓인지 밝혀내는 일이 쉽지 않으리라는 걸 느꼈다. 하지만 무슨 수를 쓰더라도 반드시 밝혀내고 싶었다. 위서향을 위해서 제가 해줄 수 있는 일이 그것밖에 없지 않은가.

세 번이나 풍정향거를 샅샅이 훑어보았지만 조그만 단서도 발견하지 못한 운도는 아쉬움을 뒤로하고 그곳을 떠날 수밖에 없었다.

어느새 새벽이 밝아오고 있었기 때문이다.

아직 곳곳에 남아 있는 어둠을 타고 재빨리 움직인 운도가 다음으로 도착한 곳은 자신이 한때 거처했던 화평전(和平殿)이었다.

그것은 이층의 독립된 전각으로서 일곱 개의 방과 넓은 정청, 회랑을 가지고 있었다.

그 화평전은 예전과 같지 않았다.

집기들이 모두 자리를 옮겼거나 새로워져 있었고, 많은 사람이 기거했던 흔적이 곳곳에 남아 있었다.

그동안 이곳에 적어도 이십여 명의 사람이 머물렀던 것 같았다.

마음이 조급해졌다. 혹시 자기가 묵었던 방에 이상이 있을까 봐 그렇다.

재빨리 대청 구석의 작은 방으로 뛰어든 운도는 역시 그곳 또한 많이 바뀌어져 있다는 걸 알고 놀랐다.

침상이 있던 자리에 다탁이 놓여 있었는데, 마룻장은 그대로였다.

뜯어낸 흔적이 있는지 살펴본 운도가 조심스럽게 그것을 들추었다.

그리고 어둠 속으로 손을 넣어 더듬거리자 무엇인가 손가락에 닿았다.

"있다!"

운도는 기쁨으로 저도 모르게 소리를 지를 뻔했다.

얼른 제 입을 틀어막았지만 긴장으로 몸이 굳었다.

잠시 그대로 있던 그가 재빨리 꺼낸 것은 헝겊으로 말아놓은 작은 상자였다.

급히 풀자 그 안에서 칠 년 전 황준보가 전별금이라며 건네주었던 은자와 염 부인에게서 받았던 바로 그 옥패가 나왔다. 그대로 있었던 것이다.

황룡옥패.

귀찮은 유품이기만 해서 이처럼 마룻장 밑에 처박아두고 까맣게 잊고 지내지 않았던가.

하지만 그것이 마교삼보 중 하나인 걸 알았으니 이제 운도에게는 세상의 그 어떤 것보다 중요한 물건이었다.

헝겊을 찢어 옥패와 은자를 따로따로 싸서 품에 잘 간직한 운도가 빈 나무 상자를 다시 밀어 넣고 뜯어냈던 마룻장을 닫았다.

아무런 흔적이 남지 않도록 세심하게 손을 본 다음에야 슬그머니 일어나 이층으로 올라갔다.

지붕 아래의 다락방을 임시 거처로 삼고 숨어 있으면서 위진평의 실종에 대한 단서를 찾아보는 한편, 위서향이 돌아오기를 기다리려는 것이다.

닷새 동안 운도는 매일 밤 아무도 모르게 풍사곡 전체를 샅샅이 뒤지고 다녔다.

그러는 동안 곡 안에 있는 자들이 모두 오십여 명이고, 그들 모두가 절정고수라고 할 수 있는 자들임을 알았다. 그러니 풍사곡의 정예 중 일부가 이곳에 고스란히 남아 있는 셈이었다.

그들을 이끌고 있는 건 위진평의 둘째 제자인 양문창과 셋째 제자인 곽서언이었다.

운도는 은밀히 그들 두 사람을 관찰한 결과 그들의 무공이

제가 있던 때와는 비교할 수 없이 높아졌다는 걸 알 수 있었다.

과연 십천의 제자들다웠던 것이다.

하지만 그들이 아무리 뛰어난 고수라고 해도 은밀히 움직이는 운도를 발견할 수는 없었다. 그가 장왕 진사곤에게서 배운 무형신법과 풍진결개의 절정보법이면서 경공신법인 취몽산보를 따라올 자가 없었던 것이다.

또한 그동안에도 운도의 내력이 장맛비에 개울물 불어나듯이 쑥쑥 불어나 있었으니 더욱 그렇다.

소림사의 대환단을 복용하고 임독양맥을 타통한 뒤부터는 구룡신공을 운기할 때마다 내력이 맹렬하게 준동해서 감당하기 벅찰 정도였다.

지난 닷새 동안 박쥐처럼 어둠을 틈타 잠행한 결과 얻어낸 건 그게 다였다. 어디에서도 위진평의 실종에 대한 단서는 찾을 수가 없었다.

다음날 운도는 새벽같이 풍사곡을 나왔다. 그곳에 더 있을 필요가 없거니와, 언제 발각될지 몰라 조마조마한 날들을 보내기도 지겨워졌던 것이다.

그래서 그가 찾아간 곳은 장왕 진사곤이 숨어 살았던 그 삼층의 누각이었다.

그곳에서 장왕을 추억하며 종일 무공을 연마하거나 황룡옥패의 비밀을 풀기 위해 끙끙거렸다. 그러나 아무리 들여다보아도 낯선 글자들의 의미를 파악할 수가 없었다. 그건 처음 보는 글자였던 것이다.

지렁이가 기어가는 것 같기도 했고, 함부로 낙서를 해놓은 것 같기도 했는데, 어떻게 보면 글자가 아니라 복잡한 도형인 것도 같았다.

들여다보고 있으면 골이 지끈거린다.

"삼보가 다 모여야 천마비동을 열 수 있다고 했으니 그것들이 모일 때까지 기다려야 할까 보다."

중얼거린 운도가 포기하고 황룡옥패를 다시 갈무리했다.

마교삼보 중 두 개를 알았으니 나머지 한 개도 곧 알게 될 것이라고 마음 편하게 생각하기로 한 것이다.

다음날은 폭우가 쏟아졌다. 운도는 지금쯤 위서향이 도착할 무렵이 되었다고 생각했다.

그녀가 해남도를 떠난 지 한 달하고도 열흘 가까이 지났으니 순조롭게 길을 왔다면 도착할 때가 된 것이다.

천하가 좀 넓고 길은 좀 많은가. 그녀가 어느 길로 어떻게 올지는 아무도 알 수 없는 일이다. 그러므로 무량자 이릉운이 그녀를 찾아내 해쳤을 거라고는 생각하지 않았다.

개방 정도 되는 방대한 조직력을 가지고 있으면 모를까, 지금은 그 혼자서 움직이고 있으니 이 넓은 천하에서 위서향을 뒤쫓아 잡는다는 건 불가능한 일인 것이다.

게다가 그는 자신을 드러내지 않기 위해 은밀히 움직여야 하니 더욱 그렇다.

"만약 그가 반드시 위서향을 해치려고 마음먹었다면 그 또

한 이곳으로 찾아올 것이다. 어쩌면 지금쯤 이미 도착해서 나처럼 어느 곳에서인가 숨어 기다리고 있을지도 모르지."

그렇게 중얼거리고 나자 제가 이러고 있을 때가 아니라는 생각이 번쩍 들었다.

숙현은 사람들이 많은 곳이니 누구를 해치거나 할 곳이 못 된다. 풍사곡 또한 그렇다. 그렇다면 역시 인적없는 이 폐촌이거나, 풍사곡으로 오르는 외진 숲길일 것이다.

그렇게 생각한 운도가 낡은 도롱이를 어깨에 걸치고 귀 떨어진 죽립을 찾아 눌러쓴 다음 장왕이 약초를 담아 가지고 다니던 큼직한 가죽부대까지 둘러메고 폭우 속으로 나섰다.

잘 마른 참나무 지팡이까지 짚었으니 누가 본다면 영락없이 촌 노인으로 알 것이었다.

약초를 채집하러 돌아다니다가 산중에서 비를 만나 방향을 잃고 헤매는 형상이다.

허리마저 구부정하게 굽히고 느릿느릿 빗속을 헤쳐나가던 운도가 우뚝 멈추어 섰다.

모습은 비록 남루하고 초라한 노인의 행색이었지만 그는 온 정신을 집중해서 주변의 기척을 살피고 있었던 것이다.

천이통이 부럽지 않은 감각은 숲에 쏟아지는 요란한 빗소리 속에서도 새 둥지에서 작은 새가 뒤척이는 소리와 사각거리며 나무껍질 속으로 파고드는 벌레들의 작은 소리까지도 놓치지 않았다.

운도가 멈추어 선 건 그 빗속에서 수상한 기척을 들었기 때문이다.

오십여 장 밖에서 누군가 달려가고 있는 미세한 기척이었다.

'고수다!'

귀를 기울이던 운도는 그자의 발걸음이 극히 가볍고 날렵하다는 걸 알았다. 빗물 튕기는 소리마저 나지 않는 것이었다.

운도가 주위를 두리번거려 아무도 없다는 걸 다시 확인하고 재빨리 몸을 날렸다.

여태까지의 구부정하던 노인의 모습은 간데없고, 먹이를 노리는 한 마리 표범처럼 날쌔고 은밀하게 폭우 속을 달려간다.

쾰쾰거리며 무섭게 흘러가는 개울가에 두 사람이 서 있었다.

갓이 넓은 철립을 썼고, 가죽 피풍을 둘러 비로부터 몸을 가리고 있기에 용모는 물론 몸매를 알아볼 수 없었다.

한 그루 커다란 참나무 뒤에 찰싹 붙어 서서 운도는 그들을 관찰하는 한편 최대한 청력을 높였다.

이처럼 폭우가 쏟아지는 날 무섭게 으르렁거리며 흘러가는 개울가에서 만난다는 건 일상적인 일이 아니었다.

사람들의 눈을 피하고 저희들의 말을 누가 엿듣는 걸 방지하려는 철저한 배려인 것이다.

과연 운도는 그들의 말을 제대로 들을 수가 없었다. 그들이 음성을 낮추어 속삭이듯 말하고 있기 때문이기도 하지만 요란한 개울물 소리 때문에 더욱 그랬다.

'수상한 자들이라고 단정 지었으니 반드시 밝혀내야 한다.'

그렇게 작정한 운도가 무형신법을 최대한 발휘했다.

참나무 둥치를 벗어나 십여 장 앞의 바위까지 미끄러져 가는 것이 마치 빗물에 가랑잎이 떠서 흘러가는 것처럼 가볍고 은밀했다.

젖은 바위 아래 납작 엎드린 운도는 거기까지가 한계라는 걸 알았다.

더 접근했다가는 자신의 기척 또한 저 두 사람에게 발각될 게 뻔했던 것이다. 조심해야 할 만큼 그들은 치밀하고 무공이 높은 자들이 틀림없었다.

다시 청력을 집중하자 이제는 그들이 속삭이는 말을 어느 정도 엿들을 수 있었다.

말과 함께 뒤섞이는 시끄러운 개울물 소리가 여전히 방해가 되지만 어쩔 수 없는 일이었다.

"나는…… 더 이상 견딜 수 없어…… 꼭 사부님의…… 대사형……."

"조금만 더 참아보자. 그러면…… 대사형은…… 사부님은 괜찮을……."

드문드문 잘리지만 한 사람이 불만을 가진 다른 한 사람을 설득하는 게 분명하다.

운도가 낯을 찌푸렸다.

그들이 나누는 대화보다 그들의 음성이 머릿속을 마구 찔러댔던 것이다.

‘이사형? 삼사형?

아무래도 귀에 익은 그들의 음성은 양문창과 곽서언의 것이 틀림없었다.

‘그들이 왜 이 빗속에 단둘이서?

의문을 떠올리자 머릿속에 번개처럼 박히는 단어 하나가 있었다.

그들의 말속에 간간이 섞여 들리던 ‘사부님’이라는 말이 그것이다.

과연 몸집이 퉁퉁한 사람은 풍사곡주 위진평의 셋째 제자인 곽서언이었다.

그가 신경질적으로 말했는데, 그래서 언성이 좀 높아졌으므로 운도는 똑똑히 들을 수 있었다.

“이사형! 사형은 우리가 대사형에게 속고 있다는 생각은 해본 적이 없소? 이러다가는 사부님에 대한 모든 죄가 고스란히 우리 몫으로 돌아오고 말 거요!”

“쉿, 목소리가 크다!”

양문창이 꾸짖고 재빨리 주위를 두리번거렸다.

바위틈에 몸을 최대한 밀어붙이고 숨을 멈춘 운도는 가슴이 터질 것 같았다.

‘위 곡주의 실종과 저들 두 사형제가 무슨 관계가 있단 말인가?

풍사곡에서 은밀히 그들을 엿보았을 때에는 아무런 수상한 점도 찾지 못했는데, 방금 곽서언이 한 말은 수상하기 짝이 없었다.

두 사람은 다시 몇 마디 말을 나누었는데 더욱 낮은 음성으로 속삭이고 있었으므로 하나도 알아들을 수 없었다.

양문창이 곽서언의 어깨를 두드려 준 걸 끝으로 두 사람이 흩어졌다.

양문창은 재빨리 움직여 개울을 뛰어 건너 숲 속으로 들어갔고, 곽서언은 놀란 토끼처럼 껑충 뛰더니 단번에 언덕 위로 올라섰다.

그는 풍사곡으로 가는 게 아니라 아래쪽으로 내려가고 있었는데, 조금 전의 긴장을 잊기라도 한 듯 산책이라도 나온 사람처럼 한가로워 보였다.

잠시 그들의 동정을 살펴보던 운도는 곽서언의 모습이 보이지 않자 슬며시 몸을 일으켰다. 힐끔, 개울 건너의 숲을 지나치는 눈길에 비웃음이 스쳐 갔다.

아무 일도 없었다는 것처럼 툭툭 몸을 턴 운도가 다시 구부정한 모습으로 지팡이에 의지하여 풍사곡 쪽을 향해 터벅터벅 걸어가기 시작했다.

길을 잃은 산골 노인의 모습으로 돌아온 것이다.

비는 조금씩 잦아지고 대신 어둠이 스멀스멀 밀려오고 있었다. 땅에서 피어난 안개가 점점 짙어진다.

휙, 하는 바람 소리와 함께 한 사람이 허공에서 뚝, 떨어져 운도의 앞을 가로막았다.

양문창이었다.

“어디로 가는 것이냐?”

그가 냉엄하게 물었다. 운도는 고개를 푹 숙이고 가만히 서 있을 뿐 대답하지 않았다.

“흥, 귀머거리를 가장하려는 건 아니겠지?”

“…….”

“조금 전 개울가에서 무엇을 보았지?”

“…….”

운도는 양문창이 개울을 건너뛰어 숲 속으로 들어갔을 때 이미 이렇게 될 것을 예상하고 있었다.

그는 곽서언이 떠난 뒤에 혹시라도 자신들을 엿보거나 미행하는 자가 있는지 감시했던 것이다.

그럴 리가 없겠지만, 혹시라도 엿보던 자가 있었다면 자신과 곽서언이 모두 떠났다고 여기고 안심할 것이다. 그러면 그 또한 떠나기 위해 모습을 드러낼 것 아닌가.

바로 그와 같은 자신의 예측이 적중한 데 대해 만족하는 듯 양문창이 음침하게 웃었다.

살기를 일으키며 노려보는 눈길이 스산하다.

운도가 잔뜩 겁을 먹은 것처럼 어눌하게 말했다.

“두 사람이 사부님 운운하는 걸 들었습지요.”

“흥, 그렇다면 너를 살려서 보낼 수 없구나. 나를 원망하지 말고 오늘 일진이 나빴다고 생각해라. 하필 그곳에서 비를 피하고 있었더란 말이냐?”

과연 양문창은 운도가 약초 캐러 다니는 촌 늙은이라고 믿고 있었다.

쏟아지는 비를 피하기 위해 바위틈에 쭈그리고 앉아 꼼짝하지 않고 있었을 것이다.

양문창은 그랬기에 저와 곽서언이 미리 와 있던 그의 존재를 발견하지 못했던 것이라고 생각했다.

그렇지 않다면 제아무리 고수라고 해도 자신들의 이목을 속이고 십여 장 밖의 그 바위틈까지 다가올 수 없을 것이니 더욱 그렇다.

아무리 불쌍한 늙은이일망정 이제는 죽여서 입을 막을 수밖에 없었다.

양문창이 독하게 마음을 먹고 손을 들어 올렸다.

"자비를 베풀어 고통없이 단번에 죽여줄 테니 고맙게 여겨라."

쉭!

말을 마치기 무섭게 내력을 실은 강맹한 일장을 뻗어냈다. 촌 늙은이라는 걸 감안해서 오성의 내력만 실은 일장이었지만 그 위력은 단번에 상대의 가슴을 함몰시키고 내부를 부수어놓을 만했다.

펑!

그의 일장이 운도의 가슴을 강타했다. 요란한 격타음과 함께 묵직한 충격이 손목에 전해진다.

눈앞의 노인이 어쩔 줄 모르는 듯 꼼짝도 하지 못하고 있으니 마음에 '내가 너무 심했나?' 하는 자책감도 잠깐 들었다.

하지만 그건 양문창만의 착각이었다. 운도는 이미 호신강기를 일으켜 가슴을 보호하고 있었던 것이다.

장력이 가슴에 닿은 즉시 탄(彈) 자의 비결로 되쏘아내니 그 반탄지력이 양문창의 손목과 어깨로 고스란히 전해졌다.

"억!"

비로소 무언가 잘못된 걸 느낀 양문창이 눈을 부릅떴다. 어느새 운도의 손이 그의 완맥을 꽉 움켜쥐고 있었던 것이다.

"이놈! 너는 누구냐!"

대경한 양문창이 버럭 소리치며 후수착암(後手鑿巖)의 수법으로 붙잡힌 손에 내력을 응집해 비틀며 곧장 밀어냈다.

보통 때라면 그 한 수로 상대는 손아귀가 찢어지고 오히려 가슴을 찔리고 말았을 것이다. 그러나 상황은 또 한 번 양문창의 뜻대로 전개되지 않았다.

"흥!"

냉랭한 코웃음이 이마를 때린 순간 양문창은 "으악!" 하고 비명을 터뜨리고 말았다.

운도의 손아귀에서 벗어나기는커녕 어깨가 탈골되고 말았던 것이다. 운도가 반보 비켜서며 손목을 낚아채듯 잡아당기고 튕겨낸 결과였다.

그것은 풍진걸개의 장법 중 신개탈구(神丐奪狗)라는 절묘한 금나수였다. 한 번 시험해 보았는데 양문창이 꼼짝 못하고 걸려들었다.

재빨리 양문창의 마혈을 찍어버린 운도가 주저앉는 그를 안아 들고 몸을 날렸다.

＊　　　＊　　　＊

"끄으으—"

억눌린 신음성이 음침한 동굴 벽을 할퀴며 낮게 깔린다.

사지가 뒤틀리고 온몸의 혈관이 터질 듯 부풀어 오르며 기혈이 난마처럼 얽히는 그 고통이 어떤 것인지 운도는 잘 알고 있었다.

풍진걸개에게 당했던 분근착골의 고통은 지옥이 차라리 편하게 여겨질 정도 아니었던가.

운도는 지금 그 고통 속에서 몸부림치는 자를 내려다보고 있었다. 말도 하지 못하고 차라리 죽여달라고 눈빛으로 애원하는 자를 대하고 있으면서도 돌처럼 차갑기만 했다.

감정이 없는 나무토막 같다.

그런 운도의 표정에 양문창은 더욱 절망했다. 어떻게 해도 이 고통에서 벗어날 수 없을 거라는 사실을 깨달았기 때문이다.

일다경쯤 그렇게 몸부림치도록 놔두었다가 혈도를 풀어주고, 숨을 몰아쉬며 안정을 찾아갈 때쯤 다시 혈도를 폐쇄해 분근착골의 고통을 맛보게 한다.

거듭되는 그 무자비한 일이 벌써 다섯 차례나 양문창을 괴롭혔다. 그러는 동안 반 시진 가까이 지났고, 양문창은 이제 넋이 나가 버리기 직전까지 왔다.

운도가 지력을 날려 그의 폐혈을 풀어주자 양문창이 쓰러져 누운 그 자리에 토악질을 해댔다. 그것 또한 벌써 다섯 번이나 되풀이되고 있는 과정이었다.

제가 쏟아낸 토사물 위에서 뒹구느라 양문창의 몰골은 목불인견(目不忍見)이라는 말 그대로였다.

꺽꺽거리며 쓴 물을 토해내는데 이제는 붉은 피까지 섞여 나왔다.

한동안 헐떡이던 양문창이 애원했다.

"제발, 나를 그냥 죽여줘. 그러면 저승에 가서도 너에게 진심으로 감사하겠다."

"흥."

"그래도 한때는 우리가 사형제로 호칭하며 지내지 않았더냐? 그 정을 생각해서라도 나를 이대로 죽여줘."

"흥!"

양문창이 필사적으로 애원하지만 운도의 코웃음은 더욱 냉랭해져 갈 뿐이었다.

"언제 네가 나를 사제로 대해준 적이 있었더냐?"

"그건 대사형이 그렇게 시켰기 때문이었어. 내 본심이 아니었다. 정말이다."

"흥!"

운도가 다시 혈도를 찌를 듯이 손을 들어 올렸다. 양문창이 사색이 되어 무릎을 꿇고 애원한다.

“다시 한 번 묻겠다. 개울가에서 곽서언과 나눈 말이 뭐였지?”

“그, 그건…….”

그가 머뭇거리는 순간 운도의 손가락이 가차없이 그의 혈을 찍었다.

“끄으악!”

그 즉시 양문창이 목청이 찢어져라 비명을 지르며 나뒹굴었다. 고통이 그 어느 때보다 크게 느껴지는 건 심신이 지칠 대로 지쳐 있었기 때문이다.

온몸의 혈관을 잡아 뽑고, 살을 찢으며 뼈를 갉아대는 것 같은 그 끔찍한 고통 속에서는 기절을 할 수도 없었다.

다시 일다경을 그렇게 고통 속에서 나뒹굴고 난 양문창은 모든 걸 포기하고 말았다.

운도는 풍진걸개의 손에서 그보다 더 지독한 고문을 당했어도 악착같이 버틴 반면 양문창은 그렇지 못했다.

분근착골의 수법으로 이미 만신창이가 되어버린 건 몸만이 아니라 그의 정신 또한 그랬던 것이다.

“모든 게 대사형이 시킨 일이었다. 우리는 죽지 않기 위해 따랐을 뿐이야. 사부님에 대한 죄책감을 내내 느끼고 있었다. 정말이다.”

양문창이 술술 그동안의 일들을 털어놓기 시작했다.

그의 말을 듣는 동안 운도의 얼굴이 무섭게 일그러져 갔다.

“감히 그런 짓을 했단 말이지?”

"어쩔 수 없었다. 말을 듣지 않으면 대사형이 우리를 죽였을 테니까."

"네 목숨의 값어치가 얼마나 된다고 생각하는 거냐?"

"그건……."

"흥, 그런 짓을 할 수 있는 자의 목숨이란 벌레보다 하찮은 것이다. 그 하찮은 목숨을 위해서 그런 짓을 했단 말이지?"

"제발…… 내가 아는 건 모두 말했다. 그러니 제발 이제는 고통없이 죽여줘."

양문창이 고개를 푹 숙였다.

운도가 냉엄하게 말했다.

"아니, 나는 너를 죽이지 않겠다. 너를 죽여야 할 사람은 따로 있군."

양문창의 마혈을 찍어 꼼짝하지 못하게 해놓은 운도가 바람처럼 동굴 밖으로 달려나갔다.

한 시진 가까이 지난 후 그가 다시 돌아왔는데, 핏물을 뚝뚝 떨어뜨리고 있는 곽서언을 옆구리에 끼고 있었다.

그를 양문창 곁에 내던진 운도가 살기가 이글거리는 눈으로 두 사람을 바라보았다.

곽서언은 얼마나 호되게 얻어 터졌는지 온몸이 너덜거리고 있었다. 사람처럼 보이지 않을 지경이었다.

그에게는 고문을 가할 필요가 없었으므로 붙잡자마자 악독하게 때리고 짓밟았던 것이다.

"앞장서라."

양문창의 마혈을 풀어준 운도가 두 사람을 재촉했다.

곽서언은 제 발로 걷지도 못했으므로 양문창이 부축하면서 겨우 걸어갔다.

제 한 몸 가누기도 힘든 처지에 곽서언마저 부축하고 있으니 죽을 맛이었지만 양문창은 감히 불평할 수가 없었다. 비틀거리면서 찾아가는 곳이 도살장이라는 걸 뻔히 알면서도 달아날 엄두조차 내지 못한다.

그들이 운도를 안내해 가고 있는 곳은 위진평을 가두어놓은 지하 뇌옥이었다.

그곳은 풍사곡 밖 연수대(聯水臺)라고 불리는 폭포 뒤에 있었다.

여섯 줄기의 폭포가 이십여 장 위에서 사시사철 쏟아져 내리는 곳이다.

그곳은 풍사곡이 자리 잡고 있는 광문산 깊은 곳에 감추어진 절경이었으면서 오래전부터 금지로 정해져 곡주 위진평의 허락 없이는 누구도 접근할 수 없는 곳이기도 했다.

그 폭포들 중 세 번째 물줄기를 뚫고 들어가자 좁은 입구의 동굴이 나왔다. 밖에서는 폭포에 가려져 볼 수 없다.

동굴은 깊이 뚫려 있었는데 갈수록 아래로 내려가게 되어 있는 구조였다.

사오십 장은 족히 구불구불한 동굴을 내려가자 철문으로 굳게 봉해진 뇌옥이 나타났다.

그 앞에서 양문창과 곽서언이 간절히 애원하는 눈길을 보내지만 운도는 싸늘한 표정을 바꾸지 않았다.

할 수 없다는 듯 어깨를 늘어뜨린 양문창이 기관을 작동시켰다.

크르르릉—

무거운 소리를 내며 철문이 천천히 열리고 음침한 뇌옥 안의 광경이 보이기 시작했다.

훅, 끼쳐 오는 지독한 냄새에 운도가 낯을 찌푸렸다.

한 사람이 과연 거기 있었다.

아니, 사람이라기보다 매달려 있는 시커먼 괴수라고 해야 할 것이다.

산발한 머리가 상체를 온통 뒤덮다시피 하고 흘러내려 얼굴을 가렸고, 입고 있는 옷이 너덜거렸는데, 그 사이로 드러나 보이는 살빛마저 시커멓게 변해 있었다.

두 어깨의 비파골을 꿰뚫고 나온 굵은 쇠사슬이 등 뒤의 석벽에 단단히 박혀 있었으므로 그는 앉거나 눕지도 못하고 매달려 있어야 했다.

그것도 모자라 온몸을 쇠사슬로 칭칭 감아놓았으니 그 무게가 살을 무르게 하고 뼈를 내려앉힐 것이다.

그 고통을 무려 칠 년 동안이나 겪으며 아직도 버티고 살아 있는 괴물.

그 앞에서 운도는 입을 딱 벌렸을 뿐 말조차 할 수 없었다. 이런 비참한 몰골일 줄은 상상도 하지 못했으며, 이런 지독한 고통 속에 방치되어 있을 줄은 몰랐던 것이다.

그 괴물이 천천히 고개를 들었다.

머리카락 사이로 스산하고 음침한 안광이 무시무시하게 뻗어 나온다.

무거운 침묵이 마냥 흘러갔다. 누구도 입을 열어 말하는 자가 없다.

"운도…… 냐?"

괴물이라고 불려 마땅한 사람. 검진삼협 위진평이 낮게, 떨리는 음성으로 비로소 그렇게 말했다.

운도는 대답하지 못했다. 너무 큰 충격이 아직도 그의 머릿속을 멍하게 하고 있었던 것이다.

"돌아와…… 주었구나……."

한참 동안 운도를 바라보던 위진평이 비로소 느릿느릿 시선을 옮겼다.

양문창과 곽서언을 바라본다.

뿌드득—

이 가는 스산한 소리와 함께 지옥의 겁화 같은 안광이 와르르 쏟아져 나왔다.

『마룡의 후예』 5권 끝

저작권 보호!!

장르문학의 성장에 힘이 되어주십시오.

저작물의 무단 전재와 복제, 불법 다운로드! 이것은 관심이 아니라 무관심입니다!

작가님들은 창의적 열정과 시간을 투자해 자신의 꿈과 생계를 유지합니다.
한 권의 책을 만들어 많은 사람들은 자신의 인생과 미래를 설계합니다.

저작물 속에는 여러 사람의 노력과 희망이 담겨 있습니다!

저작물의 무단 전재와 복제, 불법 다운로드는 여러 사람들의 꿈과 생계를
위협함으로써 장르문학을 심각한 상황에 빠뜨리고 있습니다.

이제는 무관심이 아니라 관심으로 장르문학의 성장에 힘이 되어주세요.

[도서출판 **청어람**은 항시적인 저작권 보호를 통해 장르문학과
여러분의 희망을 지키겠습니다.]

저작물의 무단 전재와 복제, 불법 다운로드는 법률에 의해 처벌받을 수 있습니다.
저작권법 제97조의5 (권리의 침해죄)
저작재산권 그 밖의 이 법에 의하여 보호되는 재산적 권리(제73조의 4의 규정에 의한 권리를
제외한다)를 복제·공연·방송·전시·전송·배포·2차적 저작물 작성의 방법으로 침해한
자는 5년 이하의 징역 또는 5천만 원 이하의 벌금에 처하거나 이를 병과(동시에 두 가지 이상의
형벌을 지우는 일)할 수 있다.

도서출판 **청어람**

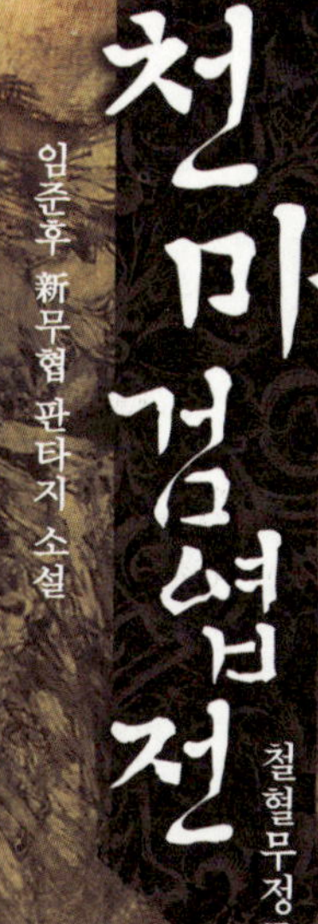

천마검섭전

임준후 新무협 판타지 소설

철혈무정로 1부

[天魔劍葉博]

인세에 지옥이 구현되고 마의 군주가 현신하면
그 누구도 그를 막지 못하리라!
이는 태초 이전에 맺어진 혼돈의 맹약. 육신에 머문 자나
육신을 벗은 자나 누구도 피할 수 없는 구속의 약속일지니…….

주검과 피, 그리고 살기가 강물처럼 흐르는 전장에서
본연의 힘을 되찾게 되는 신마기!
신마기의 주인은 전장을 거칠 때마다 마기와 마성이 점점 더 강해져
종국에는 그 자체로 마(魔)가 된다…….

제어되지 않는 신마기…
이는 곧 혼돈의 저주, 겁화의 재앙이다!

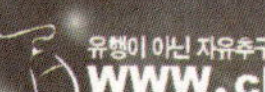

長虹貫日

장홍관일

월인 新무협 판타지 소설

세상은 언제나 정의가 승리하고,
그래서 사필귀정(事必歸正)이라고?

개소리!

세상은 나쁜 놈들이 지배하지.
그러나 그놈들은 아주 교활해서 절대로 나쁜 놈처럼 안 보이지.
현재 무림을 지배하고 있는 백도의 어떤 인간들처럼……

암제혈로

설경구
新무협 판타지 소설

―떠나세요, 가능한 한 멀리.
―하나만 기억하세요. 일단 살아남아야 후일을 도모할 수 있습니다.
―떠나.

오랫동안 연락이 두절되었던 이들이 약속이라도 한 듯 찾아와
꺼낸 이야기들과 함께 시작되는 집요한 추적.
그리고 거대한 음모에 휘말려 억울한 누명을 쓴 채로
오직 살아남기 위해 필사적으로 도주하는 한 사내, 진가흔.

"왜 하필 나입니까?"
"자네가 가장 적당하기 때문이지."
"아시겠지만 그를 죽인 것은 제가 아닙니다."
"물론 알고 있네. 그런데 말일세… 그래도 그를 죽인 것이 자네라는
사실은 변하지 않네."

누구를 믿어야 할까.
적아도 명확하지 않은 상황에서 이유조차 모른 채 도주하던
한 사내의 역습이 시작된다.